LA DÉLICATESSE DU HOMARD

Laure Manel est enseignante dans le Maine-et-Loire. Véritable best-seller sur Internet, son roman *La Délicatesse du homard* a été remarqué par les éditions Michel Lafon chez qui il rencontre un grand succès.

LAURE MANEL

La Délicatesse du homard

ROMAN

MICHEL LAFON

ISBN : 978-2-253-08817-2 – 1re publication LGF

Aux soleils qui m'entourent

1

Elle est encore là. De loin, je devine sa silhouette recroquevillée au pied du rocher. Au même endroit que tout à l'heure, et dans la même position. Instinctivement, je regarde ma montre. Dix-huit heures. J'en ai donc passé trois à me promener. Il est rare que je parte si longtemps, mais là j'avais du temps devant moi. Pour une fois. Je m'approche prudemment, pour ne pas l'effrayer, surtout que Jador est du genre imposant. Me voilà presque à sa hauteur. Elle reste dans la même immobilité. Il n'y a que ses cheveux qui volent autour de sa tête. Ce qui lui donne un semblant de vie.

Est-ce qu'elle dort ? C'est peu probable, vu les conditions. Avec ce vent qui commence à gronder, et son inertie, je crains plutôt qu'elle ne soit en hypothermie. Je reste là, un peu comme un con, sans savoir quoi faire. L'interpeller ? Situation inédite. Que fait une femme seule dans ce lieu perdu face à l'océan alors que la nuit va tomber ? Est-ce une femme seulement ? Ça pourrait aussi bien être une jeune fille. Elle a l'air si frêle. Je me risque :

— Mademoiselle ?

Rien ne bouge. Même ses cheveux semblent s'être

arrêtés. On dirait une statue. La peur me saisit soudain. Elle pourrait avoir perdu connaissance… être morte ? Dans cette position, je suppose que non, mais une poussée d'adrénaline me fait descendre de cheval promptement. Je m'approche, maladroit, pose ma main sur son épaule garnie de boucles blondes. « Oh, oh », je fais. Je la secoue légèrement. Elle gémit. Soulagement… Je dégage son visage de ses cheveux décidément très fournis. Une femme, oui. Sa tête dodeline, penche vers l'arrière, ses yeux s'entrouvrent et tournent. Elle semble au bord du malaise. Et moi aussi, du coup. Je n'ai pas d'eau, pas de sucre, pas de couverture. Je murmure malgré moi des « merde… ». Je ne peux pas la laisser là une minute de plus. Elle est peut-être en danger. Je regarde Jador qui broute sans la moindre pitié pour cette femme et sans conscience du possible drame qui se joue près de lui.

Je m'empare de mon portable dans mon blouson et appelle Patrick. Qu'il alerte le médecin et qu'il me retrouve au plus vite à la maison. Je fais le choix de ne pas appeler le SAMU. Je ne sais même pas pourquoi.

Vite, je prends le sac, le mets sur mon dos. Attrape la fille. Elle est étrangement légère. Je la pose comme un paquet en travers du dos de Jador et intime à celui-ci de rester calme. Je prends la bride et presse le pas vers la petite route. Ça ne sera pas long. La maison est à cinq cents mètres. Heureux hasard.

Le corps est secoué par le pas du cheval. Les gémissements qui parviennent à mes oreilles me rassurent sur l'état de la fille : elle est vivante, c'est l'essentiel.

2

Je ballotte dans un brouillard épais, les bras dans le vide, les jambes aussi, de l'autre côté de celui dont j'entends les sabots lointains sur l'asphalte. Ma conscience est en pointillés. Je comprends avec effroi que c'est un cheval qui me porte, moi qui n'ai jamais voulu monter sur ces bêtes-là… Mais je n'ai aucune force pour lutter, me redresser, crier ma peur… Je me laisse faire, je me laisse aller dans un bercement confus et douloureux. La selle s'imprime dans mon ventre.

Ça s'arrête au bout de longues minutes, *a priori*, car je n'ai aucune notion du temps. Ni de rien, ni des mains qui m'attrapent pour me faire descendre. Je ne saurais tenir sur mes jambes, j'espère que le propriétaire des mains le sait. J'entends des voix, tout est confus. J'ai soif, froid, faim… non, pas faim. Envie de dormir surtout.

On me porte, me fait entrer quelque part, monter un escalier, m'allonger sur un lit. Je n'ai la force de rien. Ni de crier, ni de lutter. Je ne peux que gémir. On me donne à boire. L'eau fraîche qui dévale dans ma bouche et sur mes joues m'apporte un bienfait délicieux de simplicité. J'en rêvais tellement…

Deux voix. Deux hommes se parlent. Je distingue mal. Il y en a un qui m'attrape le bras. Le serre fort. Un médecin, peut-être. Ça me rassure, même si je crois bien que j'aurais pu mourir là où j'ai atterri ce matin. C'était un si bel endroit pour en finir…

Ils m'ont fait avaler un comprimé et ils m'ont laissée là. Après, je ne sais plus.

*

Je me réveille en glissant pas à pas vers la conscience. Impossible encore d'ouvrir les yeux. Des bruits me parviennent : chants d'oiseaux marins sur fond de vent, un hennissement de temps en temps, un cri un peu plus tard. J'ignore où je suis, en dehors de ce lit au moelleux douillet et chaud dans lequel j'ai dormi d'un sommeil de plomb.

Je trouve la force de dessiller les paupières et fais connaissance avec l'espace de la chambre. Dans la pénombre, je distingue quelques meubles. La lumière filtre à travers les volets. La curiosité me pousse à entrebâiller la fenêtre pour les écarter discrètement. Le paysage qui apparaît dans la fente verticale est celui d'un jardin verdoyant, avec la mer en arrière-plan. J'aurais pu tomber plus mal, cependant ce n'est pas tant la maison qui m'importe, que mes hôtes… Qui sont-ils ? Vont-ils me jeter dehors ? Pire, me poser des questions ? Surtout pas… Me rappelant mon sac à dos, je le cherche, prise d'une panique aiguë… Où est-il ? Pourvu qu'ils n'aient pas fouillé dedans !

Il est posé par terre, au pied du lit. Je l'ouvre, vérifie. Tout y est apparemment, en tout cas le principal.

3

Des heures que je suis debout et que je tente de penser à autre chose qu'à cette femme surgie de nulle part qui a atterri dans le lit de ma chambre d'amis. Il faut dire qu'à cheval, on a le temps de penser. Je suis sûr que mes montures de ce matin ont senti que j'avais la tête ailleurs. Que je n'étais pas trop à ce que je faisais. Que je les menais sur les obstacles en mode automatique. Mais bon. Mes chevaux ne m'en tiennent pas rigueur.

Je me demande qui elle est. Ce qu'elle fichait là, près des rochers, à attendre la nuit. Elle cherchait quoi ? Elle ne voulait pas finir sa vie ici quand même ? Je la revois avec ses boucles dans le vent. J'ai eu du mal à m'endormir hier soir. Je ne suis pas du genre à me poser des questions, mais là, quand même…

Quand le médecin est parti, il m'a juste dit qu'elle devait se reposer, et prendre des cachets en cas de fièvre. Moi je veux bien, mais comment savoir si elle en a ? Je n'allais pas la réveiller ce matin avant l'aube et lui tendre un thermomètre… Et j'ai eu suffisamment à faire depuis.

Et puis je ne sais pas ce que je suis censé faire, comment m'y prendre avec cette étrangère…

Il est bientôt midi. Elle doit être réveillée… Quoique. Elle avait l'air harassée. Dormait debout. Impossible de tenir sur ses jambes.

La poisse, quand même. Fallait que ça tombe sur moi ! Ce n'est pas que j'aie beaucoup de contraintes dans ma vie, mais de là à accueillir une parfaite inconnue chez moi… Je vois déjà la tête de mon père.

Enfin… elle va se réveiller, se requinquer, et repartir d'où elle est venue sans passer par la case rocher ! Qu'elle ne s'éternise pas, c'est tout ce que je demande.

*

J'ai ramené Marquise au box, l'ai laissée à Patrick pour qu'il la douche, puis me suis dirigé vers la maison. Je quitte mes bottes à l'entrée, chausse mes boots. Me dirige vers la cuisine. Il me reste de la soupe d'hier soir. Assez pour deux. Juste assez, si je me prive un peu. Et sinon, dans le frigo… pas grand-chose. Trois feuilles de salade, des œufs de la ferme d'à côté. De quoi faire une omelette. Elle aime ça, les omelettes ? Et puis d'abord… est-ce qu'elle va manger ? Est-elle seulement réveillée ? Je ne me sens pas à l'aise.

Je me décide à monter à l'étage pour l'inviter à descendre se restaurer un peu. À droite au fond du couloir, je me retrouve devant la porte. Que faire ? Frapper discrètement ? Fortement ? Dire quelque chose ? Je me sens con. Je tente quelques petits coups discrets. Trop discrets, apparemment : pas de réponse. Autant la laisser dormir. Mais je me décide à entrouvrir légèrement la porte. Pour voir. Je passe la tête et la découvre allongée sur le côté, face à la fenêtre dont le volet est toujours fermé. Elle me tourne le dos. Rien n'a bougé dans la chambre. S'est-elle seulement réveillée ? Peut-être… En tout cas, elle respire. C'est déjà ça.

Je referme délicatement la porte. Reste un instant comme ça, derrière. Guette un son qui ne viendra pas. Elle dort, à quoi bon…

Je me surprends à marcher sur la pointe des pieds, et je redescends. Avale ma soupe réchauffée au micro-ondes, grignote les trois feuilles de salade. Sans omelette. Pense à l'étrangère, espérant que ce ne soit pas une voleuse. Je redoute bêtement ce moment où l'on se fera face et où je la découvrirai. Ou plutôt, où *elle* me découvrira, parce que moi je sais quand même à quoi elle ressemble. Mais je n'ai pas vu ses yeux, et ses yeux ne m'ont pas vu. Qu'est-ce qu'on va se dire ? Étrange situation… Je chasse mes hypothèses. Il se passera ce qui se passera. Et si ça se passe mal, eh bien elle n'aura qu'à partir. Je m'enfile un café réchauffé, et je repars. Je dois emmener Douchka et son poulain au pré, puis sortir Lucky sur la plage pour le faire marcher dans l'eau, sur conseil de ma sœur. Et à dix-sept heures, j'ai la première reprise du soir. Il ne faut pas que je traîne.

4

J'ai entendu la porte se refermer derrière lui. Ce doit être l'homme qui m'a ramenée hier. Il est seul, aujourd'hui en tout cas.

Je ne dormais pas quand il est venu voir si j'étais réveillée, mais je n'ai rien dit, je n'ai pas bougé. Je ne voulais pas qu'il croie qu'il m'avait sortie du sommeil, et je ne voulais pas non plus me trouver face à lui comme cela. Je me serais trouvée idiote. Et je me sens tellement mal que je n'ai pas envie d'affronter qui que ce soit. Je voudrais être seule. Seulement… je n'ai pas la force de partir tout de suite, et j'ai trouvé ici un refuge acceptable. Tout dépendra aussi de mon hôte… Peut-être compte-t-il me mettre à la porte rapidement ? Je me demande qui il est. Son âge, son apparence. S'il est gentil… À sa façon d'ouvrir et de refermer la porte, de marcher tout doucement sur le parquet du couloir, j'ai deviné le respect de mon sommeil. Un signe dc délicatesse. Mais je n'espère rien de lui, ni de personne. Je sais depuis toujours que je ne dois compter que sur moi-même, que les autres ne sont pas là pour m'aider. Il faut que je reconstruise ma carapace pour être plus forte, que je bâtisse autour de moi un rempart anti-effraction pour me protéger. Tout mon être est en miettes. Mon corps est faible et mon moral si bas qu'il s'enfonce sous terre.

Ne pas manger, c'est une chose, mais un besoin naturel se rappelle à moi : avant tout, il faut que j'aille aux toilettes. Je me dirige vers la fenêtre, entrouvre les volets. La mer a changé. Avec la densité des nuages, elle est devenue grise et terne. Je laisse la fenêtre ouverte et me dirige vers la porte dont je baisse timidement la poignée. Non, il n'est pas derrière à m'attendre, et heureusement, sinon quelle peur j'aurais eue ! Je découvre un long couloir bordé de portes. Évidemment, pas d'écriteaux : je vais devoir ouvrir chacune d'elles, ce qui me donne par avance l'impression d'être une cambrioleuse… À droite, un bureau. Je ne fais qu'entrebâiller et refermer aussi vite, pour ne pas me sentir plus intrusive que je ne le suis déjà. Je ne suis pas curieuse, je veux juste trouver les toilettes… La porte en vis-à-vis donne sur une grande pièce presque vide. Elle me fait l'effet assez glaçant d'une pièce fantôme. À gauche, l'escalier, et en face une autre porte. Elle est fermée à clef. J'en sursaute presque. Ensuite, sur la gauche, la salle de bains se devine aisément, et enfin, juste après, les toilettes. Lorsque j'en sors, mon regard glisse vers une dernière porte. Celle de la chambre de mon hôte, sans doute. J'ai trop peur et suis tellement dénuée de curiosité que, bien que je sois sans doute seule dans la maison, je suis incapable d'en saisir la poignée. Seule ? Un frôlement sur ma jambe me prouve le contraire. Je suis dans un tel état que j'en sursaute encore. Ce n'est qu'un chat, un magnifique chat aux poils longs, qui me regarde sans étonnement. Je me penche vers lui et je tends une main contre laquelle il se frotte. Je ressens son accueil au plus profond de mon cœur émotif… ou comment la tendresse d'un chat fait jaillir les larmes contenues depuis plusieurs jours. Une envie irrépressible de rejoindre *mon* lit pour m'y réfugier me saisit. Je m'y jette au plus vite, suivie par le chat. Je pleure, bercée par le ronron du félin qui s'est blotti contre moi. Je pleure jusqu'à me vider, jusqu'à ce que mes yeux ne produisent plus de larmes. Quand le flot s'arrête, je me sens mieux. Ce n'est que temporaire. Je le sais comme une évidence parce que les pleurs ne résolvent jamais rien.

Le chat, cette maison, rien de tout cela n'est la solution.

5

Je mange tout seul en bas, et je me sens con. Pourtant, je mange tout seul tous les jours, ou presque. C'est de savoir qu'elle est là-haut et qu'elle sait que je suis en train de manger en bas. Je suis allé la voir tout à l'heure. Enfin, *voir*… pas vraiment : je lui ai demandé à travers la porte si ça allait, si elle voulait manger quelque chose. Elle a juste dit : « Ça va, non merci », d'une toute petite voix qui ment un peu. Plus de vingt-quatre heures qu'elle n'a rien mangé. À moins qu'elle ait des réserves dans son sac à dos, je ne sais pas.

Il est vingt-deux heures. Je lis le journal en écoutant la radio quand j'entends que ça remue là-haut. Va-t-elle enfin se décider à sortir de sa tanière ? Ça y est, ça me reprend : j'appréhende le moment où l'on se fera face. Je sais déjà que je vais me sentir gêné. Le parquet craque, puis l'escalier. Je vois ses jambes, puis le reste de son corps apparaît. Elle marque un temps d'arrêt une fois en bas. Regarde vaguement autour d'elle comme pour réaliser où elle se trouve. M'aperçoit. Je me lève, ose un « bonsoir ». Elle me dévisage de loin, avec un air un peu étrange. Au lieu de me répondre, elle s'avance vers la salle à manger où je suis attablé. Elle vient se planter devant moi. Je lui indique d'un geste qu'elle peut s'asseoir sur le banc. Aucun son n'est sorti de sa bouche. Elle a un air hagard, limite flippant. Je ne sais pas quoi dire.

— Vous avez faim ?

C'est tout ce que j'ai trouvé comme entrée en matière. Simple, efficace.

Elle hausse les épaules. J'interprète ça comme un *oui* timide.

J'avais préparé, au cas où, une part d'omelette supplémentaire. Je la fais réchauffer, en me gardant bien de chercher à discuter. Je me terre dans la cuisine. Je me demande vraiment ce qu'elle fait ici. J'espère juste que je le saurai un jour. Quand c'est prêt, je lui apporte une assiette bien garnie. Elle bafouille un *merci*. Ah quand même, elle sait parler ! Et polie avec ça ! À la bonne heure !

Elle grignote l'omelette du bout des lèvres. Je lui sers de l'eau, mais sinon, je ne sais ni quoi faire ni quoi dire.

— Ça se mange ? je demande bêtement.

Il faut dire que la cuisine et moi, ça fait deux…

— Oui.

C'est un *oui* plaintif et pas très rassurant. Elle pose sa fourchette alors que son assiette est encore à moitié pleine. Son repas semble fini. Elle se lève et s'apprête à monter. Déjà ?! J'ai quand même deux mots à lui dire.

— Écoutez… Qu'on se mette d'accord… Vous pouvez utiliser la salle de bains, évidemment, et sortir de votre chambre, aussi. Faites comme chez vous.

Faites comme vous voulez, surtout. Et si vous avez de la fièvre, le médecin m'a donné du paracétamol.

Je me trouve presque trop bon. Ma générosité m'échappe.

— Hmmm…

Ça veut dire quoi, ce « hmmm » ? C'est un « merci » version minimaliste ?

Et elle monte. Comme ça.

Je reste un peu hébété : elle est vraiment bizarre…

À part ça, ça y est, elle sait à quoi je ressemble, et ça s'est passé… Non, mais vraiment, elle est bizarre. Un peu jolie, aussi, mais bizarre.

6

Un hennissement strident me réveille en sursaut. Mes yeux s'ouvrent en grand et je réalise à nouveau où je me trouve. Ma nuit secouée de cauchemars m'a presque fait tout oublier. Je me retrouve donc dans ce lit que j'ai à peine quitté ces dernières heures. Tout se remet en place dans mon esprit, comme les pièces d'un puzzle éparpillées qui se réassemblent. Je me revois assoupie dans une torpeur étrange près du rocher face à la mer, j'entends la voix de mon hôte – qui ne l'était pas encore à ce moment-là –, je ressens encore le balancement du cheval qui m'a portée comme un sac jusqu'à ce lit, ou presque… Je revis mon arrivée ici, dans ce lieu qui me sert temporairement de refuge. Je ne sais pas où je vais aller ensuite, et surtout je ne sais pas si j'aurai envie de poursuivre ma quête de rien en forme de fuite.

Je repense à hier soir, quand je suis descendue et que je l'ai vu. Mon hôte… Il a l'air un peu plus vieux que moi. Il ne semblait pas très à l'aise, pour ce que j'ai pu en percevoir, car au final, je l'ai peu regardé. Je crois que nos yeux se sont croisés une seule fois. Je n'ai quasiment rien dit. De toute façon… je n'ai rien à dire. Rien d'intéressant, en tout cas. Et je ne veux pas parler de moi. Pourtant, il faudra bien que je me présente… Dois-je m'inventer un prénom ? J'y avais réfléchi, mais maintenant que je suis ici je ne sais plus. Mentir… à quoi bon ? Néanmoins je dois me protéger. C'est le moment ou jamais d'endosser une autre identité, ou d'assumer… Si je ne dis que mon prénom, même le vrai, ça ne porte pas à conséquence. Cependant, si j'en donne un autre, c'est l'occasion de quitter mon prénom de naissance qui m'enserre comme un carcan et que je porte comme par erreur… Je verrai bien quand le moment se présentera. Si alors j'ai envie de faire mourir Axelle et de faire naître une autre femme. Mais qui ? Comment s'appellerait cette nouvelle moi ? Autant y réfléchir maintenant… Non, pas la force.

Ce matin, le spleen pèse sur moi comme un couvercle. Tu disais vrai, Charles : c'est bien l'effet que tout me fait. Envie de rien, force de rien. Rester couchée, volets fermés. Attendre… attendre rien, sans conjuguer à aucun temps. Attendre que les secondes s'égrènent et tombent dans le passé, pour que le temps s'écoule calmement et passe, passe, passe… Juste respirer. Sans penser à demain. Vivre, là, c'est déjà vivre. C'est déjà bien. Je ne demande pas plus. Je ne demande pas moins non plus. Si je suis encore là, c'est que je voulais vivre. Sinon, ça ferait bien longtemps que je ne serais plus de ce monde. Justement, être ici, c'est la chance de démarrer ailleurs une autre vie. C'est pour cela que je suis venue me perdre : pour me retrouver. Repartir de zéro, effacer le passé, trouver la force de construire une nouvelle vie. En partant de rien, c'est difficile, mais c'est sûrement ma seule chance. Et je n'avais rien à perdre…

Pour l'instant, je veux juste dormir. Et attendre… Comme mercredi. Je me demande ce qu'il a pensé et ce qu'il croit, mon hôte. Mes pas m'ont portée là, au pied de ce rocher. J'ai voulu regarder la mer. Elle m'a hypnotisée, et tout mon corps s'est retiré au loin. Il est devenu attente… de rien. Je ne sais pas si j'aurais ensuite trouvé la force de me lever pour marcher encore, et dénicher un refuge, un abri, une maison accueillante, un taxi, un hôtel… C'était mon idée de départ, mais la mer m'a surprise et m'a retenue là. J'étais vidée. La fatigue, sans doute, a eu raison de moi. Trop d'émotions, trop de vent, trop d'écume, trop de tout… Un si long voyage pour atterrir dans cette contrée reculée, ça épuiserait n'importe qui, et je suis moins que n'importe qui. À force d'attente, la torpeur a pris possession de mon corps et je me suis affaissée en moi-même, un peu comme si je m'étais endormie les yeux ouverts. J'en ai oublié de me relever et de partir en quête d'un abri pour la nuit. Et puis j'avais froid. Ce vent… je ne suis pas habituée. Sa puissance fatigue et ôte toute volonté, annihile tout. Je n'avais plus de force, j'étais arrivée là où il le fallait, là où je l'avais prévu, ou à peu près… Un peu comme certains coureurs s'écroulent à la fin d'une course éprouvante, je m'étais écroulée là, incapable d'aller plus loin. Et il est arrivé, sur son cheval. Comme sorti d'un songe ou d'un conte. Cette image cliché m'arracherait presque un sourire. Je ne sais pas s'il m'a sauvée. Je n'ai aucune idée de ce qui serait advenu s'il ne m'avait pas trouvée, et ramenée… Quelqu'un d'autre se serait peut-être présenté. Après tout, le chemin côtier est emprunté par des marcheurs. Je ne peux ni ne veux savoir ce qui se serait passé si…

Maintenant, je suis là. Comme une naufragée volontaire. Besoin de dormir. Envie de rien d'autre. Je devrais peut-être prendre un comprimé. J'en ai plein mon sac, autant qu'ils servent.

7

Une semaine ! Une semaine qu'elle reste cloîtrée chez moi, dans *sa* chambre. Elle a un problème, cette nana… ou peut-être même des problèmes… genre avec la justice, je ne sais pas, moi. Ou des problèmes psychologiques.

Elle me met dans une drôle de situation. Dans le doute, j'ai quand même appelé les flics. Histoire de savoir si, par hasard, une femme lui correspondant ne serait pas portée disparue. À leur demande : « Pourquoi cette question ? », j'ai juste répondu que j'avais vu quelqu'un traîner dans le coin quelques jours plus tôt. Ils m'ont dit que non, que de toute façon la disparition jugée non inquiétante d'une personne majeure n'était pas signalée aux services. Je me doutais que mieux valait ne pas dire que j'hébergeais quelqu'un dont j'ignorais l'identité. Pas envie de passer pour un con. Alors je n'ai rien dit.

Je me demande quand même combien de temps ça va durer, cette galère. Surtout, je me demande pourquoi je la garde chez moi. C'est vrai, quoi, ce n'est pas trop dans mes habitudes de faire des trucs comme ça, de me la jouer abbé Pierre et d'offrir l'hospitalité à une illustre inconnue. Pourquoi je fais ça, alors ? Par pure bonté d'âme ? Par intérêt ? Certainement pas par intérêt : j'ai quoi à gagner ? À part des emmerdes, rien. Alors je m'interroge sur le côté insensé de mes actes. En même temps, je n'ai rien cherché ni contrôlé. Elle m'est tombée dessus, j'ai géré l'urgence ; depuis, ça se prolonge malgré moi. Ce n'est pas de ma faute. Malgré tout, il ne tient qu'à moi de la foutre dehors, de lui dire : « Maintenant ça suffit, les conneries, je ne sais même pas qui vous êtes, vous dégagez de chez moi ! » Mais je ne le fais pas, et je ne sais pas pourquoi.

Enfin si, je crains de le savoir un peu. Mais ça m'énerve de le constater. Je crois que cette fille a réveillé un vieux truc chez moi, que j'avais oublié et que je ne tenais pas à faire vibrer à nouveau : ma corde sensible. C'est con, hein, mais je me préfère indifférent et bourru. C'est un peu comme ça qu'on me voit, en tout cas depuis plusieurs années, et ça me va très bien. Mais là… je ne sais pas, j'ai cru deviner un besoin d'aide chez elle et, comme un Robin des Bois un peu couillon, je l'ai secourue, et je la secours encore. Je ne me vois pas la virer de chez moi. Peut-être parce qu'elle m'intrigue et que j'aimerais bien en savoir plus sur elle – qui elle est, d'où elle vient, ce qu'elle va faire ensuite –, ou que ses boucles blondes m'en rappellent d'autres… Tout ne s'explique pas, dans la vie. Je fais souvent les choses sans me poser de questions. C'est vrai que, là, j'ai juste du mal à me justifier, et en même temps… envers qui et pourquoi devrais-je le faire ?

Personne n'est au courant, à part Patrick et Michel, le doc. Il m'a appelé hier pour prendre de ses nouvelles. J'ai dit que tout allait bien, qu'elle se reposait. Ça, c'est vrai qu'elle se repose : elle passe son temps allongée dans la chambre ! Bon, je ne suis pas dupe, je me doute qu'elle la quitte un peu. Mais quand je suis là, elle reste enfermée et elle ne descend pas. On dirait que je lui fais peur. Je suis moins rustre que j'en ai l'air, mais bon. Du coup, je lui mets de quoi manger sur un plateau que je laisse devant la porte de sa chambre. J'en suis réduit à ça. Je me demande pourquoi je le fais, pourquoi je ne lui dis pas de se démerder, de se casser d'ici. Rien ne m'y oblige, hein. Ça ne me coûte pas grand-chose, cela dit : elle a un appétit de moineau.

On se parle à peine, par porte interposée. Je lui annonce que son repas est prêt, elle répond par borborygmes. Ça ne ressemble à rien. Parfois, j'ai envie d'entrer dans la chambre et de la secouer : « Réveillez-vous, bordel ! » D'autres fois, je me dis que je devrais ouvrir la porte, prendre son sac et la jeter dehors. Mais non, je laisse courir. Je me dis que, si c'est comme ça, c'est parce qu'il ne peut pas en être autrement pour elle, qu'elle ne le fait sûrement pas exprès. J'aurais tendance à penser qu'elle est en pleine déprime et qu'elle a fugué de chez elle comme une ado. Je peux me gourer. Mais, dans le doute, je respecte. Je sais ce que c'est, la dépression… Je sais qu'on vit comme on peut, presque malgré soi. Je ne vais pas lui enfoncer la tête sous l'eau, alors je l'aide, un peu, comme je peux… et malgré moi.

8

Neuvième réveil. Je compte les jours chaque matin, pour que le temps ne m'échappe pas. On est donc vendredi. Après un semblant de repas la semaine dernière, qui m'a permis de voir à qui j'avais affaire, je suis restée dans ma chambre avec pour seul projet de dormir, et d'oublier. Les comprimés m'ont bien aidée. J'ai gardé les volets clos. Enfermée dans ma chambre et repliée sur moi, sur ce corps dont j'assouvis à peine les besoins primaires, je suis emmurée en moi-même, obsédée par mes plaies suintantes, avec pour unique but : éviter d'y penser, oublier... Peut-on faire abstraction du passé ? J'aimerais que ce soit possible et simple. Vivre avec m'est difficile, alors je peux tenter de vivre sans, en l'occultant... Je voudrais pouvoir me défaire de ces chaînes qui entravent ma vie depuis si longtemps. Alors, oui, je voudrais me tourner vers l'avenir. Je suis venue jusqu'ici pour ça. Pour qu'il y en ait un tout neuf, un qui soit possible, tout simplement... loin des blessures.

Il faut que quelque chose change.

Hier soir, je me suis dit qu'il fallait que j'arrête les somnifères et que je diminue les anxiolytiques. Je me fais mes propres prescriptions avec le stock dont je dispose. Il faut que j'émerge un peu. La joie n'est pas pour demain, mais si au moins je pouvais sortir de ma torpeur et bouger, ne serait-ce qu'un tout petit peu…

Je culpabilise aussi, vis-à-vis de mon hôte. On ne se connaît pas, il m'accueille, me nourrit. Sans jugement. J'ignore pourquoi. Je me dois de me montrer et de lui donner l'occasion de me mettre dehors. J'ai bien assez profité de sa bonté. Il faudrait que je songe à partir.

Je me lève et ouvre en grand la fenêtre, puis les volets. Je fais entrer la lumière, vive, dans la chambre, et c'est comme si le paysage face à moi y pénétrait tout entier. Le ciel est parsemé de nuages moutons et le soleil, encore assez bas, s'évertue généreusement à égayer terre et mer. Calme comme un lac, elle scintille au loin et les rayons parsèment mille étoiles à la surface de l'eau. Ce paysage s'offre à moi comme un cadeau que je ne saurais accepter. Une envie d'aller voir la mer, là, maintenant, s'empare de moi, mais je la réfrène. Demain, peut-être. Je ne me vois pas sortir de la maison. Je me sens comme une bête sauvage arrivée dans un zoo, qui n'ose pas sortir de sa cage pour découvrir son nouvel environnement. Chaque chose en son temps. Et si j'explorais déjà la maison ? Je repense à ce que mon hôte m'a dit : « Faites comme chez vous. » Je ne suis pas sûre qu'à sa place j'aurais proposé ça. Il ne sait pas qui je suis. Je peux être n'importe qui, une criminelle, même. Tiens, oui… Malgré son air bourru, ou plutôt mal à l'aise, il fait preuve d'un certain sens de l'accueil. Je me demande ce qu'il se dit à mon sujet. Si j'avais le cœur à rire, j'en sourirais sûrement.

J'enfile un pantalon, puis un pull, et me décide à sortir de ma chambre. Les portes de l'étage, je les connais déjà, je sais où elles mènent. J'étais tellement à côté de la plaque ces derniers jours, tellement *out*, que je n'avais pas remarqué les cadres au mur. C'est simple, il n'y a qu'un sujet sur les estampes, aquarelles et photographies : le cheval. Au moins, je sais où je suis, et ce ne sont pas les premiers indices. Entre le cavalier, les hennissements réguliers et cette galerie, je suis ici chez un spécialiste. Reste à savoir si je me trouve chez un propriétaire de chevaux, un entraîneur, dans un haras ou un centre équestre. Pour moi, peu importe : ces bêtes-là, je les aime de loin, je ne m'en approche pas. Me voilà bien tombée !

Je descends et décide d'entreprendre la visite du rez-de-chaussée. En bas de l'escalier, juste à gauche, une porte d'entrée vitrée. Je jette un coup d'œil : face à moi, une carrière, et derrière celle-ci, des écuries. Bon… voilà qui ne me donne pas envie de sortir. Devant moi, un immense salon, plutôt cosy, mais très encombré. Mon hôte ne semble pas être un as du rangement. Il y a des livres et des magazines partout, des enveloppes qui attendent d'être décachetées. Une curiosité primaire me pousse vers ce courrier. François Druont, c'est son nom. J'ai un peu d'avance sur lui, mais j'ai triché. Ensuite, au-delà d'une belle cheminée, il y a la salle à manger, et encore plus vers la droite le coin cuisine. L'ensemble est spacieux et plutôt agréable, si on fait abstraction des parasites visuels que sont les marques du désordre ambiant.

Dos à l'entrée, il y a un couloir à droite qui mène à deux pièces. Cette fois-ci, il y a des écriteaux sur les portes : bibliothèque et bureau. Bibliothèque ? Intriguée, j'ouvre et le spectacle est impressionnant : des étagères s'affaissent sous le poids de livres innombrables. Je m'approche, prends le temps de parcourir les titres. Une partie de la bibliothèque est consacrée aux livres sur le cheval. C'est impressionnant ! À côté, un meuble imposant renferme des romans et, plus surprenant encore, un autre est dédié à la poésie. Baudelaire, Mallarmé, Rimbaud, Verlaine, et tant d'autres. Je crois rêver, moi qui ai toujours eu un faible pour les poètes torturés… En revanche, je me demande ce que font tous ces livres « littéraires » ici : ça ne colle pas trop avec l'idée que je me fais d'un homme qui pratique l'équitation à haute dose. Je quitte l'endroit, pour entrouvrir simplement la porte qui lui fait face : il s'agit du bureau. Il ressemble à tous les bureaux, sauf que les murs sont constellés de photos, de coupures de presse, et les étagères de coupes et de médailles de concours, toutes vouées au dieu cheval ou à son cavalier. Je retrouve l'espace de vie, et apprécie que la présence équine s'y résume à une sculpture empoussiérée sur le buffet ainsi qu'à une toile de grand format quasi abstraite. Cette visite de la maison m'invite à la conclusion suivante : mon hôte est passionné de chevaux et de littérature. À moins que ce ne soit pas lui qui lise, et qu'il ait hérité de tous les ouvrages. Je n'ai pas trouvé d'indices d'une présence féminine. Ce serait donc un vieux loup solitaire… un peu comme moi. En moins pire, je le lui souhaite !

Je pars à la recherche d'un petit quelque chose

pour calmer ma faim ; il semblerait que l'air marin me redonne un peu l'appétit. J'ouvre un placard. Raté. Je finis par trouver un paquet de sablés bretons. Il m'a dit de faire comme chez moi. Je me sens un peu gênée. Deux biscuits et un verre d'eau me laissent bonne conscience.

Je m'interroge sur la suite des événements. Je n'ai pas envie de sortir, mais je n'ai pas envie de dormir non plus, ni de rester les yeux ouverts allongée sur mon lit. Je ne vois pas trente-six solutions : allumer la télé ou prendre un livre. J'opte pour la seconde, et retourne dans la bibliothèque. Je choisis un recueil de poésie et m'installe sur le canapé.

Peu de temps après, il est presque midi ; il va sans doute rentrer manger. Bêtement, je n'ai pas envie qu'il me trouve dans son salon. Je retourne dans ma chambre.

Trop vite : j'en oublie le livre sur le canapé.

9

Passé la journée à cheval ou presque. Ce midi, j'ai profité de la pause pour aller faire des courses. Je ne sais pas si c'est parce qu'il y a quelqu'un chez moi que je me force à remplir le frigo et les placards… C'est vrai que je me contente de peu, et qu'ils sont quasi vides la plupart du temps. Je fais les courses au jour le jour, et puis on m'apporte souvent des œufs, du lait, des légumes ou de la viande. L'avantage d'avoir des voisins sympas, et un père agriculteur à côté.

Je ne savais pas si je devais la prévenir que je ne serais pas là ce midi pour lui préparer quelque chose à manger, mais après tout… 1) je ne lui dois rien, 2) je lui ai dit de faire comme chez elle, donc elle peut aller se servir, et 3) je ne me voyais pas trop l'interpeller d'en bas du genre « Hey, mademoiselle, je pars faire des courses ! » (Bah oui, je ne connais pas son prénom, c'est ballot.)

J'ai avalé un sandwich de grande surface, immonde, et je suis rentré. Courses déposées, mis au frais ce qui devait l'être, le reste laissé en plan. Tant pis, on verra plus tard. Le vendredi après-midi, j'ai une balade à cheval avec mes amateurs de galop sur le sable, et j'enchaîne avec deux reprises. D'où les courses le midi. Bref. Avant de sortir, un livre sur le canapé me fait de l'œil. Tiens donc… un indice de passage récent. *Les Fleurs du mal* de Charles Baudelaire. Le livre est ouvert à la page de « L'homme et la mer ». *Homme libre, toujours tu chériras la mer! / La mer est ton miroir; tu contemples ton âme / Dans le déroulement infini de sa lame, / Et ton esprit n'est pas un gouffre moins amer…* Elle a bon goût, mais ce n'est pas gai. Dans son état, je serais plutôt tenté de lui prescrire du Patrick Sébastien.

*

Même si mes muscles sont rodés à force d'heures à cheval quotidiennes, le soir je suis un peu fourbu et n'ai qu'une envie: rentrer au chaud et m'affaler sur le canapé. Sauf que Elle, l'Étrangère, est là, depuis plus d'une semaine déjà et que je ne me sens pas libre de mes mouvements. Comme si je n'étais plus chez moi.

Quand j'entre dans la maison, les sacs de courses ont disparu. Tiens, la sauvage est à nouveau sortie de sa grotte… Ça me fait bêtement sourire. Je me dirige vers la cheminée. On est mi-avril, mais il fait vraiment frais ce soir. Je prépare donc un feu. J'aime ça, me retrouver chez moi après une longue journée dehors dans notre air breton vivifiant. C'est bon, ça brûle déjà bien. Je vais aller prendre une douche et me changer. Je ne sais pas trop pourquoi, mais j'espère qu'elle va enfin dîner avec moi, ce soir. C'est quand même bizarre de manger en décalé et chacun dans son coin, déjà qu'on n'est que deux.

Quand je redescends, alors que je m'apprête à enfourner une pizza, je découvre l'Étrangère sur le canapé. Elle feuillette *Cheval magazine*. Je suis bien décidé à la faire parler ce soir. Que je sache un peu qui j'héberge, quand même !

— Bonsoir.

— Bonsoir, me répond-elle en gardant les yeux baissés sur le magazine.

Elle est timide ou je lui fais carrément peur ?

— Merci, pour les courses.

— De rien.

C'est vraiment un échange riche et nourri... Bref. Je vais tenter de l'amadouer.

— Vous voulez boire quelque chose ?... La pizza sera prête dans quinze minutes.

— De l'eau, ça ira.

Je ne sais pas pourquoi, je sens un vrai goût de la fête chez elle. Mais comme je n'ai pas envie d'avoir fait les courses pour rien, je sors avec un peu de fierté du jus de pomme et du coca, que je lui colle sous le nez, avec quand même une carafe d'eau. Comme ça, elle aura le choix.

Je m'installe sur le canapé d'à côté. Lui demande si elle veut regarder la télé. Elle fait non, mais moi je croyais qu'elle dirait oui, alors je l'allume parce que j'aime bien regarder les infos, le soir, au moins les titres, et il est vingt heures. De toute façon, qu'est-ce qu'on va se dire ? Et puis... je suis chez moi, merde, après tout. Ce n'est pas qu'elle me dérange, mais un peu quand même. Je ne vais pas bouleverser mes petites habitudes de célibataire.

On regarde les infos, concentrés. Enfin, elle, elle garde les yeux rivés sur le magazine. Alors, je lui pose une question :

— Vous aimez les chevaux, hein ?

— En fait, non.

Un vrai fiasco. Je crois qu'on n'est pas faits pour se parler, elle et moi. Elle doit voir ma tête dépitée :

— Ce n'est pas que je ne les aime pas, c'est qu'ils me font peur. Je les trouve très beaux, mais… de loin.

Incroyable, elle a enchaîné deux phrases complètes ! Que de progrès !

— Ah… si ce n'est que ça… ça se soigne ! dis-je en riant.

Elle ne sourit même pas. Un vrai flop. Je ne suis pas le roi de l'humour, mais ça me déstabilise toujours les gens qui ne réagissent pas à un petit trait… Tant pis. Apparemment, elle parle. C'est donc l'occasion d'en savoir un peu plus. Je me lance :

— C'est bête, mais ça peut être utile, comme information : comment vous appelez-vous ?

— Oh… fait-elle avec surprise et en rougissant, comme si je lui demandais un truc pas très *clean*.

Après un moment de flottement, elle énonce :

— Elsa.

— Elsa comment ?

— Elsa, dit-elle avec un aplomb qui ponctue sa phrase par un point à la ligne.

Je ne me démonte pas :

— Et d'où venez-vous, Elsa, si ça n'est pas trop indiscret ?

— Je ne tiens pas à parler de ma vie privée.

Elle a dit ça avec le plus grand sérieux du monde,

mais avec moins de sévérité que de peur dans la voix. Au moins, c'est clair. Droit au but, et gare aux tacles. Sa « vie privée » ? Parce que je lui ai demandé d'où elle venait ? Ça ne me semblait pas être très intrusif, comme question ! Elle a forcément quelque chose à cacher… La seconde d'après, elle se referme comme une huître. Un ange au bord du malaise passe, et moi j'ai encore l'air d'un con. J'ai envie de m'énerver, je sens la moutarde me monter au nez. La fille, je la loge aux frais de la princesse, et elle ne daigne pas me donner plus que son prénom ! Si c'est pas abusé… Mais je ne dis rien, ça ne servirait pas à grand-chose. Je garde la moutarde pour moi. Pour cette fois. Un jour, elle sera peut-être trop forte.

La pizza, on la mange en silence, devant la télé. Repas version service minimum. C'est toujours mieux que de se faire face, chacun d'un côté de la table comme l'autre soir, ou qu'elle grignote dans sa chambre. Là, au moins, à défaut d'échanger les yeux dans les yeux, on a quelque chose à regarder…

Super soirée. Merci, Elsa. Ravi de t'avoir rencontrée et de t'héberger… Pourvu, juste, que ça ne dure pas trop longtemps !

10

Je me suis réveillée au son du chant des oiseaux marins. Je ne connaissais pas ça, avant. Ils font un boucan ! Je suis à la fenêtre, comme hier à la même heure – voilà que je contracte de petites habitudes. Le temps n'est pas le même. Aujourd'hui, grisaille et vent. Pourtant, c'est décidé, ce matin, je sors. Besoin d'air. Avant ça, j'ai pris la raisonnable résolution de m'octroyer une douche. Je commence à faire vraiment pitié. Voyons voir, si je compte… nous sommes samedi, je suis partie un lundi… Déjà douze jours. Ma dernière douche date de douze jours, mon dernier shampooing aussi, autant dire que mes cheveux, pourtant secs à l'origine, sont enduits de gras et que je ne suis pas de la première fraîcheur. Ce n'est pas parce que je n'ai rien à vivre que je dois me laisser aller… Ne serait-ce que par respect pour mon hôte. Le pauvre ! Je l'ai un peu malmené hier soir, il avait l'air déconfit. Il n'avait qu'à pas m'emmener sur ce terrain glissant. Elsa… ce prénom est venu tout seul, surgi de nulle part, ou plutôt si : surgi de mon inconscient après ma lecture des *Yeux d'Elsa* d'Aragon.

Je fais comme chez moi, il a dit, alors je saisis une

serviette de bain, une brosse à dents neuve dénichée dans un tiroir – pour ça aussi, il était temps –, et je me lave avec minutie. Je reste sous la douche un temps déraisonnable. L'eau s'écoule comme le temps, sans soubresauts, sans à-coups. J'abuse un peu, mais c'est la première depuis que je suis ici, j'ai donc dix jours à rattraper… Et puis, je ressens, enfin, le besoin de me laver en profondeur. Je voudrais que l'eau soit magique et qu'elle panse les plaies de mon âme endolorie, mais ça ne marche pas comme ça. Ce serait trop facile. À défaut de ressentir un bien-être moral, je ressens le contentement de la propreté du corps. C'est déjà pas mal.

Pour m'habiller, ce n'est pas compliqué : je n'ai pris que deux tenues de rechange. J'enfile mon second jean, une chemise, un pull, mes chaussures de marche et je descends.

J'ai envie d'un thé. Je sais qu'il en a, ainsi qu'une bouilloire. Ma première boisson chaude depuis mon arrivée. Je n'ai pas osé lui en demander, ni même accepter quand il m'en a proposé une. C'est un peu idiot. J'aurais voulu être transparente et qu'il fasse comme si je n'étais pas là. Heureusement que ça n'a pas été le cas : je serais morte desséchée dans cette chambre. Mais je me suis contentée d'eau froide. L'hydratation était mon unique besoin de survivance. Ce thé, basique, me fait du bien… Ça me rappelle les doux moments que j'arrivais parfois à passer seule, sur mon balcon, à Lyon, avec un livre de poésie et une tasse de thé. Ça me paraît déjà loin, comme si j'étais partie depuis des mois. Il faut dire que ce genre de moment paisible ne m'est pas arrivé depuis au moins deux mois, enfin, depuis… avant que…

*

Je sors. Le chat est là, sur le perron, prêt à rentrer au moindre crachin, mais pour l'instant le ciel gris reste bien accroché. Le petit félin se frotte à mes jambes en ronronnant. Je le regarde à peine et ne réponds pas à sa quête de caresses. J'aperçois alors mon cavalier d'hôte, juché sur une monture impressionnante. Il faut dire que lui-même est grand, les proportions sont donc respectées. Il vient vers moi, me lance un bonjour auquel je réponds assez fort pour qu'il m'entende, mais au prix d'un effort surhumain. Aussitôt, la carrière est envahie d'enfants sur des poneys, qui surgissent de nulle part. Au cas où je me poserais encore la question, M. Druont – je crois que c'est ça – tient donc un centre équestre. Les poneys sont tournés vers les écuries, tous bien rangés. Les petits cavaliers descendent de leurs montures. Je les admire, ces petits bouts de chou. Ils sont bien plus courageux que moi ! J'entends sans vraiment écouter les consignes que le moniteur leur donne et les regarde prendre le chemin des écuries à la queue leu leu. Les poneys sont de toutes les tailles et de toutes les couleurs, dans la limite de ce qui existe chez les équidés, évidemment.

François s'approche de moi.

— Bien dormi ? me demande-t-il.

Je suis un peu rassurée, car après ma petite mise au

point d'hier, je me demandais s'il allait oser me parler à nouveau…

— Ça a été, oui.

— Vous allez faire un tour ? Si vous voulez, vous pouvez visiter les extérieurs et découvrir le centre.

— Ça ne gênera pas ?

— Mais non, et puis je suppose que vous avez suffisamment peur des chevaux pour rester prudente…

Il me dit ça avec un clin d'œil. Il a un côté un peu piquant, mais son sourire offre autre chose.

Avec son aval, donc, je pars explorer mon nouvel environnement. Je longe, à bonne distance, les écuries. J'observe de loin les enfants s'occuper de leurs poneys. Le centre n'est pas immense. Il doit y avoir une quarantaine de chevaux en tout, répartis dans deux écuries, un manège couvert, pas très grand, et la carrière près de la maison.

C'est un monde à part, ici. Je regarde la maison de loin. Une longère bretonne classique, en granit, recouverte d'ardoises. De là où je me situe, je trouve mon refuge assez joli. Oui, je contemple cette maison et je me dis que je n'ai pas envie de partir tout de suite. Pas demain, en tout cas. Cependant, ça ne dépend pas que de moi. Je verrai bien…

J'attrape soudain une idée au vol : et si je préparais le repas ? Avant, j'aimais bien cuisiner. Là, ce n'est pas que j'aie envie, c'est juste que je me fais un devoir de ne pas être qu'une profiteuse, et que c'est à peu près la seule chose que je sache faire, dont je me sente capable, et qui pourrait me changer les idées. Cuisiner me vide la tête, ça a toujours été ainsi. Autant être utile…

*

Il arrive enfin, un peu avant treize heures, moulé dans son pantalon d'équitation déjà bien sale… Je l'attends dans la cuisine. La table est dressée, le plat mijote dans la cocotte. François me dévisage, visiblement agréablement surpris. Je me demande tout à coup s'il a déjà vécu avec quelqu'un, s'il a connu le plaisir de partager des petits plats à deux ou bien juste celui de s'attabler sans avoir rien à faire. Il me remercie pour le couvert, pour le repas dont l'odeur parvient à ses narines. Il me demande si je veux boire un peu de vin, pour faire honneur à mon plat, et comme j'acquiesce il se rend dans la cave choisir une bouteille de rouge.

Nous nous asseyons. Je le sers. Il me verse du vin.

— Vous n'en prenez pas ?

Ma question est spontanée.

— Non.

Sa réponse, on ne peut plus concise, est irritée. J'en suis navrée, et le plaisir de partager un verre retombe comme un soufflé. Quel intérêt que je boive seule ? Et il a ouvert une bouteille rien que pour moi ?!

— C'est dommage…

— C'est ainsi.

Fin du sujet. Un air sombre est passé dans ses yeux, vif comme l'éclair. Il est fort probable qu'il a dû renoncer à l'alcool pour raison de santé, ou… parce qu'il a eu des problèmes d'addiction. Je n'en saurai pas plus. Peu importe. Nos conversations resteront sans doute superficielles, ce n'est pas plus mal. Il m'accueille chez lui et je lui en sais gré, mais ce n'est que temporaire, et tant mieux pour lui… Je n'ai jamais su me rendre indispensable pour quiconque.

— Je voulais vous remercier…

— Vous partez déjà ?

— Non ! Enfin… comme vous préférez. Je peux partir…

— Vous ne me dérangez pas.

— Je voulais vous remercier pour votre hospitalité. Vous m'hébergez si généreusement… C'est très gentil. Je vous paierai, au moment de partir, ne vous inquiétez pas. J'ai beaucoup de défauts, mais je sais être reconnaissante…

— Vous ne paierez rien du tout.

— J'insiste.

— Pas avec moi.

Il plante ses yeux curieux dans les miens :

— Vous irez où, après ?

— Je ne sais pas.

— Vous ne rentrez pas chez vous ?

— Ne recommencez pas.

— Je ne peux pas vous poser la moindre question ?!

— Pas de questions personnelles, en effet. S'il vous plaît…

— Mais tout est personnel, Elsa ! Nous n'allons pouvoir discuter de rien, si même quand je vous demande votre nom, vous êtes fuyante !

Fuyante, il ne croit pas si bien dire… J'ai fui, et j'ai mes raisons. Mais ça ne le regarde pas…

— Le sujet est clos, je ne veux pas de questions…

— Vous êtes du genre têtue, hein ?

— Sinon, je pars…

— Eh bien partez, alors ! explose-t-il. Vous ne croyez quand même pas que je vais vous supplier de rester ? Que j'ai un quelconque avantage à vous héberger chez moi ? Que j'éprouve quoi que ce soit à la perspective de votre départ ? La porte est grande ouverte ! Allez-y, si vous voulez, merde !

Je me mets à trembler comme une feuille, je quitte la table dans un état d'anxiété aiguë, puis la maison, au bord de l'implosion. Je cours, les larmes aux yeux, je quitte l'enceinte du centre équestre et du jardin. Je fonce droit vers la mer. Le souffle court, je m'arrête au bout de la route, là où l'on peut accéder au chemin côtier. Je n'ai pas un cœur de sportive. J'ai un cœur de rien du tout, qui ne sait que souffrir et qui n'en peut plus. J'avance vers la plage. Il y a des rochers, mais pas de falaises, pas de quoi se jeter pour en finir vraiment. Je m'effondre sur le sable et pleure comme la dernière des nulles. Je me sens au bord du même gouffre que celui de mes seize ans, dans la même fragilité indicible que celle qui a baigné mon adolescence. J'ai trente-deux ans maintenant, mais rien n'a changé, parce que tout s'est arrêté à ce moment-là et que, depuis, je n'ai jamais su vivre, je n'ai jamais su aimer ni être aimée. Je me sens plongée dans un néant profond. Je ne suis rien… pour quiconque, et ce depuis toujours. Je ne compte pas. Je n'ai jamais compté, je n'étais pas assez, ou bien j'étais trop… mais jamais comme il l'aurait fallu. Jamais. Je suis au monde, mais je ne suis rien. J'existe, mais je ne vis rien. Et ici, dans cet univers reculé où j'ai choisi d'échouer, je suis, encore une fois, une moins que rien, celle qu'on ne retient pas, qui ne compte pas.

Invisible, aussi inutile et transparente que l'écume foulée par les sabots d'un cheval.

Oui, mon drame d'aujourd'hui, c'est le drame de ma vie : je ne suis rien, et si je quittais ce monde ça ne changerait rien. Pour personne. Je pousse un cri, tant la douleur me brûle en profondeur. Je pleure, étendue sur le ventre, comme quand je me réfugiais, petite, sur mon lit.

Le brouillard qui tombe m'enveloppe comme un linceul. La plage est mon lit, un lit de sable et de sel, où je voudrais m'évanouir et me perdre tout à fait.

11

Comment dire ? J'ai atteint un sommet dans le sentiment de malaise quand elle est partie, plus mal que furax. Je ne sais pas trop m'y prendre avec les femmes. Ça, je le savais déjà. Avec elle, qui est bizarre à souhait, c'est encore pire. Il faut marcher sur des œufs. La délicatesse, ce n'est pas mon genre, enfin… quand je ne connais pas. Remarque, même quand je connais ! Qu'est-ce que j'étais censé dire ? Elle m'a prodigieusement agacé, avec son espèce de menace de partir si je lui posais des questions. Je n'aime pas trop les ultimatums. Eh bah, vas-y, pars, je m'en fous ! Je suis sympa, mais faut pas me prendre pour un con. Mon âme charitable ne va pas plus loin. Ma vocation subite peut vite flancher. Je devrais l'accueillir, mais ne pas lui poser la moindre question ? Elle exagère, quand même, la nana !

Une fois mon petit coup de sang passé, je reste bêtement sur le banc, attablé tout seul, son assiette encore pleine devant moi. Et son verre de vin, qui subitement me fait presque de l'œil. Je l'attrape, le vide dans l'évier, et mets la bouteille hors de ma vue. Manquerait plus que ça…

Je sais où elle est partie. C'est évident. Je n'ai pas envie de me prendre la tête, parce que 1) je ne suis pas du genre à me mettre à genoux devant une femme que je connais à peine – c'est peu de le dire –, et 2) les débutants de la première reprise vont arriver, je n'ai pas le temps de partir à sa recherche. Madame veut faire un tour, grand bien lui fasse. Ça va l'aérer ! L'affaire est close : j'attendrai qu'elle revienne. Ou pas. En fait, s'il n'y avait son sac, à l'étage, je ne serais pas certain qu'elle remette le pied ici. Mais il y a son sac… et quelque chose me dit qu'elle n'est pas au bord du suicide quand même. Donc elle va revenir. Enfin, j'espère…

*

Les heures passent, au rythme des reprises du samedi après-midi, et toujours, dans un coin de ma tête : Elsa… Je vois, avec un début d'inquiétude, les nuages qui menacent de plus en plus. Ça sent la flotte à plein nez. Et elle n'est toujours pas revenue. Je regarde toutes les trente secondes l'entrée du centre et le perron de la maison. Je la guette, malgré moi. Crétin… dans quelle galère tu t'es fourré ! J'aurais mieux fait d'appeler les pompiers, l'autre jour… Bref. Il est 17 h 10. La pluie dégringole, la reprise déménage fissa sous le manège couvert. J'interpelle Patrick pour qu'il me relaie, je m'excuse auprès de mes grands élèves : « une urgence », et je file.

C'est tout moi, ça. Agacé, mais inquiet. Et puis, sur ce coup-là, je suis peut-être un peu responsable… alors, il faut que j'assume. Je l'imagine sous l'eau, immobile, attendant je ne sais quoi. Elle est peut-être trop fière pour rentrer. Ou bien elle a trop peur, maintenant, et se sent coincée dehors. Peut-être qu'elle a trouvé un abri, ou qu'on l'a recueillie ailleurs...

La pluie cingle mes joues dans ma course vers la plage. Je ruisselle, mais peu importe, il faut que je la trouve. Je prends le chemin côtier. En toute logique, je retourne au rocher au pied duquel je l'ai trouvée. Elle n'y est pas. Je jette un regard circulaire, cherchant du regard les couleurs qu'elle porte aujourd'hui. Sur la plage, j'aperçois une silhouette rouge et noir, allongée, très loin, sur le sable détrempé, à portée des vagues. Elsa ? D'ici, je ne distingue pas grand-chose. Pourvu que ce soit elle, et qu'il ne lui soit rien arrivé. Putain, une angoisse monte dans ma gorge.

Plus je m'approche, et plus je sais que c'est elle, cette masse inerte qui se fait lécher les pieds par la mer à mesure que la marée monte. Mais elle est con, ou quoi ? Ou inconsciente, dans les deux sens du terme. J'arrive enfin, je la retourne, et à ma grande stupeur, elle n'est ni morte ni évanouie. Elle gémit. Mais ça ne va pas bien, ou quoi ? Elle doit être folle... ou alors, elle est bien plus mal en point que je ne l'imaginais. Et tout ça parce que je lui ai dit de s'en aller ?

Je la soulève sans trop de peine, malgré le poids de ses vêtements alourdis par l'eau, et la porte vers la maison, avec l'impression de revivre la même scène à dix jours d'intervalle. Le cheval en moins, la pluie en plus. Elle gémit : « Laissez-moi, François, laissez-moi... » François ? Si je me souviens bien, je ne lui ai jamais dit mon nom... Elle a l'air plus renseignée que moi à son sujet !

La pluie battante ralentit mon pas, mais nous finissons par arriver. Dans un état indescriptible. La reprise est finie, Patrick a dû gérer comme un chef. Je rentre chez moi, avec Elsa qui frise l'inertie.

Elle comme moi, il faut qu'on se change vite, sinon c'est la pneumonie assurée... Je la porte jusque dans sa chambre, la dépose sur son lit. Hors de question pour moi de la déshabiller. Je ne suis pas du genre à profiter de ces situations. Alors j'emploie les grands moyens. La secoue, lui intime fermement l'ordre de retirer ses vêtements. Je prends le ton autoritaire de celui qui n'acceptera pas qu'on désobéisse. Déjà, elle est assise et semble entamer la démarche d'enlever son pull. Je sors de la chambre, vais chercher dans une vieille armoire quelques vêtements de Sandrine. Ils seront sans doute un peu grands, mais qu'importe : au moins, ce sera plus féminin que des fringues à moi. Je lui jette des habits secs par l'entrebâillement de la porte, sans un regard sur elle et son corps potentiellement dénudé.

— On se retrouve près de la cheminée.

J'ai failli ajouter « c'est un ordre », mais le ton employé était suffisamment éloquent. Je pense qu'elle a compris.

Il est temps que je m'occupe de moi, je dégouline, le sol est trempé. Voilà justement mon Cartoon qui arrive et s'étonne de trouver toute cette eau... Il lèche le sol ; il aide à sa manière.

Je prends une douche chaude en vitesse, m'habille en deux secondes et descends pour allumer un feu de cheminée. Il crépite déjà, et elle n'est toujours pas là. Perplexe, entre inquiétude et agacement, je me décide à monter la voir, des fois que… je ne sais pas. Je la trouve assise sur son lit, pieds au sol, Cartoon près d'elle.

— Venez près de la cheminée, il faut vous réchauffer…

— Je suis désolée, dit-elle en claquant des dents.

— Allez, venez.

Je lui tends la main pour qu'elle la prenne et se lève. Nous descendons, suivis du chat. Je l'assois sur un fauteuil en face de la cheminée, lui prépare un thé. À peine a-t-elle sa tasse en main que le téléphone sonne.

— Oui ?!… Ah, salut… Ah, mince ! J'avais complètement oublié… Non, je ne peux pas venir ce soir, je t'expliquerai. Non, c'est pas ce que tu crois… Ouais… On se voit demain, de toute façon. Bonne soirée, ouais, bye !

Je raccroche. C'était Laurent, mon beau-frère.

— Vous aviez quelque chose de prévu ce soir ?

— Rien d'important.

— Oh si, ça devait être important. Je ne vous cause que des ennuis…

— Ne dites pas ça.

Elle grelotte encore, alors j'attrape le plaid sur le canapé et lui en recouvre les épaules. Elle me remercie avec un semblant de sourire, triste et terne, un sourire vide. Spontanément, je touche son front. Elle est brûlante.

— Je crois que vous n'allez pas échapper au paracétamol…

Je vais lui chercher un comprimé, que je lui tends et qu'elle avale.

— Vous devez me prendre pour une folle…

— Mais non…

Elle hoche la tête, d'un air de dire : « Mouais, peu convaincant. » Je ne crois pas qu'elle soit folle, il me semble juste qu'elle va mal. Peut-être qu'elle devrait voir un psy… Je dis ça, mais je n'ai jamais voulu en consulter un, et pourtant… Je la regarde comme je ne l'ai encore jamais fait. Elle me fait l'effet d'une bête sauvage apeurée, prostrée dans un coin pour mourir sans déranger. Et moi, l'ami des bêtes, je ressens comme l'envie de la protéger. Non, allez, plus sérieusement : sa fragilité me fait quelque chose. Et tout le mystère autour d'elle, aussi. Que je suis con… Une jolie fille s'échoue ici et je me la joue *Zorro est arrivé !*

12

Quand il m'a ramassée, je lui en ai voulu, et j'ai été soulagée à la fois. Comme si ne pas me laisser là était un reproche à lui faire… alors qu'évidemment, au fond, je n'avais aucune envie d'y rester.

Il m'a portée jusque chez lui. Je sais que je ne suis pas bien lourde, mais quand même. Pendant ce transport peu commun, culpabilité et besoin de sécurité se mêlaient. C'est fou, parce que malgré la pluie intense autour de nous et sur nous, j'ai senti un petit quelque chose qui ressemble à du bien-être, ainsi collée à lui, fût-il un amas de vêtements mouillés et froids. Ou comment un contact humain surprend par son étrangeté…

J'étais à demi consciente, dans des vapeurs mouillées, brumeuses et sombres, mais non ténébreuses comme quelques minutes auparavant. Il m'a sauvée… pour la deuxième fois. *Sauvée*, c'est un bien grand mot : je ne serais pas morte, car j'aurais fini par me relever, surtout avec l'eau qui arrivait jusqu'à moi.

D'un seul coup, je lui suis reconnaissante. La première fois, il était là par hasard. La deuxième, il est *venu me chercher*. Et cette idée a un effet apaisant sur mon cœur meurtri. Je ne lui en veux plus de m'avoir dit de partir. D'ailleurs moi aussi je pense que je *dois* partir…

Quand il m'a dit de me déshabiller d'une voix autoritaire, qu'il m'a laissée seule pour le faire et m'a donné des vêtements secs, ma gratitude envers lui pour l'attention et le respect qu'il me porte, est montée d'un cran. Je me sentais affreusement fiévreuse, et j'ai eu bien du mal à ôter mes habits trempés pour enfiler les autres sur ma peau collante. Les autres… des vêtements de femme. Tiens donc, une femme a peut-être bien vécu ici, avec lui. Qu'est-il arrivé ? Mes suppositions ne vont pas plus loin, je suis épuisée, comme dans un état second.

Le chat est là contre moi, il s'est glissé par la mince ouverture de la porte. J'esquisse un sourire presque involontaire, j'attends. Je ne me sens pas capable de descendre pour le rendez-vous près de la cheminée. Mais il vient me chercher.

Cet homme que je ne connais pas prend soin de moi. Il s'inquiète de ma santé, me soigne, fait en sorte de me réchauffer. Je n'ai pas connu ça depuis bien longtemps.

Je culpabilise un peu plus quand je comprends qu'il renonce à une soirée à l'extérieur pour moi. Et, finalement, nous nous mettons à discuter. Comme ça, presque naturellement. Je sens que mon armure se fissure, un peu. Pas beaucoup, mais un peu, suffisamment pour enchaîner des phrases et avoir enfin un échange qui ressemble à une vraie conversation, même si je me sens faible, fiévreuse, et que chaque mot me coûte et me brûle.

— Je suis désolée…

— Vous l'avez déjà dit tout à l'heure…

Cela ressemble à un reproche, mais il ajoute :

— Je suis désolé aussi, si je vous ai blessée, ce midi. Ce n'était pas mon intention.

— Je sais. Vous n'y pouvez rien. Vous avez appuyé là où ça fait mal, comme on dit. Et… je suis fragile… en ce moment…

— J'ai compris.

Il hésite.

— Vous voudriez voir un médecin ? Quelqu'un, pour parler ?

— Non ! C'est gentil, mais non…

— Je ne vous l'ai pas proposé, mais je voulais vous dire que vous pouvez utiliser le téléphone, aussi, si vous voulez donner des nouvelles ou, je ne sais pas moi, rassurer votre famille… Vous avez sûrement un portable, cela dit.

— Je n'ai pas de téléphone, et je ne veux pas téléphoner.

C'est un peu abrupt comme réponse, mais je n'ai pas la force de faire autrement. Hormis pour ce qui concerne ma véritable identité, je ne souhaite pas mentir. Dire la vérité ou me taire, mais pas mentir. Ici, je veux être neuve et vraie.

Pour toute réponse, il se lève et je l'entends s'affairer à la cuisine. Je le rejoins.

— François, je vais partir demain.

Il se tourne vers moi, incrédule.

— C'est à cause de ce que je vous ai dit ce midi ?

— Non… un peu.

— Je ne vous poserai plus de questions, si c'est ça

le problème. Je ne suis pas à l'abri d'une rechute, mais je vous promets d'essayer.

— C'est gentil, mais ma place n'est pas ici…

— Et vous savez où elle est ? Je veux dire… vous savez où vous irez demain ?

— Je continuerai ma route.

— Au hasard ?

— Oui, regardez : le hasard m'a menée ici, et vous m'avez aidée.

— Justement, je ne tiens pas à ce que vous preniez des risques et que vous vous mettiez en danger. Deux fois, ça suffit.

— Je ne suis pas folle, vous savez.

— Je sais. Mais vous êtes fragile, vous venez de le dire. Pourquoi ne pas rester ici quelques jours… le temps de savoir ce que vous voulez faire, où vous voulez aller ? Et puis, peut-être que vous aurez envie de rentrer chez vous. Je sais, ça ne me regarde pas, mais vous aviez forcément un chez-vous, et il y a sans doute des gens qui vous attendent.

Je laisse sa question déguisée en suspens. Je le vois qui se décompose un peu, face à mon visage qui en dit plus qu'il ne faudrait. J'ai besoin d'entendre à nouveau ce qu'il vient de dire, enfin seulement le début.

— Vous pouvez me répéter votre proposition ?

— Je disais : vous pouvez rester ici quelques jours, le temps d'aller mieux et de savoir ce que vous voulez faire ensuite – et qui ne me regarde pas. Vous êtes libre de vos mouvements, vous pouvez passer du temps dans le centre ; même si les chevaux, c'est pas votre truc, ça pourrait le devenir. Si vous avez des questions, vous verrez avec Patrick. C'est mon homme à tout faire ici, sourit-il. Vous pouvez aller vous balader sur la plage ou le sentier côtier. Essayez juste de ne pas vous perdre et ne m'obligez pas à aller vous chercher. Tant que vous ne vous foutez pas en l'air, ça me va, OK ?

Il me ferait presque sourire.

— Vous ne me mettez pas à la porte, alors ?

— Ben non. Vous êtes libre de rester, ou de partir. C'est vous qui choisissez. Je veux juste être sûr que vous partirez quand vous serez prête, pas parce que vous vous sentirez… chassée.

— Vous êtes…

Je ne termine pas ma phrase parce que je ne sais pas comment dire les choses telles que je les ressens, et que ma spontanéité n'est pas toujours bonne conseillère.

— Merci, fais-je en guise de conclusion. Je vous dédommagerai.

— C'est ça…

Voilà. Il n'a rien promis si ce n'est son accueil et son respect de ma personne. Je ne sais pas ce qu'il gagne à faire cela, mais c'est si généreux de sa part et je ne suis tellement pas habituée à ce genre de traitement…

Ce soir, je vais me coucher avec pour la première fois une once de sérénité en moi, qui me permet de m'abandonner à un sommeil réparateur.

13

Je n'ai pas très bien dormi. Les scènes de la journée écoulée me revenaient en boucle. Quand je pense qu'elle aurait pu se noyer ! Et si je n'étais pas allé la chercher ? Je me sentais responsable de son geste, même si, en profondeur, il ne m'appartient pas. Il était un écho à quelque chose de douloureux, de récent ou d'ancien je l'ignore. En tout cas, elle en traîne des choses dans son sac à dos. Le « hasard » l'a menée ici. Je ne sais pas si je dois m'en réjouir. Elle a peut-être fait quelque chose de répréhensible, et comme je l'héberge je deviens son complice.

Pour autant, allez savoir pourquoi, sa détresse me parle, et je ne me vois pas la jeter dehors…

Envie de « fêter » un nouveau départ et de lui offrir un déjeuner d'accueil : je file en voiture au village, j'achète la meilleure baguette, des croissants, des pains au chocolat, et je reviens rapidement. Laurent arrive à 9 h 30, et je voudrais prendre du temps avant.

Je prépare un petit déjeuner de fête, et je ne sais même pas pourquoi. Je crois que je veux qu'elle se sente bien ici. Que les jours qu'elle passera au centre soient un bon souvenir, pour plus tard.

Comme il est déjà neuf heures, je me permets d'aller toquer légèrement à sa porte. Elle ouvre, encore ensommeillée, à peine habillée, mais ornée d'un début de sourire.

— Bonjour. Je suis allé à la boulangerie, j'aurais bien voulu partager un vrai petit déjeuner avec vous. Ça vous dit ? Après, j'ai du travail…

— Même le dimanche ?

Je souris de sa naïveté.

— Tous les jours ! Disons que c'est un peu particulier : Laurent, mon beau-frère, fait travailler son cheval le dimanche matin. C'est une tradition.

— J'arrive. Le temps d'enfiler quelque chose…

On déjeune, elle mange un croissant entier. Incroyable… Elle s'amuse de ce que je boive un chocolat chaud. C'est mon rituel du matin, dimanche ou pas. Et alors ?

— Vous êtes tombé dans l'équitation depuis votre plus jeune âge ?

— C'est ça. Mon père est agriculteur, et il avait des chevaux. Je me suis pris de passion. On n'avait pas d'argent pour me payer des cours, alors j'apprenais avec un ami à lui, à la ferme, dans un champ. Et puis, j'ai fini par gagner un peu de sous, j'ai passé des examens, et mon père m'a loué un terrain pour construire le centre. Sa ferme est juste à côté. À mon avis, vous n'allez pas tarder à le voir débarquer.

— Oh… mais qu'est-ce qu'il va penser de… ?

— J'ai passé l'âge qu'on me donne des leçons. Je fais ce que je veux, et il le sait déjà, croyez-moi…

— Je n'en doute pas.

— Vous trouvez que j'ai mauvais caractère ?

— Ah non, ce n'est pas ce que j'ai dit, et ce n'est pas ce que je pense.

— Je suis du genre déterminé, et je trace ma route comme je l'entends. C'est tout.

Je choisis de changer de sujet.

— N'hésitez pas à venir voir l'entraînement, tout à l'heure. Vous verrez, il est doué.

— Vous ne voulez pas que je me cache ?

— Pourquoi ? Parce que c'est ma famille ? Mais non…

— Qu'allez-vous leur dire ?

— Je ne sais pas. La vérité, sans doute. Je ne suis pas un adepte du mensonge.

Ma phrase la laisse rêveuse.

— Et… si je voulais tenter un tête-à-tête avec un cheval… commence-t-elle. Lequel me conseilleriez-vous ?

— Un gentil tout doux, c'est ça ?

— Oui, sourit-elle enfin.

— Nata. Il n'y a pas plus gentil… Ah ! Tiens ! Voilà Laurent.

On a entendu la porte d'entrée s'ouvrir. Laurent est ici comme chez lui, et son entraînement est toujours précédé d'un café. J'ai vu Elsa se figer direct.

— Ah bah je vois que tu n'es pas seul ! Tu nous as fait faux bond hier soir, mais c'était donc bien ce que je pensais…

— Non, non, ce n'est pas ce que tu crois. Je t'expliquerai. Laurent, je te présente Elsa.

— Enchanté Elsa, dit-il en lui tendant la main.

— Bonjour, répond-elle simplement.

Toute gênée, elle s'éclipse bien vite dans sa chambre.

Laurent avale son café en me faisant de grands yeux interrogateurs et goguenards qui signifient : « Alors ?! » Je lui expliquerai quand nous serons au box. Ce n'est pas la première fois qu'il découvre une nana chez moi un dimanche matin, même si je préfère généralement aller chez la fille… Sauf que, cette fois, ce n'est pas ce qu'il croit. Ça m'amuse.

*

Laurent entraîne son cheval de concours, Atlas, avec lequel il obtient de beaux résultats. Il vient tous les dimanches – le reste de la semaine, c'est surtout moi qui monte son cheval. Je lui prépare un parcours d'obstacles plutôt balèzes, et il les franchit avec aisance. Je lui prodigue des conseils, qu'il suit plus ou moins. C'est le mari de ma sœur, et on s'entend bien au point que je le considère comme mon meilleur ami.

D'où je suis, je vois Elsa, qui observe de loin, discrètement, l'entraînement.

Laurent n'a pas attendu d'être au box pour me poser la question : « Alors, c'est qui, cette fille ? » Je lui ai résumé l'histoire, sans les éléments d'hier : en gros, je lui ai dit qu'elle était partie de chez elle pour faire un break, et qu'elle allait passer quelques jours ici, parce que je le lui avais proposé.

— Ah ouais… Elle te plaît ?

— Non, ce n'est pas mon genre.

— Parce que tu as un genre, toi ?

— Laurent, cette fille n'est pas au top. Ce n'est ni le

moment pour elle, ni séduisant pour moi, cette situation.

— Donc, bon prince, tu l'accueilles chez toi, sans espérer quoi que ce soit en retour ?

— C'est ça.

— Quel homme ! a-t-il dit avec ironie. En même temps, tu vois toujours Cécile ?

— Un peu… de loin, disons.

— Pour l'hygiène !

— C'est ça.

Après, on a causé d'Atlas.

Du coin de l'œil, j'aperçois Elsa qui fait connaissance avec Nata, postée à deux mètres de l'animal. Je trouve ça bêtement touchant et j'en arrive à me dire que cette fille me rend… un peu bête.

14

Aujourd'hui est un nouveau jour. Je me sentais mieux au réveil. L'absence de somnifères n'est peut-être aussi pas étrangère à cela. Nous avons déjeuné tous les deux, et François m'a parlé un peu de lui. J'ai été touchée par ses petites attentions. Il y avait bien longtemps qu'on ne m'avait pas offert un croissant.

Quand son beau-frère est arrivé, j'étais dans mes petits souliers, j'ai préféré les laisser tous les deux. Je suis sortie un peu plus tard.

Le centre est calme, le dimanche. Dans la carrière, il n'y avait que Laurent sur son cheval et François, debout au milieu. J'ai fait le tour, en passant près des écuries. J'ai observé l'entraînement et le passage des obstacles. Impressionnant ! Puis je suis allée à la recherche de Nata.

Je suis là, à la regarder. Elle est noir et blanc, ses yeux brillent d'intelligence. Ses oreilles sont bien droites, je sais que c'est bon signe. Je l'ai lu dans *Cheval magazine*. Je passe de longues minutes à faire connaissance avec elle… à distance. Le moment n'est pas encore venu pour moi d'oser la caresser. Je sais que c'est bête, mais c'est pour l'instant au-delà de mes capacités, très limitées en vérité. J'ai bien essayé, mais je me suis arrêtée à cinquante centimètres, trop impressionnée.

Je poursuis ensuite mon petit tour du centre. Je n'ose m'approcher des autres bêtes. Je croise le chat – François m'a dit qu'il s'appelait Cartoon –, et un chien, un magnifique golden retriever qui semble surveiller la seconde écurie.

Au bout d'une heure trente d'entraînement, les deux hommes retournent au box avec Atlas, trempé de sueur. Laurent le desselle et le mène à la douche. J'observe de loin. François s'approche de moi, tout sourire.

— Alors ?

— J'ai fait mon petit tour.

— Il ne vous reste plus qu'à monter !

— Oh non, je n'en suis pas là… Je ne l'ai même pas touchée.

— Vous devriez. Je suis sérieux. Ça vous changerait les idées. Et le cheval est un soigneur-né. Vous connaissez l'équithérapie ?

— Non.

— J'ai un super prof pour vous, si vous voulez.

— Vous ?

— Non, moi, désolé, mais je manque de temps. Mais j'en parlerai à Patrick demain. Vous verrez, ça se passera bien. Il a toute ma confiance, et vous, croyez-moi : cela vous fera du bien… Dompter ses peurs, c'est très valorisant et ça libère. Je suis certain que vous en sortirez grandie.

— Si vous le dites…

— Il faut que vous sachiez quelque chose : j'ai toujours raison.

Je souris franchement pour la première fois : son ton sérieux mêlé à son sourire me désarçonne. Et puis… il me montre encore, par ce petit encouragement, qu'il fait attention à moi, et qu'il me veut du bien. Et c'est nouveau. D'un coup, je me sens submergée par une crainte : et si partir d'ici devenait un déchirement, qu'aurais-je vraiment gagné ?

*

Je prends l'initiative de préparer le repas : avec du poisson que j'ai trouvé dans le frigo et des légumes revenus à la poêle, auxquels j'ajoute des herbes, je confectionne un flan, et j'enfourne le tout pour faire gratiner. J'espère que cette idée sera bien reçue.

Les deux hommes arrivent juste à ce moment-là.

— Ça sent drôlement bon ! s'exclame François.

— Ah, c'est bien d'avoir une petite femme à la maison qui mitonne des bons petits plats ! Si je comprends bien, tu ne viens pas manger à la maison ? demande Laurent.

J'en suis toute déconfite : je n'avais pas prévu de bouleverser à nouveau son emploi du temps… et l'ironie de Laurent me blesse.

— Non, pas aujourd'hui, Laurent. Dimanche prochain, d'accord ? C'est promis, je serai là dimanche. Allez, fais pas la tête. Tu prends l'apéro avec nous !

François attrape verres, bouteilles et biscuits apéritifs. J'hésite, je ne sais pas si je dois m'éclipser, mais il a dit « avec nous »… Nous prenons place au salon.

François est enjoué, comme pour m'envoyer un message subliminal du style « détendez-vous ». Mais je ne me détends pas, surtout quand Laurent, pour se montrer un peu plus aimable, me demande :

— Alors Elsa, vous faites quoi dans la vie ?

Je prends mon courage à deux mains pour répondre en espérant que la conversation ne va pas devenir un interrogatoire en règle.

— Pas grand-chose en ce moment, à vrai dire. Je suis dans une période de transition.

De l'art de ne donner aucune information sans en avoir l'air... Je suis plutôt satisfaite de ma pirouette.

— Ah, intéressant !

François me lance un regard compatissant et presque admiratif, qui veut dire en substance « bien joué ».

— Je n'ai pas trop envie de parler de moi, ça me dérange un peu.

— Très bien. De toute façon, je ne vais pas tarder, répond Laurent en buvant sa bière à grandes gorgées.

François est au coca, et moi au jus de pomme. Je me sens mal et me lève pour aller vérifier la cuisson du gratin dans le four, prétexte pour me sortir de ce guêpier gluant.

— Bon, François, conclut Laurent, on se voit dimanche. Ou avant, mais j'en doute. Allez, je file. Au revoir, Elsa, et bon retour chez vous !

Et il prend la direction de la porte d'entrée, François sur ses talons. Celui-ci sort avec lui, et me voilà, une fois de plus, au plus mal.

Quand il revient, François se dirige droit sur moi et me dit, avec une compassion qui me surprend :

— Je suis désolé…

— C'est moi qui suis désolée.

Une larme idiote roule sur ma joue, il se sent bête, je l'efface du revers de la main.

— Je vous fais perdre votre temps, je vous prive de votre famille et de vos amis, et je vais vous causer des ennuis…

— Mais non ! Elsa, je peux vous poser une question ?

— Je ne vous promets pas d'y répondre.

— Avez-vous fait quelque chose de mal, d'illégal, qui expliquerait votre fuite et votre présence ici ? Enfin, non, excusez-moi. Ne me dites rien. Je me fous de la réponse, et je suis sûr que, si vous l'avez fait, vous aviez vos raisons. Quelque part, en ne me disant rien de vous, vous vous protégez, mais vous me protégez aussi… Oublions ça. Ça n'a pas d'importance.

— Merci, François.

— Tiens, au fait, comment savez-vous mon nom ?

Je rougis.

— J'ai trouvé des indices, fais-je en forme de nouvelle pirouette.

Il sourit.

Nous partageons un repas agréable, il me parle des concours auxquels participe Laurent. Lui n'en fait plus. Dans ses yeux, il y a l'étincelle de la passion. J'ai plaisir à l'écouter, surtout parce que je n'ai rien à dire.

15

Je n'ai pas trouvé Laurent très cool. Bon, évidemment, il ne peut pas comprendre, et la situation est un peu délicate. Mais il n'a pas été sympa. Il devait être vexé pour hier soir et ce midi, alors, la goutte d'eau… bref. Elsa m'a fait un peu pitié. Pourtant, ce matin, j'étais content, car j'ai vu qu'elle faisait des efforts et des progrès : elle a bien déjeuné, elle est allée voir les chevaux, elle a même souri ! J'étais limite fier d'elle, c'est con.

Il a tout fichu en l'air. En revenant, j'avais presque envie de la prendre dans mes bras en lui disant : « Ça va aller, ça va aller », comme à une gosse un peu paumée. J'ai réfréné l'envie d'essuyer la larme qui coulait sur sa joue. Un geste bien trop intime pour que je puisse me le permettre. Mais elle me faisait vraiment de la peine, avec sa fragilité toujours prête à éclater.

Heureusement, les choses se sont vite arrangées. On a mangé son flan de poisson qui était à tomber par terre. Simple et bon, moi, ça, je ne sais pas faire. Elle m'a avoué – tout ce qu'elle dit ressemble à un aveu – qu'elle aimait beaucoup cuisiner. J'avais envie de lui poser des questions… mais je me suis dit que j'en savais assez : elle s'appelle Elsa, elle est partie de chez elle pour une durée indéterminée, elle a peur des chevaux et elle aime cuisiner. C'est un bon début. Et moins j'en saurai, mieux ce sera, peut-être…

*

Là, nous marchons tous les deux sur le sentier côtier. Je connais ces endroits comme personne, mais je ne m'en lasse pas. Entre la météo, l'état de la mer, les marées, les oiseaux, les saisons…, les paysages se renouvellent toujours et à chaque recoin de cette côte sauvage. Je suis content de faire découvrir ces lieux à Elsa. Je ne supporte pas les gens blasés de tout qui ne ressentent pas l'infinie beauté de cette côte bretonne. Je craignais que son état la rende imperméable à ça, mais en fait non : elle commence à s'éveiller, presque à s'émerveiller… comme une enfant. Et ça me plaît. Je l'observe du coin de l'œil, ses boucles blondes ondulent, voltigent et scintillent dans le vent. En fait, elle est un peu plus jolie que je le croyais. Mais c'est un détail.

On ne dit pas grand-chose, au début. Puis elle pose des questions, et je lui réponds avec plaisir. Elle est comme les Parisiens : elle croit que les goélands sont des mouettes… Je la taquine aussi sur l'envie qu'elle a eue de mettre fin à ses jours ici : c'était sans doute un bel endroit pour mourir, mais la vie, même laide et dure parfois, mérite trop d'être vécue pour être brutalement interrompue… Elle devine que l'existence ne m'a pas tout le temps épargné, et ça nous fait un point commun. Mais qui est épargné ?

*

En rentrant, je lui propose de se détendre en prenant un bain. J'ai envie de bouquiner un peu près de la cheminée, avant d'aller donner à manger aux chevaux. Elle accepte volontiers ma proposition. C'est là que mon père débarque. Sans prévenir, comme d'hab. Il vient m'apporter des œufs, mais pas seulement. Évidemment, le fait que je cache ici une étrangère a déjà fait le tour de la famille. Merci Laurent !

— Qu'est-ce que c'est que cette fille ?

— Papa, avec tout le respect que je te dois, je n'ai pas de comptes à te rendre. J'héberge qui je veux.

— Mais tu ne sais rien d'elle !

— J'en sais assez pour vouloir l'aider.

— Elle profite de toi !

— Et alors ?

— Mais enfin, tu te rends compte ? Elle a peut-être des problèmes avec la police, la justice, ou je ne sais quoi…

— C'est mon affaire. Ne t'en mêle pas, c'est tout. Et ce n'est que l'histoire de quelques jours…

— Quelques jours ? Qu'est-ce que t'en sais ? Quand le ver est dans le fruit…

À ces mots, mes mains se crispent malgré moi.

— Au revoir, papa.

Il se dirige vers la porte. Je lance, ironique :

— Et merci pour les œufs !

Il est parti. Je sens ma colère refluer. Je me réjouis qu'Elsa soit dans son bain. Ainsi elle n'a rien entendu.

Je me demande comment les choses vont évoluer. Je fais venir qui je veux chez moi, et je ne tolère pas qu'on me fasse la morale. Je suis un grand garçon de trente-sept ans. J'ai passé l'âge de me laisser emmerder.

Et puis, tout ça n'est que temporaire. Elsa va reprendre des forces, retrouver le moral, et s'en ira comme elle est arrivée. Le cheval en moins.

16

Ce matin, je me suis offert le luxe d'une grasse matinée. J'ai fait durer au maximum mes phases de somnolence douce, bercée par le chant des oiseaux ponctué de hennissements et par le ronron de Cartoon – que je soupçonne de savoir ouvrir les portes – au creux de mon oreille. Sacré chat…

Un peu plus de dix heures. Déjà ! Je me lève en vitesse, m'habille et descends. Un croissant m'attend sur la table près d'un bol. Je souris. Je vais aller à la recherche de ce Patrick dont m'a parlé François. J'ai décidé de me reprendre en main, de surmonter mes appréhensions vis-à-vis des équidés. Ici, je ne peux trouver meilleure occupation, et j'ai besoin de me changer les idées. François a peut-être raison, les chevaux seront peut-être un élément de la « guérison » dont j'ai besoin.

Je ne tarde pas à trouver aux écuries un homme en tenue de cavalier, qui s'affaire à enlever le crottin dans les boxes. Je lance, par-dessus la porte :

— Vous devez être Patrick ?

Il se redresse et me sourit.

— Oui, et vous devez être Elsa.

— Bonjour, enchantée.

— François m'a parlé de vous. Alors comme ça, vous êtes ici en vacances pour quelques jours ?

— Oui, en quelque sorte.

Je me demande intérieurement quels ont été les termes exacts de François.

— Vous voulez m'aider ?

— Euh, oui... mais je ne sais pas faire... En fait, j'ai plutôt peur des chevaux...

— Première règle : ne pas avoir peur ! Ils le ressentent tout de suite et risquent d'en profiter...

— Je suis mal partie, alors.

— Je vais vous aider. Les chevaux d'ici, pour la plupart, sont dociles et sympas, vous verrez. Il y en a juste deux ou trois à éviter... Entrez. Allez-y, entrez et détendez-vous.

— Ah non, ça, ça n'est pas possible...

Je rougis et me fige.

— C'est à ce point-là ? me demande Patrick avec bienveillance.

— Oui, j'avoue, soulagée de sa réaction.

Il sort du box, en referme la porte, puis se met à flatter l'encolure du cheval.

— Approchez.

J'obtempère avec appréhension. Il prend ma main droite avec une spontanéité déconcertante, la pose sur l'encolure de Fado, et m'indique comment le caresser. Petit à petit, nos mains remontent vers la tête du cheval. J'atteins avec une stupeur craintive le bout de son nez. C'est très doux. Je me sens comme une enfant qui découvre quelque chose de nouveau. J'en suis tout heureuse, quand soudain Fado secoue la tête, me faisant pousser un cri de surprise. J'en tremble. Patrick rit, mais ça n'a rien de moqueur. Il a compris à qui il avait affaire…

— Continuez, m'intime-t-il. À chaque peur, à chaque échec, il faut recommencer où l'on s'est arrêté.

J'intègre cette leçon et reprends mon exploration, avec minutie et beaucoup d'attention, prête à faire trois pas en arrière au moindre mouvement inattendu du cheval.

Patrick ouvre la porte du box et y pénètre, pousse Fado pour que je puisse entrer également. Je me faufile à l'intérieur. Il me fait faire le tour du cheval, m'explique quelques règles de sécurité, me montre comment le flatter, en n'hésitant pas à mettre de petites tapes sur son encolure et sa croupe. Il me montre comment enlever le crottin et la paille souillée. Puis il va chercher une autre brouette et une autre fourche, et me donne pour consigne de nettoyer certains boxes… heureusement vides. Je ne suis pas du tout prête à tenter l'exercice seule avec un cheval.

Je ne vois pas la matinée passer. Ce travail, plutôt physique, me délasse étrangement. Mes craintes s'apaisent à la vue de chevaux et de poneys qui semblent sereins, voire tout à fait indifférents. Je profite aussi d'un petit moment pour faire plus ample connaissance avec Nata. Cette fois-ci, je ne me contente plus des yeux. Sa robe est douce.

Les pas vifs d'un cheval qui ne l'est pas moins me font sortir du box. C'est le fameux Jador, sur lequel trône François. Ce cheval est d'une majesté absolue, mais semble nerveux. Sans doute l'un de ceux à éviter pour moi. Il caracole un peu, mais François le maîtrise sans difficulté. Il me salue, remarque la brouette et la fourche que j'ai dans la main.

— Déjà au travail ? Patrick n'a pas traîné pour vous exploiter !

Je ne peux m'empêcher d'esquisser un sourire avant de retourner dans le box.

*

Dans l'après-midi, deux reprises et une balade d'une heure dans les environs sont prévues. J'observe avec attention les cavaliers. Ce sont des adultes, de tous âges, qui ne travaillent pas le lundi. Les enfants sont à l'école. Il y a, comme presque chaque jour, un cours pour les débutants et un pour les confirmés. Les premiers m'étonnent par tout ce qu'ils savent déjà faire. Je m'imagine à leur place, et s'immisce en moi le début d'une envie d'y être… Nous avons beaucoup parlé d'équitation avec François, ce midi. Il m'a dit que, si je voulais essayer de monter, il suffisait de voir ça avec Patrick. Il saurait m'apprendre. Mon hôte a trop de travail, entre les cours qu'il donne, les chevaux qu'il doit entraîner ou promener, mais comme le contact passe bien avec Patrick je me dis que, oui, peut-être, j'oserai le faire… Je m'étonne moi-même de cette audace inattendue. Même si ça n'est pas encore pour tout de suite.

Quand le groupe qui devait partir en promenade se dirige vers la sortie du centre pour rejoindre la plage, je ne m'interroge pas longtemps avant de les suivre, à pied. J'arrive bien après eux au niveau de la plage. Je me pose sur la dune qui la surplombe et observe les petits chevaux au loin. Le temps est frais, mais plutôt agréable. Parfois un rayon de soleil perce à travers les nuages et arrose de lumière la carte postale que j'ai sous les yeux. Les chevaux partent au galop, je m'imagine sur l'un d'eux, dans ce paysage de rêve. Il me semble percevoir chez les cavaliers un sentiment de liberté et de bonheur indescriptible, qui fait gonfler petit à petit en moi l'envie de m'y risquer. Je m'y vois déjà… J'en oublierais presque qu'il faudrait sans doute des semaines pour parvenir à un niveau suffisant. Or, et je m'assombris aussitôt, je ne pourrai pas rester ici plus de quelques jours.

J'ai bien senti, hier, avec Laurent, et dans les bribes de conversation de François avec son père, que je n'étais pas la bienvenue, et que mon séjour se devait d'être temporaire. « Quelques jours », et c'est tout… Voilà.

Malgré tout, et même si je n'aurai peut-être jamais de ma vie l'occasion de faire un galop sur une plage, je me dis que ça ne coûte rien d'essayer de monter à cheval, déjà. Ici, j'en ai le temps et l'occasion, et je sens profondément que ça ne peut que me faire du bien. Mais d'abord, je vais devoir apprivoiser ma peur. Aujourd'hui, j'ai fait un grand pas en avant dans ce domaine.

17

Elsa m'a surpris aujourd'hui. Mon monde l'intéresse finalement, et elle vient de m'annoncer qu'elle voulait apprendre à monter dans les prochains jours. Ça ne m'étonne pas outre mesure, mais je ne pensais pas que ça viendrait si vite. Je perçois chez elle une détermination dont je ne l'aurais pas crue capable, vu l'état dans lequel elle était il y a seulement deux jours. Il me semble que quelque chose s'est décoincé depuis sa tentative ratée de noyade. Je crois qu'elle a été touchée que je vienne la chercher, que je la ramène, que je me soucie d'elle… que je la retienne, même. Je me demande ce qu'elle a vécu pour avoir une si piètre appréciation de sa personne, même si cette question ne m'obsède pas.

La sonnerie de mon portable retentit. Un SMS de Cécile – tiens… je l'avais presque oubliée. *Tu viens ce soir ?* On s'est vus il y a quinze jours, mais ça me semble plus lointain. Je n'ai même pas le temps de répondre qu'elle dégaine un : *J'ai envie…* Ah ma jolie, moi aussi, j'ai envie, mais ce n'est pas la question ! Bon, il faut que je réfléchisse. Laisser Elsa ici ce soir me semble un peu délicat, et je ne me sens pas très à l'aise. En même temps, pourquoi devrais-je renoncer à ce qui constitue ma vie ? J'en suis à ces réflexions quand Elsa revient. Elle donnait à manger aux chevaux avec Patrick. Ces deux-là ont l'air de bien s'entendre. Il m'a dit qu'il la trouvait « mignonne ». Sacré Patrick ! Ce petit côté désuet… Donc, elle arrive et je me sens con, le portable dans la main. Et ça sonne à nouveau. Elle insiste ! *Je t'attends…* Cécile sait très bien comment s'y prendre avec moi. Même ses points de suspension sont sexy, car je sais ce qu'ils recèlent. *Viens…*

Elsa, qui doit me sentir mal à l'aise, m'interroge vaguement du regard.

— Euh… Ça vous embête si je sors ce soir ?

— Ah non, pas du tout. Faites comme si je n'étais pas là. Je ne veux pas être une entrave à votre liberté. Vous vous êtes déjà privé hier et samedi, pour rester avec moi.

— OK. Je vais manger avec vous, là, et après je file.

— Comme vous voulez.

On mange face à face, j'imprime un rythme assez soutenu à notre repas. Je suis fébrile, et les SMS réguliers de Cécile commencent vraiment à me donner chaud. Je suis sûr qu'Elsa a compris quelle tournure allait prendre ma soirée.

Je me lève et, avant de partir, je me sens obligé de la prévenir :

— Il est possible que je ne rentre que demain matin.

— Ah. Oui, je comprends. Pas de problème, ajoute-t-elle en souriant.

— Faites comme chez vous, hein. À demain.

— À demain.

Je m'éclipse, un peu gêné, mais néanmoins ravi de ma petite escapade. Je suis heureux de retrouver un peu de liberté. Et moi aussi, j'ai envie d'elle…

18

Je me suis réveillée ce matin en me disant : « Aujourd'hui, une nouvelle Axelle entre en piste. » Une pensée un peu idiote, mais qui fait du bien. Je me sens à l'aube d'une nouvelle vie. Ici, je commence à trouver des réponses. J'ai toujours eu, dans ma vie, le souci des autres, mais je me suis mise entre parenthèses et je suis restée cristallisée sur des douleurs anciennes que je n'ai jamais su dépasser. Tout à coup, je me sens sur la bonne voie d'une reprise d'identité : la mienne, en mieux. Je sens se réveiller le début d'un retour au moi profond, qui recouvrerait un peu courage pour, peut-être, prendre une revanche sur mon passé meurtri. Et si, comme jamais je n'aurais osé l'espérer, je parvenais à me reconstruire tout à fait dans cette fuite ? C'était le but premier, mais je n'y croyais pas vraiment. Il me fallait partir avant tout. Maintenant, ça me paraît presque trop facile ; pourtant rien ne l'est. Ce n'est pas parce que j'ai reçu un accueil généreux et que je m'apprête à affronter une peur ancienne que je suis sauvée… loin de là. Tout restera à faire quand je partirai d'ici, pour me rendre là où le vent me portera.

*

Le moment de me jucher sur un cheval est arrivé. Lorsque nous en avons parlé ce matin, avec Patrick, il m'a demandé si j'avais une préférence. Il m'a posé la question, tout en connaissant la réponse. Nata, ma petite crème espagnole, sera ce premier cheval. Avec elle, j'ai confiance, et avec Patrick aussi… Cependant, la peur, physique, est là. Je sens monter l'adrénaline. Décidément je suis une bonne candidate aux sensations fortes issues de stimuli minimes. Patrick m'a bien expliqué, et montré, comment on se hisse sur l'animal. Je place mon pied gauche dans l'étrier, prends appui sur la selle. Heureusement, je n'ai pas à gérer la bride : mon moniteur particulier tient fermement Nata qui, de toute façon, ne bouge pas. La jument n'est pas bien haute, et c'est tant mieux car moi non plus. Je parviens, un peu maladroitement, à poser mes fesses sur la selle. Patrick m'aide à régler la longueur des étriers : « Tu dois te sentir confortable. » Comme si je pouvais être *confortable* sur un cheval ! Il me demande de lever les fesses pour s'assurer que je ne suis ni trop haute ni trop basse.

Nous sommes dans le manège couvert. François est dans la carrière extérieure avec un propriétaire – le centre fait office de pension pour des chevaux qui appartiennent à des particuliers du coin. Je suis bien contente qu'il n'assiste pas à mes débuts laborieux. Avec Patrick, je suis relativement décomplexée.

Celui-ci me demande à présent de faire avancer Nata. Facile à dire… ça me fait peur ! Il m'explique comment faire, et elle se prête de bonne grâce à ma volonté sans que j'aie besoin de la talonner vraiment. Cette première séance ne se fera qu'au pas ; c'est une demande de ma part, et Patrick s'adapte à mes souhaits avec une gentillesse et une patience dont je lui sais gré. Il m'apprend à guider la jument pour la mener – à peu près – où je veux, grâce aux rênes. Nata est d'un tel calme et d'une telle patience, elle aussi, qu'elle exécute gentiment mes ordres timides et suit la trajectoire demandée. Je dois tourner à droite, à gauche, passer entre deux plots, au-dessus de barres au sol, faire demi-tour. Je crains qu'elle se mette à trotter et de me retrouver par terre. Nous finissons par un jeu qui consiste à arrêter Nata et la faire repartir un nombre incalculable de fois, et ce le plus rapidement possible après que Patrick en a énoncé l'ordre. Je me crispe pour l'arrêter, tire sur les rênes en inclinant le buste vers l'arrière, sur les conseils de mon entraîneur. Le résultat, pas toujours très concluant, et l'image que je pense donner de moi me font rire, parfois, de gêne. Patrick s'en amuse. La séance a dû durer près de trois quarts d'heure, et je suis ravie intérieurement de ma hardiesse. Me voilà moins fière au moment de descendre de cheval. J'y parviens avec une parfaite inélégance. Je tapote l'encolure de Nata, qui n'a pas démérité. Elle ignore qu'elle a participé à un événement marquant de mon existence, qui pour moi tient même de l'exploit. Je suis fière pour pas grand-chose, mais si, en fait, c'est important… Cela redore un peu mon triste blason, comme une victoire modeste, mais au fort retentissement.

Je ramène Nata à son box, sous le regard lointain de Patrick, et cette nouvelle responsabilité me plaît beaucoup. Il me rejoint, m'apprend à desseller et à enlever la bride. Vu le peu d'efforts que la jument a fournis, une douche sera inutile, mais il m'apprend à la *bouchonner*, un peu « pour du beurre » car elle n'en a pas besoin non plus. J'éprouve un plaisir enfantin à m'occuper d'elle.

Ensuite je fais le tour des écuries. Il est déjà dix-huit heures et les chevaux vont bientôt manger. J'ai décidé d'aider Patrick qui s'occupe de cette tâche tous les matins et tous les soirs de la semaine. Nous réapprovisionnons les boxes en foin, et disposons dans les mangeoires les granulés, en fonction des mesures indiquées sur de petits panneaux. J'accompagne Patrick de box en box, avec toujours un peu la trouille. Demain, je pourrai être en quasi-autonomie, du moins pour les chevaux les plus dociles.

Je rentre chez François avec l'envie de boire un thé et de prendre une bonne douche. Je fais comme chez moi, je commence à avoir un peu l'habitude. Je me regarde dans le miroir, admirant au passage ma tenue de cavalière, prêtée pour l'occasion. Dans le genre moulant, les pantalons d'équitation ne sont pas particulièrement seyants, et peuvent être assez cruels pour les silhouettes un peu fortes. Le mien souligne mes jambes de sauterelle. Un jour, il faudra que je pense à me remplumer un peu.

Je me demande si François sera là ce soir. Vraiment là, je veux dire, pas comme hier soir.

« Ainsi donc, il a quelqu'un dans sa vie » : voilà ce que je me suis dit quand il a échangé une série de messages avec cette personne. Mon premier sentiment, c'est que j'étais contente pour lui ; il semble être quelqu'un de bien mais d'assez solitaire, ça m'a presque rassurée de savoir qu'il ne l'était pas autant que je le croyais. Après, ça m'a un peu amusée de voir à quel point il était gêné. Est-ce que c'était parce qu'il culpabilisait de me laisser toute seule chez lui ? Est-ce que son interlocutrice était dans un jeu de séduction ? Ce que j'ai moins aimé, je l'avoue, c'est ce repas pris à toute vitesse. On aurait dit qu'il se forçait à me tenir compagnie, et qu'il avait très envie de partir.

Je l'ai entendu rentrer de bonne heure ce matin ; quand je suis descendue, j'ai trouvé un petit mot sur la table de la cuisine : *J'espère que vous avez passé une bonne soirée et une bonne nuit. À tout à l'heure. François.* J'ai trouvé cette petite attention sympathique. Côté soirée, je n'avais pas fait grand-chose. Je m'étais réfugiée dans des livres sur le cheval et l'équitation, un peu trop techniques, mais intéressants pour la novice que je suis.

19

Quelle journée ! Est-ce parce qu'elle était bien remplie ou parce que j'ai à peine dormi la nuit dernière ? Cécile m'a épuisé ! Elle donne de sa personne, certes, mais la demoiselle est soucieuse de recevoir la pareille. Je suis mort. Heureusement que je ne la vois pas trop souvent. C'est très bien comme ça : une relation physique stimulante. C'est exactement ce dont j'ai besoin : pas d'engagement, pas de prise de tête, parfait ! J'en suis revenu, des relations sur la durée… Les femmes sont trop compliquées, souvent trop ci ou trop ça, et la plupart du temps j'étouffe. Moi, j'aime ma liberté. Il n'en a pas toujours été ainsi… mais tout cela appartient au passé. Depuis presque sept ans, je navigue entre des femmes comme un bateau qui va d'île en île pour faire escale. Seulement escale. Tout en évitant les récifs. En ce moment, et depuis quelques semaines, c'est Cécile. Il y en a eu d'autres avant. Un certain nombre. Je ne les compte pas. On se met d'accord sur un « contrat » de départ, on passe du bon temps ensemble, on se fait du bien… mais c'est tout. Ça me convient très bien comme ça, et ça convient très bien à ma vie. Puisqu'elle m'a imposé un chemin que je n'ai pas choisi, autant faire ce qui me plaît. J'ai morflé, je me suis relevé. Maintenant, je profite, mais attention, en toute honnêteté : je n'entourloupe personne. Elles savent, elles sont consentantes, et généralement dans le même état d'esprit que moi. Elles aussi sortent souvent d'une relation durable, voire d'un mariage, et sont dans une phase de légèreté. C'est transitoire. Pour elles. Pour moi, c'est moins sûr. Je crois que, vraiment, je n'ai plus envie de vivre avec quelqu'un. Trop enfermant, trop de comptes à rendre, de contraintes, de compromis. Et trop de douleur quand ça finit alors qu'on ne le voudrait pas. Je me le suis juré, je n'engage plus mon cœur.

Ce midi, j'ai croisé Elsa plus que déjeuné avec elle, mais ce soir on va pouvoir se poser un peu. Et j'en suis content. J'ai su qu'elle avait mis le pied à l'étrier, mais je n'ai rien vu. J'ai hâte de recueillir ses impressions.

Je rentre enfin. Ça sent bon dans la maison. Je retire ce que j'ai dit, c'est chouette de vivre à deux ! Non… ce n'est pas une raison, évidemment ! Mais ça fait partie des avantages, j'imagine. Je n'ai pas vraiment connu cela : Sandrine était une piètre cuisinière.

Elsa est sur le canapé en train d'étudier l'hippologie. Carrément ! Elle me lance un sourire en guise de bienvenue. J'en suis touché. Reprends-toi, mec ! Tu te dois d'être hermétique au sourire des femmes.

— Bonsoir.

— Bonsoir Elsa ! Mon petit doigt me dit que vous nous avez encore préparé un bon petit repas…

— Votre petit doigt a le nez fin, dites-moi. J'ai juste fait une quiche aux poireaux.

— Ça sent rudement bon. Un feu ?
— Si vous voulez.
Je prépare le foyer, j'enflamme le tout, et ça prend vite.

*

Au début du repas, elle me relate son aventure du jour avec force détails. Son enthousiasme discret me fait plaisir. J'ai face à moi quelqu'un de différent d'il y a quelques jours.
— En fait, j'ai envie de vous poser des questions, mais je n'ose pas car je vous ai interdit de m'en poser…, me glisse-t-elle.
Je souris.
— Lesquelles, par exemple ?
— Votre âge…
— Trente-sept ans.
— Votre situation matrimoniale.
— Célibataire. Sans enfant.
J'omets de dire que je suis divorcé. J'omets de dire que j'en ai eu un. Je n'ajoute pas « Votre Honneur » au bout de ma phrase : je ne sais pas si elle apprécierait, et j'ai envie d'être sérieux.
— Célibataire ? Mais hier soir…
Sa curiosité, non dénuée d'aplomb, m'amuse.
— Célibataire, mais pas chaste. Ça vous va comme réponse ?
Elle sourit, mais je lis sur son visage l'ombre d'une inquiétude.
— Ça vous choque ?
— Non, bien sûr que non. Je ne suis pas coincée…

— Mais vous ne cautionnez pas.

— Qui je serais pour juger ? Chacun fait comme il veut.

— Je suis sûr que vous êtes plutôt du genre romantique…

— …

— Vous croyez au grand amour ?

— Pas vraiment.

— C'est-à-dire ?

— Pas pour moi, en tout cas… D'ailleurs je ne crois en rien.

Revoilà ses pensées noires ou je me trompe ? Je me décide à me livrer, un peu.

— Moi, j'y crois parce que je l'ai vécu. Normalement, c'était pour toute la vie, hein, mais ça s'est mal terminé…

— Ah…

— Du coup, j'ai trouvé la parade : je ne m'engage plus !

— C'est une vision des choses…

— Et vous ?

— Pareil que vous, célibataire. La chasteté en plus. Enfin non, se reprend-elle, pas vraiment pareil : je n'ai jamais connu le grand amour, et même…

Elle s'arrête dans son élan, prise d'un vague à l'âme bien perceptible.

Je me demande ce qu'elle aurait ajouté. Je ne le saurai jamais. Tant pis. Déjà, j'ai pu lui poser une question. Et elle y a répondu. C'est dingue ! J'ai gagné ma soirée.

20

Mercredi, le jour des enfants. Le centre est animé comme une ruche un peu trop bruyante. Plus tôt, nous avons petit-déjeuné en vitesse, avec François. Un peu gênée de ma curiosité et de ma demi-confidence de la veille, je gardais les yeux rivés sur mon bol de thé. Il n'était pas causant, mais il n'y avait pas particulièrement de malaise entre nous.

Impossible de monter aujourd'hui : Patrick est très occupé, il seconde François. Ce matin, il l'accompagne en balade pour encadrer un groupe d'enfants. Patrick a l'air d'un cow-boy sur sa monture. Je les regarde s'éloigner avec un peu d'envie, puis je m'attelle à la tâche que l'on m'a confiée : nettoyer les boxes vides. Samy, le golden de Patrick, trottine à mes côtés. Au détour de la sellerie, je croise une jeune fille en tenue réglementaire, elle aussi munie d'une fourche et poussant une brouette. Elle me regarde sans surprise. Elle semblait s'attendre à me voir. Moi, je ne sais pas qui elle est.

— Elsa ? me demande-t-elle d'une façon on ne peut plus laconique.

— Oui, fais-je. Et vous ? Et… toi ?

— Fiona.

— Bonjour Fiona.

— Salut.

Elle me fixe d'un air étrange. Je perçois comme de l'animosité chez elle.

— Tu travailles ici ?

— Oui. Seulement le mercredi. Et toi, tu fais quoi ici ? Patrick m'a dit que tu étais là cette semaine… et qu'on devait se partager le travail.

Oui, cette semaine… Je marche sûrement sur ses plates-bandes, d'où ce semblant d'agressivité chez elle. À moins qu'elle ne soit propre à son âge. C'est une ado. Un voile douloureux tombe sur moi : Camille… Cette fille ressemble à Camille. Est-ce vraiment le cas, ou est-ce simplement parce qu'elle a sans doute à peu près le même âge, je ne sais. Mais ma gorge se serre, Camille y forme une boule. Bizarrement, j'ai peu pensé à elle depuis mon arrivée. Je m'y suis efforcée. Et puis, je m'y suis tellement habituée… Ces deux semaines loin d'elle n'ont pas été pires que les précédentes. Cependant cette ado, là devant moi, me ramène à elle douloureusement. Je suis perdue dans mes pensées quelques secondes, et Fiona les met à profit pour disparaître de mon champ de vision. J'ai moi-même interrompu notre conversation sans qu'elle soit terminée. Je ressens un besoin pressant de m'asseoir. Aussitôt, les vannes s'ouvrent. Une larme, puis deux, puis dix, dévalent mes joues en silence. Le passé s'est rappelé à moi avec une violence inédite, mais douce. Et je sais qu'il en sera ainsi régulièrement. Que si ma vie prend des allures un peu plus légères ces derniers temps, je n'ai pas encore et n'aurai peut-être jamais en bouche le vrai goût du bien-être. Un arrière-goût amer, peut-être même acide, venu de mes tripes, sera toujours tapi au fond de ma gorge.

Je me suis promis que je pourrais vivre en effaçant mon passé, que je le balayerais pour mieux démarrer autre chose, ailleurs. Cela suffit-il de balayer quand on veut construire ? Puis-je poser des fondations solides sur un sol jonché de débris poussiéreux et coupants ? J'aimerais le croire…

Fiona me renvoie aussi à un constat non négligeable : il n'y a pas de place ici pour moi. Il faudrait que je trouve le courage de partir, de mettre les voiles. Je me dis « encore quelques jours ». Rien que quelques jours… Pour prendre une grande brassée de bonnes petites choses, pour avoir la force de poursuivre ma quête.

Je vais voir Nata pour la humer. J'enfouis mon nez dans sa crinière. Je lui souris. Puis je passe au nettoyage des boxes. Parce que Patrick me l'a demandé, parce que je veux me rendre utile, parce que travailler me change – un peu – les idées…

*

J'ai pris une douche, je suis allongée sur mon lit. Besoin de m'isoler, de me retrouver, de réfléchir. Cette journée a été éprouvante. La rencontre avec Fiona, je crois, est à elle seule la cause du malaise que je ressens. Elle n'a pas été plus désagréable que ça, mais c'est ce qu'elle représente qui l'est. Ce qu'elle symbolise. Elle doit avoir seize ans… comme elle, comme ma sœur, comme « ma » Camille. Mon cœur se serre sous la pression du manque. Suis-je mauvaise d'être partie ? Au fond, pour elle, ça n'a pas dû être si difficile. Notre mère s'occupe d'elle… cette mère qui a tout fait pour être ce que Camille aurait de plus cher au monde. Je n'ai jamais compté à leurs yeux, jamais eu de vraie place. Mon poing se contracte, ma mâchoire tremble. Une vague de haine et de colère m'envahit. Le voilà, le résultat. Je me demande ce qu'elles se disent, entre elles, et chacune au fond d'elle. Est-ce que ma mère a appelé les gendarmes pour signaler ma disparition ? Ou quelqu'un d'autre ? Qui ? Je suis majeure. La question est seulement de savoir si ma mère aura jugé que ma disparition pouvait être « inquiétante ». Je ne suis pas certaine qu'elle le soit, pour elle. Je crois qu'elle s'en fiche, peut-être même que ça l'arrange. Je ne souhaite à personne une mère comme la mienne.

Je ne suis pas issue du bon ventre.

Je regarde le mien, et il manque quelque chose. À jamais.

Allez, Axelle, ressaisis-toi… ça commençait à aller mieux. Il faut faire table rase du passé et se concentrer sur le présent, avant même d'envisager un avenir. La seconde qui suit chaque seconde est déjà l'avenir, et tu le tisses sans même t'en rendre compte.

21

Quelle semaine ! Je suis sur les rotules. Bien que je ne manque pas d'aide, au centre, avec Patrick, Fiona le mercredi, et maintenant Elsa, je suis rincé. Ce bain était une bonne idée…

J'essaie de me détendre, le truc quasi impossible pour moi. Surtout que je n'arrive pas à m'empêcher de gamberger, suite à la conversation d'hier avec mon père. Quel caractère de cochon, celui-là. À me mettre en garde contre une malheureuse femme inoffensive, ça a fini comme dimanche : en engueulade. Comme j'étais chez lui, je n'ai eu qu'à me tirer de là, et il est resté planté comme un clou idiot au milieu de son salon. Il devrait savoir qu'il n'aura jamais le dernier mot, avec moi… Bref.

Sinon, je suis plutôt content. À part mercredi soir, car j'ai senti Elsa un peu sur ses gardes et pas très bien. Elle était à nouveau un peu bizarre, mais je m'en suis tenu à ma ligne de conduite : ne pas lui poser de question. Et puis, hier, ça allait mieux. Elle a pu monter à cheval, et aujourd'hui aussi. Elle ne voulait pas que je la regarde, mais c'est bête : elle se débrouille plutôt pas trop mal, en fait. Toujours ses complexes.

Je lui ai annoncé qu'elle allait être bientôt prête pour sortir en balade. Ça l'a fait rire. Mais elle a vite repris son sérieux : elle est quand même crispée et stressée quand elle est à cheval. Mais ça va s'arranger.

Je ne sais pas quand elle va repartir. On n'en parle pas. Je ne la mettrai pas dehors, en tout cas. Avec mon goût de la provocation, je la garderais bien là quelques mois, tiens, rien que pour faire râler mon père. De toute façon, elle ne me gêne pas. Discrète, pas chiante, plutôt aidante. Et elle ne me parle pas trop le matin, ça me va très bien.

*

On est à table. Elsa joue avec sa fourchette, mais mange peu. Touche à peine au plat qu'elle a préparé. Quand elle est revenue de la plage, son visage était crispé. Comme à cheval, mais sans le cheval. J'ai fait comme si de rien n'était, mais là, quand même… j'ose :

— Quelque chose ne va pas ?

Elle suspend son geste et plonge son regard dans le mien, furtivement…

— Je vais partir.

Décontenancé, je lance :

— C'est un test ? Vous voulez voir si je vais vous retenir ?

Elle sourit tristement.

— Non, François… Au contraire. Il faut que je parte.

— Vous rentrez chez vous ?

— Non.

— Alors, vous irez où ?

— Je ne sais pas encore. Peu importe.

— Je ne comprends pas : pourquoi voulez-vous partir ?

— Il le faut.

— Pourquoi ?

Je répète ma question avec un peu de fermeté, parce que je veux une réponse claire.

— Je ne peux pas rester ici.

— Pourquoi ? Vous n'êtes pas bien ici ?

— Si… trop, même… C'est bien ça, le problème.

— Je ne vous suis pas. Pourquoi partir, si vous vous sentez bien ?

— François, vous ne comprenez pas ? Je n'ai pas le droit de rester chez vous, je n'y ai pas ma place.

— Qu'est-ce que c'est que cette histoire de *place*…

— Vous avez votre vie, et je l'ai déjà bien assez perturbée ces deux dernières semaines. Ça n'aurait pas de sens de rester plus longtemps. Et puis, c'est mal perçu…

— Qu'est-ce que vous en savez ?

— Je ne suis pas stupide. Ça va faire jaser. Vous avez une petite amie, votre propre famille voit ça d'un mauvais œil. Je suis lucide, vous savez, et je ne suis pas, comme certains pourraient le croire, une profiteuse. J'avais besoin d'une pause. Je l'ai eue et ça va mieux. Je dois continuer à me reconstruire, mais pas ici. Tôt ou tard, je serai de trop. Je préfère partir maintenant, que la décision vienne de moi… Vous comprenez ?

Je reste bête en assimilant ses paroles. Elle n'a jamais prononcé autant de phrases à la suite. Je sens bien que sa résolution est prise, qu'elle a dû mûrement y réfléchir. Ma marge de manœuvre est très réduite.

— Quand ? je me contente de répondre.

— Demain matin.

— Ah… déjà ! Laurent vient, vous savez, pour…

— Oui, je sais. Je serai partie avant. Je vais appeler un taxi.

— Dites-moi où il va vous emmener.

— C'est inutile.

— Je peux vous conduire à la gare de Brest ?

— Non, François. Vous en avez bien assez fait comme ça. Je vais d'ailleurs vous payer ma pension pour ces dix-sept jours, avant de partir.

— Hors de question ! Gardez votre argent.

Elle sourit comme si elle capitulait devant le ronchon de service…

22

Il me regarde comme s'il ne comprenait pas vraiment.

Ma décision, je l'ai prise en plusieurs temps. Il y a eu mercredi, avec « l'épisode Fiona-Camille ». Il y a eu jeudi, quand j'ai connu la joie de monter seule sur Nata, et que j'ai senti un début de fierté puérile. Et puis il y a eu mon rendez-vous avec la mer, tout à l'heure. J'ai regardé le ciel rougeoyer entre les nuages gris, et la mer s'y confondre. C'était magnifique. Une émotion esthétique pure. Je me sentais au paradis, et j'ai éprouvé le besoin de le fuir : le paradis n'est pas pour moi. Je sais que je vais partir demain, avec de l'espoir. Quelque chose de nouveau qui s'est tissé dans mon esprit. Il faut juste que je déplace cet espoir et ce début d'autre chose ailleurs qu'ici. Ma place est ailleurs. Où ? Je l'ignore encore.

J'ai échoué là parce que je cherchais le bout du monde sur le sol français, et ici c'est le début du bout du monde. La fin de la Terre… c'est l'idée qui m'a servi de guide dans ma fuite. J'ai atterri ici, et le hasard a fait les choses, trop bien même… Assez pour que je reprenne des forces et un peu de sérénité.

Trop… parce que je pourrais m'attacher plus que de raison à cet endroit, et qu'il deviendrait très difficile de le quitter plus tard.

— Nous avions parlé de quelques jours…, dis-je comme pour me justifier. Plus, ce serait trop.

— Je comprends, Elsa, mais je m'inquiète un peu pour vous. Vous sembliez tellement… mal.

— Ce n'était pas de la comédie.

— Je ne l'ai jamais pensé. Mais, justement…

— Ne vous inquiétez pas. D'ailleurs, quand vous m'avez récupérée sur la plage, samedi, je n'avais pas envie de me noyer, vous savez. J'étais juste… à côté de mes pompes. Mais ça va mieux, là.

— Vous ne ferez pas de connerie ?

— Ne craignez rien. Vous verrez, vous serez soulagé, demain, de retrouver votre vie d'avant.

— Peut-être, mais vous…

— Moi, je dois trouver ma vie d'après.

— Je ne comprends pas tout, et je suppose que je n'y comprendrai jamais rien…

— Ce n'est pas grave : dans une semaine, vous m'aurez déjà oubliée.

Il ne répond pas. Quelle aurait été la bonne réponse ? Je me lève et débarrasse. Il me regarde, immobile, les yeux dans le vague. Je lui souris : ça veut dire que tout va bien.

*

Je n'ai pas bien dormi à l'idée de quitter cet endroit, ni à celle de ne pas savoir où j'allais passer la nuit prochaine.

J'ouvre les volets et je regarde le paysage depuis ma fenêtre. Pour la dernière fois. Je repense à toutes ces dernières fois que j'ai vécues ici, parfois sans le savoir : la dernière fois que j'ai monté Nata, la dernière fois que j'ai foulé la plage de Tréompan, la dernière fois que j'ai vu Patrick – j'avais envie de lui dire : « Je ne sais pas si je serai là lundi, alors... », mais je ne lui ai pas dit *au revoir* –, la dernière fois que j'ai cuisiné ici, la dernière fois que j'ai dîné avec François. Et ce matin, je ne partirai pas sans avoir fait *une dernière fois* : un thé en face d'un chocolat chaud, une caresse à Cartoon, un câlin à Nata, un petit mot pour Patrick, un merci à François, une promesse à moi-même...

Tout cela fait écho aux dernières fois que j'ai vécues en pleine lucidité il y a environ un mois. Le dernier petit déjeuner chez moi, le dernier coup d'œil aux photos, le dernier coup de téléphone, le dernier tour de clef, le dernier trajet, le dernier regard sur la ville...

*

François est planté devant moi, et je voudrais lui dire mille choses. Il est neuf heures et il ne reste plus que lui : j'ai écrit le petit mot d'adieu à Patrick, j'ai caressé Cartoon et fait un câlin ridicule et larmoyant à Nata...

— Je vais y aller...

— Vous êtes sûre ? Vraiment sûre ?

— Oui. Je vous dois beaucoup. Je n'oublierai jamais ce que vous avez fait pour moi. Merci.

Je crois déceler une lueur d'émotion dans ses yeux.

— Si vous changez d'avis… ou si vous revenez un jour par ici… Vous serez toujours la bienvenue, Elsa.

— C'est gentil.

Je m'approche et l'embrasse sur la joue, puis je m'éloigne rapidement – je suis nulle en adieux, je m'arrange généralement pour les éviter.

— J'aimerais savoir ce que vous devenez… Je ne connais même pas votre nom…

Je l'entends à peine alors que je me dirige vers le taxi qui m'attend.

Je monte et demande au chauffeur de démarrer immédiatement.

Nous roulons, c'est le brouillard total mais, au loin, il y a une lumière, comme un soleil mat dans le ciel du matin. Et c'est tout ce qui compte.

23

Je regarde le taxi partir, y croyant à peine. J'ai trouvé ça rapide, son départ. Entre son annonce d'hier soir et l'arrivée du taxi, quelques heures seulement se sont écoulées. Je ne suis pas trop du genre à gamberger, surtout la nuit, mais j'avoue que ça m'a turlupiné. Où s'en va-t-elle comme ça ? Que fuit-elle au juste ? Moi ? Le mystère qui l'entoure reste entier. Elle s'appelle Elsa, elle est partie presque comme elle est arrivée, d'un seul coup. Et je ne sais même pas pourquoi ça me fait quelque chose. Peut-être parce que j'avais envie de l'aider encore, et que je voyais qu'ici elle commençait à se sentir mieux. D'ailleurs c'est ce qu'elle a dit. C'est quand même con, alors, de partir comme ça. Bref. Ça ne changera rien. Il faut que je débarrasse la table du petit déjeuner. Elle voulait vraisemblablement à tout prix éviter Laurent. Le voilà justement qui arrive.

— Alors, ton Elsa, elle est où ? me demande-t-il sitôt une tasse de café à la main.

— Déjà, ce n'est pas *mon* Elsa.

— Elle se cache ? fait-il, goguenard.

— Arrête, Laurent. Tu n'es même pas drôle. Elle est partie.

Il doit voir à mon air sérieux que je n'ai pas envie de plaisanter, et son visage change un peu.

— Quand ?

— Tout à l'heure.

— Bon, bah c'est bien, tu vas pouvoir te retrouver peinard chez toi ! C'était quand même pas normal, cette fille qui débarque comme ça…

— Elle n'a pas *débarqué*. Je l'ai amenée ici, c'est différent.

— Certes, mais bon, elle était bizarre, un peu, non ?

Comment lui dire que ce côté bizarre m'a touché ? Autant me taire, il ne comprendrait pas. J'apprécie beaucoup mon beau-frère, mais il n'est pas spécialement ouvert et tolérant. Pour certaines choses, j'aime deviser avec lui, mais le sujet « Elsa » ne sera jamais un sujet agréable de discussion.

— Si tu veux…

— Et ça va ?

— Ouais, ouais, ça va.

C'est vrai, quoi, ça va. Je suis juste étonné-surpris-décontenancé qu'elle soit partie. Mais je vais vite m'habituer et retrouver mes marques de gars célibataire qui bouffe du cassoulet en boîte, qui va chez sa sœur le dimanche midi et saute de temps en temps sa copine du moment.

*

La journée s'est plutôt bien passée. Ça faisait deux

semaines que je n'avais pas mangé chez Noémie et Laurent. Mon père était là, pour l'occasion, et mes deux neveux en pleine forme, les petits monstres. On a un peu évoqué Elsa, mais je crois qu'ils ont compris que je n'avais pas envie d'en parler plus que ça. Mon père et Laurent étaient ravis que je sois de nouveau parmi eux… Ça me faisait plaisir, mais ce qui m'agaçait, dans le fond, c'est qu'ils se réjouissent de son départ. Noémie, elle, a compris. Elle m'a demandé si ça allait… Ma petite sœur me connaît bien, et elle a du cœur. Elle a dû sentir que ça ne me faisait pas rien que « l'Étrangère suspecte » soit partie de son plein gré. Moi, je ne le lui aurais pas demandé et, à vrai dire, je ne sais pas quand j'aurais réellement souhaité qu'elle s'en aille. Elle ne me dérangeait pas. Elle me tenait compagnie, en fait. Et surtout, elle m'intriguait, et ça ne m'arrive jamais, ça, d'être intrigué. J'aime bien…

Mais voilà, elle est partie.

Tout va rentrer dans l'ordre.

24

Je ne sais pas si je dois me réjouir que François ne connaisse pas mon nom et ne puisse jamais me retrouver. Ce n'est pas avec pour seul indice un faux prénom et quelques vagues souvenirs de mon physique qu'il pourrait y parvenir. Et puis… même s'il semble se soucier de moi – une grande première, d'ailleurs –, il n'aura pas que ça à faire de me chercher et m'oubliera sûrement très vite. J'ai toujours été un peu transparente, aussi volatile qu'un parfum qui ne tient pas une journée. Demain, si ce n'est aujourd'hui, Elsa sera définitivement sortie de sa vie.

Elsa, mon double, ce costume que je porte à l'approche de ma deuxième vie, est une autre moi, mais profondément je demeure Axelle. Malheureusement, leur passé est le même. L'identité intime ne loge pas au creux des lettres d'un prénom…

Le chauffeur de taxi m'a demandé où on allait, il a bien fallu que je réponde. « Le Conquet », j'ai indiqué machinalement. Cela faisait partie des endroits que j'avais repérés sur la carte. J'ai précisé que je voulais emprunter la route touristique. J'avais envie de voir la mer au maximum. J'éprouve une sorte de fascination pour cette étendue infinie. Il est vrai que de Lyon, ou pire d'Auvergne, la mer était trop loin pour qu'on s'y rende. Mes parents étaient attachés à leur terre de façon viscérale et exclusive. Après, je me suis enfermée dans une vie casanière et sans passion. La Méditerranée, j'ai dû la voir deux fois, l'Atlantique jamais. Je ne connaissais pas la Bretagne. J'en avais entendu parler. Et… on ne peut guère faire plus éloigné de Lyon, en restant en France. Alors c'était la destination idéale pour ma fuite.

Nous avons traversé Portsall et pris la direction de Porspoder via la côte de Landunvez. Là, j'ai fait arrêter le taxi parce que je voulais prendre le temps d'observer un troupeau de chevaux, des alezans massifs et impressionnants. Au milieu de ces bêtes imposantes frétillaient de tout jeunes poulains. Cette vision m'a laissée pensive un instant. Je revoyais le centre que j'avais quitté quelques minutes plus tôt. Erreur ou non, le saurai-je un jour ? Le chauffeur de taxi, visiblement pressé et peu tenté de jouer les guides touristiques, m'observait avec un air qui en disait long sur ce qu'il pensait de moi.

Je suis remontée en voiture et nous avons filé en longeant la côte sauvage. Ce que j'ai vu dépassait l'entendement. Il faudra que je retourne là-bas un jour.

Après une bonne demi-heure de route, le chauffeur nous a déposés, mon sac et moi, au cœur du Conquet. Ma première impression a été celle d'une charmante petite ville. Heureusement, nous sommes en mai, les touristes n'ont pas encore pris d'assaut les hébergements. Je me suis mise en quête d'une chambre, que j'ai rapidement trouvée. Un peu à l'écart du centre, au-dessus d'une petite plage, tournée vers un phare.

— C'est la pointe Saint-Mathieu, m'a informée mon hôte.

J'ai fait « hmmm ». Je n'avais pas envie de parler. J'avais l'impression étrange et fugitive de m'être déracinée une seconde fois en quittant le centre. Pourtant, je n'y ai passé que dix-sept jours. Assez pour créer des liens malgré moi, trop pour que ça ne compte pas. Je repense à François, à Patrick, et même à Fiona. Tisser des liens, c'est sans doute important dans la vie, mais ça entrave, ça bride, et parfois ça emprisonne. Il faut dire que la vie ne m'a offert – si l'on peut dire – que des relations vides ou nocives ; une absence de lien ou des chaînes néfastes. Ça ne donne pas envie de s'en créer d'autres… Je ne dois pas être faite pour ça. Heureusement, j'ai pu compter sur Manuella. Elle doit se demander où j'en suis, où je suis. C'est la seule personne que je pourrai appeler un jour, peut-être. Je l'ai prévenue en partant : je disparais, et même si elle le sait, elle doit jouer le jeu et accepter le silence qui en découle.

Je suis dans ma nouvelle chambre. La décoration un peu chargée et vieillotte n'est pas à mon goût, mais on ne choisit pas toujours le lieu de sa liberté. Ce soir, je n'ai pas faim et surtout pas envie de sortir. Je reste étendue sur le lit à regarder les fleurs géantes du papier peint. Je n'ai rien d'autre à faire de toute façon : ici, pas de livres.

Demain, j'irai faire des courses. Je sais ce qu'il me faut.

25

Trois jours qu'elle est partie.

J'ai repris, comme prévu, ma vie d'avant. Les chevaux, les cours, les entraînements, les balades, les repas avalés à la va-vite, un peu de lecture...

Lundi soir, je tournais en rond. Pour une fois, c'est moi qui ai appelé Cécile. Besoin de ne pas être seul, pas envie de voir les miens, alors qui d'autre ? Je me suis pointé chez elle. Elle m'attendait sagement ; je crois qu'elle avait senti à mon timbre de voix que je n'étais pas trop dans une ambiance festive et que, si je venais la voir, pour une fois, ce n'était pas pour le sexe. Ça ne nous a pas empêchés de nous faire du bien, mais 1) bizarrement, j'ai préféré discuter avec elle, 2) je n'étais pas au top, 3) elle m'a reproché de ne pas être dedans – oui, l'expression peut prêter à sourire. Et c'est vrai, j'avais la tête ailleurs, ou du moins, je manquais d'envie. Je me suis un peu forcé, et elle n'y a pas vu que du feu... Bref, ce n'était vraiment pas terrible. Moi, je n'étais pas plus déçu que ça : j'étais venu pour quérir un peu de présence féminine. Merde alors, il ne faudrait pas que je (re)devienne sentimental. Elle est où, ma carapace ?

Quand Cécile s'est endormie, je l'ai regardée. Elle est très belle et très bien faite, le genre de femme qui fait fantasmer les mecs. Mais elle a beau être « parfaite », elle ne provoque rien d'autre que de l'excitation chez moi. Elle ne m'intéresse pas vraiment pour ce qu'elle est, et je l'oublie dès que je ne suis plus avec elle, jusqu'à la fois d'après. C'est sans doute un peu triste, voire affligeant, mais c'est comme ça : je n'éprouve rien pour elle, tout simplement. Elle est trop évidente, pas assez subtile, elle manque de mystère. Tiens, oui, c'est ça : elle ne m'intrigue pas. C'est un peu l'antithèse d'Elsa.

Elsa... elle, je ne l'oublie pas. Je me rends compte qu'elle est souvent dans un coin de ma tête. Malgré moi, toujours malgré moi. Très souvent, elle me revient. Je la revois me dire qu'elle part, je la revois près du rocher, je la revois près de la cheminée lovée dans le plaid, je la revois sur Nata, je la revois monter dans le taxi et disparaître... Je n'ai pas vraiment cherché à la retenir, peut-être que j'aurais dû. Je suis parti du principe que sa décision était ferme et définitive, qu'elle avait ses raisons et que je n'avais qu'à les respecter.

Maintenant, je me demande où elle est allée. Si elle a quitté la région, si c'est loin, si elle est restée dans le coin, si elle reviendra.... Oui, souvent je me dis, ou j'espère, qu'un jour elle passera me voir pour me donner des nouvelles, pour me remercier, ou je ne sais quoi. Oui, j'espère qu'un jour elle refera surface, même par un simple coup de fil, même dans six mois ou cinq ans... Moi, je ne pourrais pas la retrouver – elle a tout fait pour – même si je le voulais, donc c'est elle qui a les cartes en main. Je me sens impuissant.

Je me dis que je ne saurai jamais ce qu'elle est devenue, ni où elle est allée, ce qu'elle a fait de sa vie, si elle a trouvé ce qu'elle cherchait, si elle est revenue là d'où elle était partie… C'est bête, mais j'aimerais que ces questions ne restent pas en suspens.

Elle m'intéresse et, même loin, j'aurais tendance à me soucier d'elle… Il faudrait que je n'en aie rien à secouer, mais ce n'est pas le cas. C'est con…

Patrick aussi, j'ai bien vu qu'il était un peu peiné quand il a lu le petit mot qu'elle lui a laissé. Il était content qu'elle ait pensé à lui. Une attention délicate.

C'est une fille attachante. Malgré elle, sans doute. Et qui a, je pense, bien plus à offrir qu'elle ne le croit.

26

Cela fait une semaine que j'ai quitté le centre. Cela me semble une éternité.

J'ai retrouvé au Conquet ma chambre et ses grosses fleurs moches, après une parenthèse hors du monde.

Lundi dernier, j'ai découvert cette petite ville bretonne, au port de pêche typique, et j'ai assisté, le matin, au départ d'un bateau pour Ouessant. J'ai été d'emblée attirée par cette île, tout à l'ouest, encore plus loin… Le temps de prendre des renseignements et de faire quelques courses, je me suis retrouvée presque avec étonnement sur le bateau de dix-huit heures. Je fais les choses à l'instinct depuis mon départ de Lyon. Je me laisse guider par ma liberté toute neuve. Je vais où mes pas me portent, j'avance vers demain. Tout ça n'est que temporaire et transitoire. Un jour il faudra bien que je me pose quelque part et que je retrouve du travail. Pour l'instant j'ai de quoi subsister, mais autant dire que ça ne durera pas, et qu'il ne faudrait pas qu'on me vole mon sac…

Arrivée sur Ouessant, j'ai obtenu un lit dans une chambre-dortoir de l'auberge de jeunesse de Lampaul. Ce n'est pas tant le manque de confort que la promiscuité qui m'a gênée. Je ne suis pas sociable. J'ai du mal avec la foule, avec les gens, les inconnus… J'ai juste envie de me mettre dans une bulle. Une nuit dans ce lieu m'a donc suffi et, dès le mardi matin, j'ai repris mon sac pour partir en quête d'une chambre d'hôte, que je n'ai pas tardé à trouver chez une vieille Bretonne du cru, de celles qu'on voit portant la coiffe sur les cartes postales, le visage ridé, rond et rubicond, le sourire édenté, mais jovial. Accueillante et sympathique, ouessantine de naissance, elle connaît l'île comme sa poche, chaque caillou, chaque parcelle de lande sous le vent. Elle avait préparé un ragoût de mouton pour le repas de midi. « Faut manger ! » me répétait-elle. On dirait la grand-mère que je n'ai pas eue.

J'ai passé ensuite quatre jours à arpenter l'île, son pourtour, ses chemins, avec une fascination croissante pour sa côte sauvage, ses phares et sa lande magique, digne des contes fantastiques. Là-bas, le mystère plane, et la beauté brute règne en maîtresse. Armée de mon appareil photo flambant neuf, j'ai pris un plaisir grandissant à capturer les moindres recoins de l'île, à varier les points de vue et les cadrages, à apprécier les nuances de gris, les nappes de blanc, les traînées bleues du ciel qui font varier la lumière et rendent chaque cliché unique. Face à certains paysages, l'émotion m'étreignait. Je crois n'avoir jamais rien vu d'aussi beau.

Parfois, je me posais quelque part, je m'allongeais, fermais les yeux, essayant de ne plus penser à rien, de me laisser bercer par la brise et la houle, le bruit des vagues qui claquent leur langue salée sur les rochers.

J'étais enfin tout à fait ailleurs, dans un autre monde. Le lieu parfait pour une retraite, celui dont j'avais besoin. Mon intuition avait eu raison de me mener là.

Puis je sortais le carnet que j'avais acheté, et je griffonnais… des mots, des petits dessins, quelques phrases, tout ce qui me passait par la tête, sans boussole, sans logique, sans réflexion. Paysages et émotions se mêlaient au gré des pages.

J'ai ressenti le besoin d'acheter trois objets indispensables à ma reconstruction : un appareil photo, un carnet et un crayon. De quoi noter, graver en couleurs dans mon esprit ce que je vois et ce que j'éprouve, pour que cela ne s'échappe pas dans les limbes du passé, pour que cela scelle le socle de mon futur. La beauté brute de cette nature sauvage m'a émue et soignée.

Je suis revenue d'Ouessant différente de celle que j'étais au moment d'embarquer. Plus ancrée, plus solide peut-être. Comme si l'île m'avait renouée avec moi-même, en me transfusant de sa force. Je pense que j'y retournerai.

Je contemple les fleurs du papier peint. Leur laideur me ferait presque sourire. Cette retraite insulaire m'a été bénéfique, même si elle n'a pas tout changé : mon passé est toujours là, immuable, douloureux dès que j'y pense. Je sais que je vais devoir un jour l'accepter comme tel, pour le dépasser. Ce serait plus simple si je n'y avais pas laissé quelque chose qui m'appartient et qui me relance par vagues. J'ai laissé de moi là-bas. Pourrais-je vraiment m'en passer et « l'oublier » ?

Cette parenthèse m'a aussi souvent ramenée au centre. *Le centre*, ça englobe beaucoup de choses, mais c'est surtout François. Je repense à ses paroles : « Vous serez toujours la bienvenue… si vous changez d'avis. » Parfois je suis tentée, mais je me retiens. J'en ai envie, mais à quoi bon ? Mon avenir n'y est pas. Partir n'a pas été facile, car j'ai rencontré des gens et il s'est passé des choses là-bas qui m'ont aidée, qui m'ont laissée entrevoir le début d'un espoir de sortie de crise… Mais le bonheur me fait peur. Les rares fois où je l'ai éprouvé, il m'a filé entre les doigts, comme pour me dire : « Tu n'y as pas droit. » Petite, j'ai rapidement senti l'ombre du secret planer au-dessus de moi, jusqu'à en avoir la certitude, provoquant la fin de l'insouciance, la fin de l'enfance, la fin de la famille que je croyais avoir. Et ce n'était que le début de la fin… après, il y a eu l'autre drame de ma vie.

27

Putain, j'y crois pas ! Elle est au Conquet ! Ce n'est pas la porte à côté, mais presque : elle n'est pas partie bien loin, en fait. C'est bête, mais je suis content. À part que ce n'est pas moi qui l'ai trouvée. Normal, je n'y vais jamais, au Conquet. Mais Patrick, lui, y va régulièrement : sa sœur tient une boulangerie là-bas. Il y est passé, comme souvent le lundi matin, et il est tombé sur elle : Elsa. Le bol… Je l'envie un peu, j'avoue – en plus, il avait l'air vraiment content. J'aurais voulu la retrouver moi-même. Et la ramener, peut-être.

Ce qui est bien, c'est que grâce à cette rencontre inopinée, j'ai pu avoir des nouvelles indirectement. Apparemment, elle va bien. Patrick l'a trouvée souriante. Ça m'a un peu pincé. Mais je suis content pour elle. Elle lui a raconté son escapade sur Ouessant. Il lui a demandé où elle logeait – bonne idée –, elle lui a dit : une chambre d'hôte vers le Bilou. Bon à savoir : la plage du Bilou et le quartier qui la surplombe ne sont pas bien grands… En revanche, il n'est pas au courant de ses intentions pour la suite. Apparemment, elle ne le saurait pas elle-même. En gros, elle peut repartir n'importe quand, n'importe où.

Elle a eu un petit mot pour moi : « Bonjour, j'espère qu'il va bien, et merci encore. » Banal, mais plaisant. Je voudrais que ça me suffise, mais ça ne me suffit pas. J'aurais bien aimé être à la place de Patrick, me tenir en face d'elle, lui parler. J'aimerais bien la revoir, quoi.

Je crois que c'est au point que ça me joue des tours… Hier, j'étais sur la dune, avec Atlas. Par deux fois, j'ai cru la voir, au loin, sur la plage. Je me suis même approché. Pour rien, évidemment. C'était d'un ridicule… Comme un mirage. Et mes yeux qui me ramenaient toujours vers le rocher… Il est hypnotique, ce rocher ! J'avais comme l'impression que le fantôme d'Elsa était resté par ici pour me hanter… Du grand n'importe quoi. Je ne me reconnais plus.

*

Noémie est passée me voir, hier soir : l'agriculteur voisin a eu besoin d'elle pour un vêlage difficile. J'en ai profité pour lui demander de vérifier Libertad. Elle devrait mettre bas d'ici trois jours. Apparemment, ça se présente bien.

Je lui ai proposé un apéro avant de rentrer sur Brest. J'ai bien senti que la conversation allait dévier et devenir plus personnelle, pour une fois qu'on se retrouvait juste tous les deux.

— Et toi, comment vas-tu ?

Sa question, je la connais par cœur. Elle sait quand la poser.

— Bien, ça va bien.

— Sûr ?

— Mais oui, qu'est-ce que tu vas chercher…

— Tu ne m'as pas vraiment parlé de cette fille, Elsa. Et pourtant, je suis sûre que tu aurais quelque chose à m'en dire…

— Qu'est-ce que Laurent t'a dit ?

— Oh, Laurent… tu le connais, il est toujours méfiant. Je crois qu'il n'a juste pas compris, ou pas voulu comprendre…

— Parce qu'il y a quoi, à comprendre, selon toi, petite sœur ?

— Je ne sais pas… tu vas me le dire. Non ? répond-elle dans un sourire.

Comment répondre et même, que répondre ?

— Y a pas grand-chose à comprendre, en fait : je l'ai recueillie le temps qu'elle aille mieux, et elle est partie quand elle est allée mieux.

— Et ?

— C'est une fille bien, quoi qu'en pensent Laurent et notre père.

— Je n'en doute pas. Je te connais, tu n'es pas du genre à te faire embobiner ! Si tu l'as aidée, c'est qu'il t'a semblé important de le faire. Mais… il s'est passé quelque chose entre vous ? Allez… à moi, tu peux le dire !

— Rien. Rien de ce que tu sous-entends en tout cas…

— Et donc, ça ne te fait rien qu'elle soit partie…

J'ai marqué un temps d'arrêt, pour réfléchir aux mots que j'allais employer, au degré d'honnêteté de ce que j'allais exprimer.

— Ça me fait surtout bizarre, en fait. Je m'étais habitué à sa présence, et sa fragilité m'a touché. Elle m'intriguait, et ça ne m'est pas souvent arrivé.

— Aaaah, c'est donc ça ! Et tu n'aurais pas un peu le béguin ?

— Pas du tout. Je m'inquiète juste un peu. Mais apparemment elle va bien. Elle est au Conquet, Patrick l'a vue.

— Alors… affaire classée ?

— C'est ça.

Elle s'est levée pour partir, mais avant de fermer la porte, elle a dit :

— Si tu veux la revoir et que tu sais où elle est, pourquoi tu n'y vas pas ?

Elle n'a pas attendu la réponse car cette question était un conseil de petite sœur qui a compris des trucs que je ne lui ai pas dits.

28

Je me suis réveillée en nage en pleine nuit, après un rêve devenu cauchemar. Je galopais sur la plage, au côté de François, moi sur Nata, lui sur Jador. Tout était magique, avec la mer en toile de fond. Et puis ça a tourné à la tragédie : sous les sabots des chevaux, il y avait des enfants que l'on piétinait. Une véritable vision d'horreur. Je me suis réveillée en sursaut, tremblante, le cœur battant la chamade. Je voyais Axel et Léo comme une évidence. Faisaient-ils partie de ces enfants ? Ces enfants symbolisaient-ils ces deux pauvres petits morts bien trop tôt ? Je n'arrivais plus à dormir. Je cherchais un sens à ce cauchemar horrible. Il venait peut-être juste me signifier que le passé était et serait toujours là, tapi dans mon inconscient, et qu'il surgirait à la vitesse d'un cheval au galop au moment où je m'y attendrais le moins, et surtout au moment où enfin je croirais le bonheur à ma portée.

La présence de François dans ce rêve me questionne aussi. A-t-il pris plus de place que je ne l'aurais voulu, cru, ou imaginé ? Suffit-il de partir et de quitter quelqu'un, de s'en éloigner, pour ne plus y penser et faire comme s'il n'existait pas ? La vérité c'est que, si je m'écoutais, je retournerais là-bas, poursuivre les progrès entamés en équitation. Ici, j'apprivoise ma solitude, je me suis retirée en moi-même sur une île magnifique, mais bientôt je ne saurai plus quoi faire ni où aller. Là-bas, j'étais bien, et j'étais dans le partage. Et ça avait du bon… aussi.

Revoir Patrick hier m'a fait quelque chose. Il avait l'air ravi de me croiser, étonné, mais ravi. Il m'a dit que c'était dommage que je sois partie, m'a demandé comment j'allais, m'a proposé de passer les voir à l'occasion. Je crois que je n'oserai pas. Je lui ai demandé de transmettre à François un petit message tout simple, bien en deçà de ce que j'aurais voulu lui dire. Je me demande comment il aura pris la nouvelle de ma présence ici, pas si loin de Portsall. Il m'a proposé de revenir, mais pourquoi ? Juste pour donner des nouvelles ? Passer quelques jours ? Il faudra à un moment donné que je me pose quelque part, mais ça ne peut pas être au centre, alors à quoi bon y retourner, puisqu'il faudra repartir… Et François ? Que voudrait-il au juste ? Mon cerveau fait des nœuds. Il se joue de moi et se plaît à brouiller chaque piste que j'emprunte…

Je décide de partir à pied en direction de la fameuse pointe Saint-Mathieu, dont on dit à tort qu'elle est le point le plus à l'ouest de France. En réalité, je l'ai lu dans un guide, il existe une petite pointe plus au nord toute discrète et beaucoup moins « médiatique », légèrement plus enfoncée dans la mer : la pointe de Corsen.

J'entame ma marche d'un pas décidé. Le temps est

beau, aujourd'hui, et la mer prend de magnifiques teintes turquoise qui n'ont rien à envier à celles de la Méditerranée. Je les capte avec mon appareil photo. Le phare rouge et blanc et les ruines de l'abbaye se rapprochent et grandissent à mesure que j'avance. Le lieu est touristique, arpenté par quelques curieux. Un monument et un bâtiment étranges attirent mon attention. Il s'agit d'un mémorial en hommage aux marins français morts dans l'exercice de leurs fonctions. J'entre et le spectacle à l'intérieur me laisse sans voix. Aux murs sont exposées des centaines de photos, portraits en noir et blanc de marins, seuls ou au côté de leurs épouses sur une photo de mariage… Je regarde, comme douloureusement hypnotisée, tous ces visages anonymes qui ont eu une vie et qui ont intégré l'Histoire malgré eux. Le lieu est propice au recueillement. J'en sors un peu déboussolée. Je pense à Axel et Léo… Que seraient-ils devenus s'ils avaient vécu ? Quels hommes auraient-ils été ? Quel visage raconterait chacun ? Le paysage me ramène au présent et me détourne de mes pensées obscures.

Je poursuis vers la petite chapelle au pied du phare. Le chemin côtier qui mène à Brest est un point de départ pour le chemin de Saint-Jacques-de-Compostelle. Je n'ai jamais eu de démarche religieuse, ma quête serait plutôt philosophique, mais j'emprunte le sentier avec un certain recueillement. Mes pas me bercent dans ma réflexion. À ma droite, très loin, la presqu'île de Crozon et, tout au fond, la pointe du Raz se découpent vaguement dans la brume. En partant de chez moi il y a un mois, c'était ici que je voulais venir. J'y suis, et l'accomplissement de cette mission provoque un sentiment, aussi soudain qu'étrange, de bien-être. Je respire à pleins poumons. Enfin. J'ai une brusque envie de crier. La honte me retient, puisque je ne suis pas seule, mais je sens le besoin violent d'expulser la douleur hors de moi. De la vomir, de l'exorciser en la crachant dans les embruns. Il me faut accomplir un geste fort et symbolique, ici, c'est une évidence. J'ouvre mon sac, puis une petite pochette intérieure, et en retire une gourmette de baptême. Je la regarde une dernière fois, la serre fort dans ma main à en avoir mal, à m'en meurtrir les phalanges, et je la jette en hurlant le plus loin possible dans la mer en contrebas. Finalement, hurler, ça fait du bien. J'imagine le bijou s'abîmer au fond de l'eau, s'enfouir dans le sable pour toujours. Le nom de celui qui l'a porté ne sera jamais gravé sur un monument. Je ressens alors le début d'un apaisement, celui d'avoir réparé quelque chose et de m'être délestée d'un fardeau qui pèse sur moi depuis toujours.

Oui, peut-être qu'après ça, je vais gagner en légèreté…

29

Le conseil de Noémie est resté suspendu dans l'air comme une bulle que je vois partout : « Vas-y », me dit-elle. Le problème, c'est que : 1) je ne sais même pas pourquoi je me sens poussé vers elle alors que je voudrais que ce ne soit pas le cas, 2) je ne sais pas comment m'y prendre, 3) je ne saurai pas quoi dire, 4) et après, il va se passer quoi ?

Je me dis que, décidément, si je veux garder ma tranquillité et être un peu raisonnable, je devrais renoncer à cette idée idiote. Je ne sais pas ce qui me porte vers cette action stupide. Je ne comprends même pas pourquoi cela fait dix jours que je pense à elle, à ça, malgré moi. Je me foutrais des claques, parfois.

Le pire, ça a été hier. Je bouquinais dans mon bain quand j'ai entendu une porte et un bruit sourd. Mon cœur s'est emballé comme un con. Pas dans l'éventualité d'un cambriolage, hein, mais plutôt à l'idée qu'elle était revenue, s'était glissée dans la maison… et allait arriver sans que je puisse l'accueillir à bras ouverts – sinon, bonjour la vue ! J'ai bondi hors de la baignoire, enfilé une serviette comme un pagne, ai bondi hors de la salle de bains et appelé : « Elsa ? » Pas de réponse.

Je suis descendu, et qui j'ai trouvé là, l'allure fière et la queue en panache ? Mon Cartoon... J'ai même eu l'impression qu'il se foutait de ma gueule. Il y avait de quoi, faut dire.

Des claques, je disais... Bref. Fin de la parenthèse.

À défaut d'y aller franco, je pourrais essayer d'immiscer le hasard dans le jeu... inviter la coïncidence, sous forme d'une rencontre fortuite. Un peu comme Patrick. Sauf que je sais où chercher. Avec ma veine, elle a peut-être déjà quitté Le Conquet... Bref, si je veux agir, c'est maintenant ou jamais.

*

J'ai invité Cécile. « Une crêperie au Conquet, ça te tente ? »

Elle était emballée par la proposition, évidemment, pour une fois que je la conviais à une vraie sortie !

On a roulé pendant une demi-heure. À mesure qu'on approchait, j'étais de plus en plus tendu. Et surtout, au beau milieu du trajet, je me suis demandé pourquoi j'avais eu une idée aussi pourrie : inviter Cécile, alors que j'aurais pu trouver n'importe qui d'autre à titre d'alibi... C'était quoi, le plan ? Je me rendais compte, un peu tard, que si je tombais sur Elsa en présence de Cécile, ça pouvait avoir un effet contraire à celui que j'escomptais... un effet dévastateur, voire radioactif à tendance pérenne. Un truc tel qu'Elsa n'aurait plus jamais envie de me voir. J'avais juste pensé « ça me donne une bonne raison de venir au Conquet, l'air de rien », mais pas vu plus loin que le bout de mon nez, pas visualisé la scène potentielle… C'était une belle idée de merde, en fait. Mais à présent que j'étais lancé, je ne pouvais plus faire marche arrière. Toute la soirée, j'allais balancer entre envie et peur de croiser Elsa… Faut quand même être un peu con. Cette fille me rend débile ! Bref.

Quand on a dépassé le panneau, j'étais carrément fébrile, je roulais tout doucement en regardant partout, des fois que je l'apercevrais au coin d'une rue…

— Ça va ? m'a fait Cécile, que j'avais presque oubliée.

— Impec.

— Tu es bizarre…

Je n'ai pas relevé, bien trop occupé à regarder autour de moi. J'ai garé la voiture sur le parking principal, et on s'est retrouvés un peu trop vite dans la crêperie. Là encore, j'ai procédé à une inspection en règle, mais non, elle n'y était pas. J'ai fait exprès de prendre la place face à la rue, histoire de pouvoir mater depuis mon point de vue. J'aurais trop voulu qu'Elsa apparaisse dans mon champ de vision. Au lieu de ça, l'enthousiasme de Cécile m'insupportait. Imaginait-elle que j'allais la demander en mariage ? Elle en faisait trop. Sa gaieté exaspérante est retombée de cran en cran tout au long du repas. Elle devait se rendre compte que 1) de déclaration ou demande, il n'y aurait pas, 2) j'avais la tête ailleurs, et 3) le motif de cette sortie lui échappait totalement… vu le peu de cœur que j'y mettais.

— Tu cherches quelque chose ?

— Non, pourquoi tu dis ça ?

— Tu regardes plus la rue que moi…

J'ai senti son pied sur le mien… Elle s'est mise à minauder, à me taquiner de ses yeux suggestifs et à tenter de m'envoûter de sa voix sensuelle qui, normalement, me fait de l'effet. Mais là, je suis resté inerte. Je la trouvais même presque ridicule. On n'a rien à partager, en fait, elle et moi, en dehors d'un cadre de lit. C'est assez pathétique comme constat, mais jusqu'à présent ça me convenait bien.

J'ai fait diversion pour ne pas faire traîner en longueur cette tentative ratée de séduction : c'était assez gênant pour tous les deux. Elle en serait tombée de sa chaise tellement elle s'est sentie bête. Pas l'habitude de laisser les hommes indifférents, à commencer par moi. Pour me faire pardonner, je lui ai proposé une promenade avant le coucher du soleil sur le sentier des douaniers. Un truc vaguement romantique. Elle a dû croire que ça se terminerait en petit coup vite fait dans un recoin ou sur une plage déserte.

La vérité, évidemment, c'est que je voulais écumer au maximum Le Conquet pour trouver Elsa. C'est moche, je sais… C'est une obsession qui me dépasse, surtout.

On est donc descendus vers le port pour gagner la plage de Portez, puis le chemin côtier vers le Bilou. J'écarquillais les yeux, à la recherche d'Elsa ou de sa chambre d'hôte. J'ai eu le fol espoir qu'elle soit sur la petite plage d'après, mais ce n'était pas le cas. Il a fallu que je me rende à l'évidence : j'allais rentrer bredouille.

Peut-être que c'était mieux comme ça : qu'est-ce qui se serait passé si… ? Grande question. Je devrais sans doute féliciter le destin de ne pas avoir marché dans ma combine hasardeuse…

Le trajet du retour a été assez tendu, entre mon mutisme et la demande de comptes de Cécile. En gros : « Pourquoi tu m'as amenée là si c'était pour te comporter comme ça ? Tu me prends vraiment pour une conne ! » Je la fais en version courte. Elle avait raison … Mais au bout d'un moment, j'ai fermé les oreilles et me suis juste concentré sur la route et ma déception du soir.

Avant même d'avoir déposé Cécile chez elle, bien trop énervée pour qu'on passe la nuit ensemble, j'avais pris ma décision.

30

Ce matin je suis allée me promener sur la presqu'île de Kermorvan, avec au bout son phare carré. D'ici, Le Conquet apparaît sous son meilleur jour. Je suis rentrée en début d'après-midi à la chambre d'hôte après avoir mangé une galette saucisse dans le centre et acheté un roman. Le temps est agréable, et je me suis dit qu'une séance de lecture en plein air face à la mer était une bonne idée.

Robert, mon hôte, m'attendait de pied ferme.

— Ah, vous voilà !

Ma parole ! Il me grondait presque.

— Figurez-vous que j'ai un message pour vous.

— Comment ça ? ai-je fait, incrédule.

L'adrénaline engendrée par la peur est montée d'un coup dans mon cœur. Ici, je suis sous le nom d'Elsa, et personne ne sait que je suis là.

— Quelqu'un a téléphoné pour vous.

— Ah bon ?

— Un certain… oh bah mince, ça m'est sorti de la tête !

— Patrick ?

— Non. Non, non, c'est pas ça.

— François ?

— Ah oui… ça se pourrait bien.

Me voilà bien avancée.

— Ne vous inquiétez pas, comme je sais que j'ai la mémoire qui flanche, j'ai noté.

Il a attrapé un feuillet sur la commode et me l'a tendu.

— Tenez. Il m'a fait la dictée.

— Merci.

J'aurais pu faire preuve de plus de gratitude, mais j'étais en proie au stress et n'avais qu'une hâte, découvrir le contenu du message : *Elsa, s'il vous plaît, appelez-moi.* Suivi d'un numéro de téléphone.

Alors, je suis montée le plus vite possible à l'étage pour rejoindre ma chambre.

Me voilà à fixer ces mots, les yeux hésitants, cherchant un indice invisible dans les pleins et les déliés… François me demande de l'appeler, je me dois de le faire. Il n'y a pas de question à se poser. Normalement. Pourtant, tout au fond de moi, s'est immiscé le doute. Accéder à sa demande par un appel, c'est s'engager à quoi, au juste ? J'ai peur de franchir un point de non-retour. J'ai peur, oui, de l'appeler et c'est atrocement ridicule, j'en ai bien conscience. Son *s'il vous plaît*, retranscrit fidèlement par Robert, me fait sourire. Croit-il me convaincre en y mettant les formes ? Je ne sais si le ton était suppliant, mais c'est un peu ainsi que je le perçois. Je me demande ce qu'il a à me dire, il y a forcément quelque chose. Quoi qu'il en soit, mon sort ne l'indiffère pas, et c'est assez doux comme pensée.

Je dois l'appeler, je vais l'appeler... mais quand ? Avec quel téléphone ? Je suis morte de trouille. J'ai à la fois hâte d'y être tout en souhaitant reculer au maximum ce moment stressant. Quelle idiote je suis.

Pour me changer les idées, je pars à la plage munie de mon roman, après m'être arrangée avec Robert pour l'utilisation du téléphone. J'appellerai François ce soir, quand il aura fini sa journée. Et puis comme ça il verra que j'ai tardé un peu. Il interprétera ça comme il voudra.

Sur la plage, j'ai beaucoup de mal à me concentrer sur ma lecture. Mon esprit s'évade et divague. Que va me dire François ? J'en ai des frissons. Je préfère éviter les suppositions. Tout ce qui m'importe, à cet instant, c'est qu'il veuille me parler et donc que, peut-être, je dis bien peut-être, il ne m'a pas vraiment oubliée. Et ça... ça réchauffe un peu.

*

Je décroche le combiné, je compose le numéro en tremblant. Heureusement, c'est un téléphone sans fil – le seul élément de modernité dans cette maison, sans doute –, je peux donc passer l'appel tranquillement depuis ma chambre. Il est vingt heures et ça sonne. Mon cœur s'emballe bêtement.

— Allô ?

— François ? C'est A... Elsa !

— Bonsoir... Vous avez eu mon message ?

— Eh bien... oui !

Sinon, je ne l'aurais pas appelé...

— Je me suis permis de faire des petites recherches

avec les indices que m'avait donnés Patrick, s'excuse-t-il. Vous n'êtes pas partie bien loin…

— Non, en effet.

Il y a un blanc.

— Vous allez bien ?

— Oui, ça va mieux. Globalement. Et vous ?

— Ça va… Qu'est-ce que vous faites de vos journées ?

— Je me promène, je découvre votre magnifique région.

— Vous êtes comme en vacances…

— C'est ça.

— Et… vous ne voudriez pas remonter à cheval ?

— Pourquoi, vous avez un centre équestre à me conseiller dans le coin ?

— J'en connais un très bien, un peu plus au nord… accueillant, confortable, et pas cher !

— Je ne comprends pas bien où vous voulez en venir, François…

— J'ai un autre argument infaillible : ce matin, aux aurores, Libertad a donné naissance à un magnifique poulain. Vous ne pouvez pas rater ça.

31

Argument débile, plutôt. Le problème, c'est que je n'ai aucune justification valable à donner : j'ai juste envie qu'elle revienne. Point.

— Vous avez sans doute raison, mais est-ce bien suffisant ? François, que voulez-vous ?

— J'avais juste envie d'avoir de vos nouvelles… savoir si tout allait bien.

— Tout va bien, je n'ai pas besoin de revenir pour que vous vérifiiez ça.

Argh ! j'en ai marre de tourner autour du pot. C'est d'un ridicule…

— Je voudrais vous revoir.

— Alors, venez…

— Si je viens, c'est pour vous ramener, je vous préviens…

— Pourquoi ? Ça n'a pas de sens, vous le savez bien. J'étais de trop, chez vous.

— C'est faux.

— Vous n'êtes pas la réponse à mes questions.

— Qu'est-ce que vous en savez ?

— …

— Vous n'étiez pas bien, ici ?

— Vous savez très bien que si.

— Mais vous avez fui. De quoi avez-vous eu peur, Elsa ?

— Je vous l'ai déjà dit. Ma place n'était pas chez vous.

— Où est-elle alors ? Au Conquet ? Pas plus ! Et vous irez où, après ?

— Je ne sais pas. Mais après tout, ça ne regarde que moi. Et je ne comprends pas en quoi cela vous concerne.

— Je m'inquiète pour vous, il est de mon devoir de m'assurer que vous allez bien… Je me sens responsable de veiller sur vous.

Je l'entends qui sourit.

— La maison me paraît vide, depuis votre départ…

Enfin une parole directe et sincère. Cette fois-ci, la perche est bien tendue.

— Mais qu'est-ce que vous me proposez, au juste ?

— Rien d'autre que ce à quoi ressemblait la vie quand vous étiez là. J'apprécie votre compagnie. Voilà, c'est dit. Vous n'avez rien à perdre. Au contraire, je crois.

— …

— Elsa, ne bougez pas, je viens vous chercher.

— Ne faites pas ça… Si je reviens, c'est de moi-même, quand et comme je l'aurai décidé. Cessez de jouer au sauveur, c'est tout ce que je vous demande. Je suis grande, vous savez, et j'ai à peu près retrouvé mes esprits.

— Comme vous voulez.

— Laissez-moi y réfléchir.

Elle raccroche après un *au revoir* rapide, je pousse un soupir. J'aurai essayé…

*

C'était vendredi soir. On était le 25 mai, un mois jour pour jour après celui où je l'avais découverte près du rocher. Depuis, je ne m'ôte pas cette image de la tête. Elle rôde en moi comme un fantôme.

Hier, j'ai trouvé la journée éprouvante. Le samedi, c'est toujours tendu, je ne sais jamais où donner de la tête, mais alors là, c'était pire : je jetais des coups d'œil sans arrêt vers l'entrée du centre. Dès qu'une silhouette se profilait, j'espérais que ce soit elle, je désirais que ce soit elle, et c'était déception sur déception. Malgré moi… Pauvre con, je me disais, mais arrête, t'es ridicule, elle ne viendra pas. Et elle n'est pas venue.

J'ai passé la soirée avec Cécile. Elle voulait qu'on se réconcilie. Je n'avais pas trop envie de quitter la maison, au cas où Elsa se déciderait… Je me suis fait un peu violence en me rassurant : elle ne viendrait pas comme ça, le soir.

Ce matin, entraînement avec Laurent. On a repris nos discussions habituelles, lui et moi. Il me disait que les jumeaux n'étaient pas faciles en ce moment. Ça me fait toujours bizarre d'entendre les gens se plaindre de leurs enfants. J'aurais tant aimé pouvoir me plaindre du mien. Mais ça n'effleure pas l'esprit de Laurent. Je crois qu'il a oublié. Moi pas.

Traditionnel repas dominical ce midi avec la famille, dans la maison de week-end de Porspoder, d'où je suis revenu assez vite. Je me doutais bien que, si elle avait décidé de réapparaître aujourd'hui, elle éviterait le matin avec Laurent, et le midi où elle me sait absent. Mais à part ça, qu'étais-je en droit – soyons réaliste – d'espérer ?

J'étais bêtement nerveux, à tourner en rond chez moi. J'avais envie de partir en balade sur la plage, mais je voulais rester… Quel con, quand même ! Tout ça pour ça ! Je me disais que, si elle ne venait pas, je n'aurais plus qu'à la reléguer aux oubliettes de mon cerveau. J'en étais sûr : soit elle reviendrait très vite, soit je n'entendrais plus jamais parler d'elle. Et moi, je me disais que j'en avais déjà bien assez fait : je veux bien montrer mon intérêt et mon inquiétude, mais si elle n'en veut pas, eh bien, tant pis… Je n'allais quand même pas lui courir après, tenter une nouvelle approche au Conquet, y faire passer une banderole flottant derrière un avion avec un « Elsa, reviens ! », ou toute autre idée débile. Faut arrêter de se ridiculiser, quand même !

J'en étais à ce genre de réflexions, à me préparer un café dans la cuisine, quand j'ai entendu une voiture. Ça arrive que des curieux passent le dimanche, même si normalement le centre est fermé. J'ai jeté un œil par la fenêtre et j'ai vu que c'était un taxi. Putain, elle l'a fait ! Je ne suis pas croyant, encore moins depuis sept ans, mais j'avais envie de dire : « Merci mon Dieu ! » De vieux restes, sans doute. J'ai juste levé les yeux au ciel, en remerciement.

J'étais content, bêtement content. En revanche, je ne savais pas comment l'accueillir. Rester ici, dans la maison, à attendre qu'elle frappe à la porte comme si je n'avais pas guetté son arrivée, sortir sur le perron, courir pour lui ouvrir la portière ? J'ai choisi un entre-deux : la deuxième solution. Accueillant, mais sans en faire des caisses. Je suis sorti, et j'ai attendu qu'elle surgisse au coin de la maison.

— Hey, salut ! Vous avez retrouvé le chemin ?!

Nullissime... Ce que je peux être con, parfois !

— Eh oui, a-t-elle répondu, avec un sourire timide.

Quand elle s'est postée devant moi, je lui ai trouvé bonne mine. Le grand air lui avait fait du bien, elle avait même pris quelques couleurs, et ses cheveux étaient plus blonds.

On était un peu gênés, on ne s'est pas fait la bise. Je lui ai proposé un thé.

32

— Merci d'être là, m'a-t-il dit brusquement.

Il a parfois un petit côté maladroit pour dire les choses. Mais la façon dont il m'a accueillie m'a touchée. Un peu gauche… En termes d'hôte, je ne sais pas pourquoi, mais je préfère François à Robert : c'était une première bonne raison de revenir.

Nous nous sommes installés au salon, avec un thé et un café accompagnés de sablés bretons. Il m'a posé des questions sur ce que j'avais fait pendant ces deux semaines. Je lui ai parlé de mon coup de cœur pour Ouessant. Il connaît l'île aussi, et avait l'air de comprendre.

J'ai trouvé ce moment apaisant : c'était un peu comme les retrouvailles de deux amis, timides mais naturelles. J'étais plutôt à l'aise, je me sentais bien, j'avais sans doute fait le bon choix : ici, j'avais une petite place, finalement.

Ensuite, le chien sur les talons, nous sommes allés voir le fameux poulain. François l'a baptisé Freedom. Pour le fils de Libertad, il ne s'est pas foulé… C'était émouvant de voir cette mère et son petit, lui si solide et fragile à la fois, juché sur ses pattes interminables, elle d'une tendresse enveloppante. Nous sommes restés de longues minutes à les observer, sans ressentir particulièrement le besoin de parler. J'aime partager le silence avec lui.

J'ai pris quelques photos.

Je suis allée voir Nata et quelques autres, d'un peu plus loin. Je me sentais prise d'une envie de monter à nouveau, mais mêlée encore à la crainte. Comme revenue au point de départ, après une pause de quinze jours. J'avais hâte de revoir Patrick, aussi.

Le besoin de me retrouver seule face à la mer s'est fait sentir, et je suis partie vers la plage. Le soleil descendait sur l'océan et le faisait scintiller. C'était tout simplement beau. J'ai marché tranquillement et mes pas m'ont guidée au pied du grand rocher où François m'avait trouvée. Je me suis assise au même endroit, dans la même position, instinctivement. Ce que je voyais était différent, mais pas seulement l'état du ciel, plus clément. Je crois que je n'avais pas vraiment regardé le paysage, j'avais juste vu la mer, comme une étendue grise avec rien au-delà. Quand on va mal, on ne voit pas bien les choses, on ne distingue rien… C'est là que je me suis rendu compte du chemin parcouru, un mois plus tard. Évidemment, ce serait simpliste de penser que je vais bien, mais oui, je vais mieux. Disons que superficiellement, les choses se sont arrangées. Une croûte s'est formée sur certaines plaies, c'est en voie de guérison, mais il ne faudrait pas gratter, sinon le saignement serait assuré, et il faudrait recommencer le processus. Sous la croûte, les chairs sont encore vives, comme des braises prêtes à se rallumer. Et puis il y a les autres plaies, plus profondes, qui ne pourront sans doute jamais cicatriser. Les sutures sont impossibles, il faudra apprendre à vivre avec. Mais j'ai un peu l'habitude…

*

Quand je suis rentrée de la plage, un petit plateau apéro m'attendait. « Pour fêter votre retour », m'a dit François. Ce côté, sinon festif du moins convivial, m'a touchée. Il m'a proposé du vin, mais je n'avais pas envie de boire de l'alcool toute seule, alors j'ai opté pour la même chose que lui : du coca. Je n'aime pas vraiment ça, mais je me suis dit que c'était un signe de partage et d'empathie. Je pense qu'il a eu des soucis avec l'alcool, et je serais curieuse de savoir dans quelles circonstances. Peut-être le saurai-je un jour…

Nous avons discuté, de tout, de rien. Il m'a parlé de sa famille, de son père, de sa sœur, de sa mère, décédée il y a quelques années d'un cancer foudroyant qui les a laissés hébétés quelque temps. En mon for intérieur, je me suis demandé ce qui se serait passé si la mienne était morte… Est-ce qu'enfin j'aurais pu parler avec papa ? Avec Camille ? Je sais bien que les tabous et les secrets existent avant tout par ma mère… Elle les a fomentés, elle a lutté pour leur survivance… Qu'en aurait-il été si elle avait disparu ? Les langues se seraient-elles déliées ? Le père de François semble avoir un caractère bien trempé. Tout le contraire du mien. Pauvre papa, asservi au silence et à la domination d'une femme perverse… Il n'a plus existé à partir du jour du drame. Je crois qu'elle a toujours aimé, depuis lors, l'ignorer, le malmener, le fustiger. C'est comme ça qu'elle lui fait payer sa faute, et elle doit en tirer un plaisir vengeur, une jouissance sadique.

La famille de François a l'air « normale ». Sa sœur me paraît d'emblée sympathique, d'après ce qu'il m'en dit. Je devine leur proximité. Il semble avoir beaucoup d'estime pour elle qui, bien qu'issue d'un milieu modeste, a fait de brillantes études pour devenir vétérinaire. Je sens en lui la protection du grand frère envers sa cadette. Celle que j'aurais tant aimé recevoir. Il est bien plus tendre qu'il ne le paraît de prime abord, et j'ai la sensation agréable qu'il m'a prise sous son aile, avec la sincérité du frère qu'il est. Son intérêt est dénué de séduction, il n'y a aucune ambiguïté entre nous, et c'est tant mieux. Je ne serais pas revenue, sinon.

J'ai repris possession de la chambre d'amis, devenue mienne un peu plus. Ici, point de grosses fleurs moches : une décoration sobre, voire minimaliste, qui me sied. Ici, je me sens bien.

*

— Elsa ! Quelle bonne surprise ! s'est écrié Patrick en me voyant ce matin.

J'ai encore un peu de mal à ce qu'on m'appelle par ce prénom. Je ne me sens pas vraiment moi-même dans ce costume-là. Mais c'est trop tard pour annoncer la couleur. J'ai triché, je dois continuer.

Je l'ai aidé un peu, mais mes quinze jours de pause m'ont fait régresser : j'aborde de nouveau les chevaux avec un peu de crainte, et préfère ne m'occuper que des boxes vides. Là au moins, je ne risque rien : les murs ne me marcheront pas sur le pied et ne me donneront pas de coup de sabot. Il n'y a qu'avec Nata que j'ose entrer dans le box. Elle ne bouge pas, on dirait qu'elle s'adapte à mes lacunes.

Cet après-midi, j'ai pu reprendre l'équitation, sur les conseils de François et avec l'aide de Patrick : j'ai revu les quelques bases que j'avais apprises, au pas. En douceur.

Puis je me suis évadée à pied vers l'île Carn, avec mon carnet et mon appareil photo. La mer était assez agitée et la marée haute : les clichés devraient être potentiellement intéressants. Les photos semblent en noir et blanc, comme le gris du ciel déteint sur la mer. Chaque jour, elle me raconte quelque chose de nouveau, elle choisit parmi ses mille visages. Le spectacle, quotidien, est devenu un besoin, quelque chose de nécessaire à mon bien-être. Tournée vers l'océan et en proie aux embruns, je me ressource comme nulle part ailleurs.

33

Déjà quelques jours qu'elle est revenue. Elle a repris ses marques, et moi aussi. On forme un drôle de duo, parfois pas bien bavard, mais qu'importe. On alterne silences, discussions banales et quelques confidences personnelles. *Confidences*, le mot est sûrement un peu fort, mais bon. Et puis toujours à sens unique : moi qui parle de moi. Elle m'écoute, elle réagit, mais ne dit jamais rien d'elle. Je l'accepte, c'est ainsi. J'ai pris l'habitude de ne pas lui poser de questions, et finalement ça n'est pas si difficile. Elle reste un mystère, elle m'intrigue toujours... C'est assez atypique, comme relation. Je suis sûr qu'un jour elle me confiera quelque chose, je le sens. Je me demande parfois, quand même, où tout cela va nous mener. Mais je m'en fous un peu. Ce n'est pas comme si je voulais vivre avec Cécile ou n'importe qui d'autre. J'aime bien ma vie de célibataire et elle, elle me tient compagnie, discrètement. C'est bien comme ça. Et puis j'ai à nouveau droit à ses bons petits plats ! Ce n'est pas qu'un détail, ça. Je sens bien qu'elle fait tout pour se rendre utile. Elle a peur que je la considère comme une profiteuse, mais ce serait oublier que c'est moi qui lui ai demandé de revenir.

J'ai dit à Noémie qu'Elsa était à nouveau chez moi, je lui ai raconté comment je m'y étais pris. Elle m'a juste dit : « C'est bien. » Je sais ce qu'elle voulait dire par là : elle est contente pour moi. Nous avons convenu qu'elle le dirait à Laurent et à notre père, comme ça, ça évitera qu'ils l'apprennent par hasard, et comme je ne compte pas aborder le sujet avec eux... Elle est mon invitée à durée indéterminée, je n'ai aucune envie de me justifier. S'ils ne sont pas contents, c'est la même chose. Si ça ne leur plaît pas, ils n'ont qu'à ne pas venir chez moi. Et s'ils viennent, j'espère bien qu'ils sauront se comporter correctement. En tout cas, je saurai le leur dire.

Elsa fait sa petite vie. Ses journées se ressemblent, au gré d'occupations diverses : nettoyer les boxes, observer les reprises, monter à cheval, regarder le poulain, marcher, aller voir la mer... Elle passe de nombreuses heures du côté de la plage et du chemin côtier, quand le temps le permet. Il m'arrive de l'apercevoir quand je suis en sortie. Parfois, elle passe l'aspirateur. Je la sens tentée de ranger mon bazar – elle a même entamé un tri –, mais j'ai été assez ferme là-dessus : j'y tiens, à mon bordel, hors de question d'avoir un intérieur de magazine de déco. Moi, j'aime le fouillis, je trouve ça plus vivant et je ne veux pas qu'elle s'immisce dans la gestion de mon intérieur. S'il y a un bon côté dans le célibat, c'est de vivre comme on l'entend sans essuyer de remontrances, sans avoir de justifications à donner ou de concessions à faire. J'aime ma liberté.

Je suis allé voir Cécile jeudi soir. Elle me réclamait, je n'ai pas résisté. Mais je suis rentré dans la nuit.

*

Avec les chevaux, il y a des progrès. Pour Elsa, je veux dire. Elle a moins peur, même si elle n'a confiance qu'en Nata. D'ailleurs, il semblerait qu'il y ait eu un petit incident, mercredi, avec un autre cheval, qui ne l'a pas incitée à considérer les autres positivement. En tout cas, elle monte tous les jours avec son prof particulier et, ça y est, elle s'est mise au trot. Elle ne voulait pas que je la regarde, c'est dommage, surtout qu'elle se débrouille pas mal. Bon, elle est crispée mais ça va venir. C'est con, mais ça me fait plaisir. Je la sens contente d'elle. J'étais sûr, depuis le début, que ça ne pouvait que lui faire du bien. Je ne l'exerce pas ici, parce que mon centre est trop excentré et éloigné de la ville, mais j'aurais vraiment pu me mettre à l'équithérapie, accueillir des personnes handicapées, par exemple. Ça m'aurait bien plu. Mais nous sommes trop loin de Brest, il n'y a pas de demande de ce type. Cependant, dans une moindre mesure, l'équitation, ou même tout simplement le fait de s'occuper d'un poney, est riche d'enseignement, notamment pour les enfants. Il y a de grands timides, un peu ou carrément froussards, qui s'ouvrent au contact de l'animal et qui grandissent dans leur tête grâce à lui. Parfois, les parents m'en parlent, ils me disent qu'à la maison les enfants ont gagné en autonomie. Ça me fait toujours quelque chose d'entendre ça. Ce n'est pas que je me sente vraiment utile, mais je n'aimerais pas me dire que ce que je fais c'est du vent et que ça ne sert à rien…

*

Ce midi, j'ai déjeuné sur le pouce avec Elsa. Juste un sandwich : le samedi, c'est non-stop.

— Dites, Elsa, ça vous dirait d'aller en ville ? Je pourrais vous prêter ma voiture…

Ma proposition l'a interloquée.

— Vraiment ? C'est gentil, mais je n'irai pas. Pour deux raisons : je n'ai rien à y faire et je n'ai pas mon permis.

— Ah bon ?

— Je l'ai… mais je n'ai pas le papier rose.

— Vous êtes partie sans votre permis ? Ce n'est pas très pratique…

— Je suis partie sans rien. Sans aucun papier, je veux dire.

Elle m'a lancé ça *cash*, comme si c'était normal. Un aveu abrupt.

— Sans rien ?!

— Je n'ai pris que de l'argent. Je vous le dis parce que je vous fais confiance, je sais que si vous aviez fouillé dans mon sac à dos, vous sauriez déjà tout ça…

— Vous êtes partie sans rien… Alors, c'est bien que vous comptez rentrer.

C'est vrai, quoi, comment vivre, sinon ?

— Non, je ne rentrerai pas.

— …

(C'est la question que je n'ai pas pu poser.)

— François, tôt ou tard je vous l'aurais dit, alors pourquoi pas aujourd'hui… Vous savez ce que c'est, une disparition volontaire ?

— Je crois le deviner…

— C'est un droit, vous savez ? N'importe quel adulte peut disparaître dans la nature… du jour au lendemain.

— Je l'ignorais.

— J'ai fait ce choix. J'ai mes raisons, qu'il vous est inutile de connaître. Sachez juste que je n'ai rien fait de mal.

— Mais… votre famille ?

— Laissez-la où elle est. Je vous en ai bien assez dit aujourd'hui. Mais il est sûr que conduire, aller chez le médecin, avoir une existence « officielle », pour l'instant je ne peux pas…

— Et… Elsa, c'est bien votre prénom ?

Elle a marqué un temps d'arrêt, comme si elle ne s'attendait pas à ma question.

— Non.

Elle a dit ça avec un éclat brumeux dans les yeux, puis elle est sortie.

Alors là, plus que jamais, je me suis senti con. À la fois – un tout petit peu – satisfait qu'elle se soit confiée à moi, à la fois incrédule face à son aveu… Je supposais un truc du genre, mais à ce point-là ! Elle n'a pas de papiers, pas d'identité, plus de famille… et si ça se trouve ils la croient morte ! Et puis je suis foncièrement déçu qu'elle ne s'appelle pas véritablement Elsa. Quand on ne connaît même pas le prénom d'une personne, qu'est-ce qu'on peut espérer de vrai dans une relation ? Je n'ai plus qu'à me résigner : « Elsa » restera enfermée dans sa tour… avec les secrets de sa vie hermétique.

J'ai dit que ça me suffisait, mais là ça me fiche un coup. Je vais me reprendre, et les choses vont continuer comme elles ont commencé. Elle et moi, on vit au présent. C'est ce qui nous ressemble et nous rassemble.

34

Mercredi, j'ai vécu un micro-événement lié à ma peur des chevaux. J'étais dans le box de Tornado – déjà, le nom… –, en train de le panser. J'avais la trouille au ventre dès qu'il faisait un pas. Sa queue fouettait en tous sens et il tapait régulièrement du pied ; à cause des mouches, mais ça amplifiait mon anxiété. Et là, je ne sais pas ce qui lui a pris, mais ce que j'avais toujours redouté est arrivé : il m'a poussée et m'a collée contre le mur de son box. Prise de panique – *a posteriori*, je conviens que ma réaction a été disproportionnée –, j'ai hurlé des « au secours », comme si ma vie était en danger. Heureusement, Fiona n'était pas loin, c'est elle qui est venue me dégager.

— Merci…, ai-je dit, soulagée, en quittant le box au plus vite.

— Pas de quoi. Fallait juste le pousser.

— Je n'ai pas pu…

C'est vrai, j'étais tétanisée.

— Il en a profité. C'est un cheval un peu roublard, mais pas méchant. Il vous a fait une farce.

— Ah ! ai-je fait, comme si je trouvais ça faussement drôle.

Contrairement à ce que j'aurais pensé étant donné nos rapports un peu froids jusqu'alors, Fiona ne s'est pas moquée de moi, elle m'a même montré comment faire pour déplacer un cheval. Il suffit de lui faire comprendre ce qu'on attend de lui. Inutile d'avoir la force de repousser cinq cents kilos : il suffit d'être convaincu soi-même, en fait. Le cheval se décale volontairement, si on lui donne l'ordre de le faire. Je me suis sentie bête. Fiona m'a demandé de déplacer Tornado dans son box. Elle m'a forcée à le faire devant elle, et c'était une bonne idée : rien de tel que d'affronter ses appréhensions pour les dépasser. J'ai été touchée qu'elle m'accorde du temps, et de sa bienveillance toute neuve. Je l'ai remerciée. Quand elle est retournée à son travail, j'ai repensé à Camille. Je la revoyais tenir tête à notre mère, ou à moi, et quelques heures plus tard s'excuser. Les montagnes russes de l'adolescence… Où était-elle, à cette heure ? Que faisait-elle ? Bientôt le bac de français. Mon Dieu, déjà ! Elle me manque, ma petite sœur…

*

Jeudi a été un grand jour. J'ai trotté ! Première fois de ma vie. Je ne peux pas dire que j'ai ressenti l'ivresse de la vitesse, car c'était un tout petit trot. Pauvre Nata, je lui ai scié la bouche avec le mors, cramponnée aux rênes que j'étais de peur d'aller trop vite. J'ai testé les deux types de trot et il n'y a pas photo : je préfère le trot « enlevé », où il faut se lever un temps sur deux. À moins d'être à contretemps et de rebondir, c'est bien plus confortable que le trot assis quand on ne parvient pas à le rester… Question d'« assiette », m'a dit Patrick. Il m'explique bien les choses et me consacre du temps. Il est vraiment sympathique, et je lui suis très reconnaissante de tout ce qu'il fait avec moi.

Nous étions dans le manège couvert, et François est venu nous voir. J'oscillais entre fierté et peur de mal faire, tendue, secouée à temps partiel. Il m'a félicitée : « Bientôt le galop ! » J'ai ri nerveusement, en guise de réponse, mais en moi-même je hurlais : « Nooooon, pas le galop ! » J'en suis terrorisée à l'avance.

*

Hier s'est produit un tournant que je n'avais pas vu arriver. Nous étions en train de manger un sandwich en guise de repas de midi, quand François m'a proposé de prendre sa voiture pour aller faire un tour en ville. Je crois que la surprise m'a fait perdre les pédales, et le contrôle : j'ai tout déballé. Enfin, tout, non. Je ne lui ai que confirmé ce qu'il avait sans doute déjà en partie supposé. Avant, je pense qu'il me voyait comme une simple « fugueuse », à la manière d'une ado attardée qui ferait sa crise de la trentaine – je ne lui ai jamais dit mon âge, mais il doit en avoir une idée – et qui allait revenir, tôt ou tard et toute penaude, chez elle ; y retrouver son travail, sa famille, ses amis… peut-être même son mari. Là, je crois que j'ai été claire : je suis partie volontairement, avec préméditation, pour ne plus jamais revenir, après m'être débarrassée de tout ce qui actait mon appartenance au monde réel, mon identité sociale : papiers, carte Vitale, carte bancaire… de façon à n'avoir rien qui porte mon nom… J'ai tout quitté, j'ai clôturé mes comptes et je suis partie avec de belles liasses de billets. Voilà la réalité.

S'il avait fouillé dans mon sac, il aurait compris ça très vite : pas de portefeuille, juste trois enveloppes kraft remplies de petites coupures. Et pour le reste : quelques vêtements que je lave régulièrement, des boîtes de médicaments et pas de téléphone. Bagage léger, quand on y pense : c'est tout ce que j'ai gardé pour ma nouvelle vie.

J'ai bien saisi son incrédulité. J'imagine ce qu'il a dû se dire… et j'aurais tendance à le comprendre. Choisir de disparaître, ce n'est pas banal. Mais ça existe et, bizarrement, c'est un droit dans notre pays. Parfois je me demande comment ils ont réagi. Ce qui est sûr, c'est qu'il n'y avait pas besoin de faire de longues recherches pour comprendre que ma disparition était effectivement volontaire : même si tout est allé vite à partir du jour du drame – de ce qui, pour moi, en a représenté un –, j'ai pu vider mon appartement et démissionner, fermer mes comptes à la banque. Pour ce qui est de mes papiers, je ne les ai pas supprimés, je les ai mis en lieu sûr. Avec les quelques rares choses que je voulais garder, des objets et surtout des photos… et puis une lettre. Tout ce qui me reste de ma vie pourrait entrer dans un sac à peine plus grand que celui que j'ai pris avec moi. Je me suis débarrassée du reste comme j'aurais voulu me débarrasser de ce passé qui m'encombre.

Oui, la question de leur réaction se pose de temps en temps à moi, mais je préfère me dire que cela n'a aucune importance. J'aurais tendance à penser que ma mère voit cela comme une suite logique, que mon père n'a pas assez sa tête à lui pour en être affligé, et que ma sœur ne comprend pas. Ils pensent sans doute que je reviendrai, que c'est temporaire, mais non, mon retour n'est pas au programme. Y retourner équivaudrait à annuler tout le processus de reconstruction. Il me semble que j'ai déblayé les gravats qui encombraient le site de ma future maison, qu'il reste encore pas mal de poussières et quelques gros cailloux bien tranchants, mais qu'il est désormais possible de couler les fondations. Peut-être même que le socle n'en sera que plus solide. Je crois que ce qui a porté un coup supplémentaire à François, c'est le prénom « adoptif ». Je n'ai pas voulu mentir, alors j'ai avoué qu'Elsa était un emprunt, mais je n'en ai pas dit plus. Et j'étais suffisamment mal à l'aise pour quitter la conversation sur cet aveu.

Évidemment, après ça, l'après-midi m'a semblé étrange. J'ai pris soin d'éviter François et, s'il n'y avait eu la pluie, je serais partie quelques heures vers Portsall. Au lieu de ça, j'ai traîné dans les écuries, aidé quelques enfants à préparer leur poney et suis retournée chez François pour lire dans la bibliothèque. J'avais du mal à me concentrer sur ma lecture, mon esprit errait avec appréhension du côté de nos retrouvailles du soir… J'avais du mal à imaginer la soirée.

Finalement, la réalité a été différente des scénarios envisagés : je l'ai passée entre mes deux moi, entre Axelle et Elsa. Quand François est rentré, il m'a dit qu'il allait dîner chez sa sœur et Laurent. Il a pris une douche et il est parti. Voilà comment j'ai été, samedi soir, confrontée à mon double moi. À ma solitude schizophrénique. C'était pesant et déprimant, comme le temps dehors. Je n'avais envie de rien. Ni de lire ni de regarder la télé, ni de dormir… Je suis restée un temps indéfini avec Cartoon sur mes genoux dans le fauteuil du salon, à ne rien attendre. Heureusement que la boule de poils m'offrait un peu de compagnie. Je me suis finalement assoupie là, et c'est François qui m'a réveillée à son retour, en douceur et avec un peu d'hésitation : « Vous n'allez pas passer la nuit ici, quand même ? » Je me suis redressée, Cartoon s'est étiré et j'ai balbutié, encore ensommeillée :

— Vous m'en voulez, François ?

— De quoi parlez-vous ?

— De ce que je vous ai dit, ce midi… J'assume mes choix, vous savez, en revanche, je n'ai pas envie de vous décevoir, et surtout je ne voudrais pas que ça change quoi que ce soit entre nous.

— Ça ne change rien. Rassurez-vous. C'est juste un peu bizarre de vous appeler « Elsa », alors que je sais que ce n'est pas votre prénom… c'est plus ça qui me dérange, à vrai dire.

— Je comprends.

— De quoi avez-vous peur ? Avec un prénom et rien de plus, comment voudriez-vous que je sache qui vous êtes vraiment et d'où vous venez ?

— Vous avez raison, mais c'est trop tard. Je ne vais pas changer de prénom maintenant. Je n'ai pas envie de passer pour une folle… Que diraient les gens ? Votre famille ?

— En parlant de famille, vous êtes invitée demain midi, avec moi, chez ma sœur.

— Vous me faites marcher…

— Pas du tout. Nous en avons parlé ce soir. Noémie a envie de vous connaître et Laurent est prêt à vous donner une chance.

— Mais… ils vont me poser plein de questions.

— N'ayez crainte. Je les ai briefés.

— Qu'est-ce que vous leur avez dit ?

— La vérité.

— La vérité ? Quelle vérité ?

Il a ri.

— Que vous avez volontairement disparu, et que les raisons vous appartiennent. Que si vous êtes revenue, c'est parce que je vous l'ai demandé, que j'ai envie de vous aider et que je vous apprécie.

— Ah.

Je ne savais que répondre mais, au fond de moi, j'étais touchée. Très. Puis, en lui disant merci, j'ai eu l'envie fugace et instinctive de le prendre dans mes bras, mais je l'ai réprimée. Je suis certaine qu'il l'a senti, il a souri. Nous nous comprenons avec peu de mots. J'ai pris le chemin de ma chambre avec un poids en moins sur les épaules et le chat sur les talons.

*

Et aujourd'hui, contre toute attente, la journée a été agréable et douce.

Laurent a débarqué avec le sourire et des croissants, d'humeur joviale. Comme si de rien n'était. On aurait dit une autre personne. Je n'en revenais pas. Une grande partie de l'appréhension que j'avais au sujet du repas qui se profilait chez lui s'est évaporée.

C'était bizarre de me retrouver dans la voiture

avec François. Il s'est permis une petite blague assortie d'un clin d'œil avant d'y monter : « Je vous laisse le volant ? » *Ah, ah, ah…* J'ai souri. Je suis tellement heureuse qu'il le prenne ainsi, sans me juger. Il y a un début de complicité entre nous.

Pourtant, dans la voiture, espace exigu, je me sentais gênée, je ne disais rien. Lui non plus, jusqu'à ce qu'il rompe enfin le silence :

— Vous êtes stressée ?

— Un peu.

— Pourquoi ? Vous avez vu, Laurent… il a changé d'état d'esprit…

— Oui, c'est incroyable. Vous êtes très fort !

— Et puis mon père ne sera pas là, c'est pas plus mal pour commencer. On sera juste nous quatre et les deux monstres… Vous allez voir, leur maison est magnifique.

En fait, Noémie et Laurent vivent et travaillent à Brest, mais passent tous leurs week-ends dans une maison héritée de sa famille à lui, à Porspoder, face à la mer, avec le phare du Four en ligne de mire. Et c'est vrai que c'est un havre de paix, dont la vue est de toute beauté. Mes yeux clignotaient littéralement tant le paysage est magique depuis leur terrasse.

Noémie s'est montrée particulièrement accueillante, et semblait ravie de me rencontrer. Le repas, de délicieuses spécialités de la région, s'est très bien passé. Nous avons discuté de la vie ici, du centre équestre. Ils ont évoqué leur enfance dans la ferme de leur père. Je les écoutais tout en me disant qu'ils ignoraient que nous avions ce point commun non négligeable : des parents agriculteurs. Certaines anecdotes m'ont bien fait rire, et François était comme transporté. Je ne l'avais jamais vu si rieur et volubile. C'était très agréable de le découvrir comme ça, dans son élément familial. Le lien qui l'unit à sa sœur est d'une force qui m'a mise au bord des larmes. J'ai ainsi accédé à une autre facette de lui, et je m'en réjouissais. Je me sentais tellement bien ! À aucun moment je n'ai été mal à l'aise. Pas une fois Laurent ne m'a questionnée sur ma vie d'avant. C'était convivial, et les espiègleries des deux enfants ont largement contribué à l'ambiance joyeuse en nous faisant rire de leurs pitreries.

— Alors ? me demande François sur le trajet du retour.

— J'ai passé un très bon moment, vraiment. Ils sont super. Merci.

— Tant mieux.

Il sourit, et nous nous évadons chacun dans ses pensées.

Le hasard m'a vraiment gâtée en me conduisant ici… Cette certitude m'étreint et m'imprègne. Mais aurai-je la force de partir quand il le faudra ?

35

La panique, aujourd'hui ! Des jours comme ça, je m'en passerais volontiers. Évidemment, les chutes, ça arrive régulièrement, ça fait partie du jeu. Les blessures associées aussi, malheureusement. La plupart du temps, c'est bénin, le cavalier remonte immédiatement en selle. Parfois, ça l'est moins. Mais des traumatismes corsés comme celui d'aujourd'hui, heureusement que c'est rare ! Le pauvre Jonathan… Quelle chute ! Refus du cheval devant l'obstacle, cavalier qui vole et s'écrase au sol… *S'écraser*, c'est vraiment le mot ! La jambe s'est affaissée sur elle-même, et un deuxième genou a percé au-dessus du tibia. Horrible. Il criait comme un dingue, mais on ne pouvait pas le lui reprocher… J'ai à peine eu le temps de réagir qu'Elsa était déjà auprès de lui. Alors que Patrick transférait les autres cavaliers vers la seconde carrière, j'ai accouru vers elle. J'avoue, je suis nul avec ce genre de choses. J'ai pourtant mon AFPS, mais la vérité c'est que la vue du sang me fait tourner de l'œil. Et là, question sang, j'étais verni…

— C'est une fracture ouverte. Appelez les pompiers et apportez-moi des compresses stériles, m'a ordonné Elsa.

Comme j'ai toujours mon portable sur moi, j'ai contacté les pompiers, tout en allant chercher la trousse de secours pour la rapporter au plus vite à Elsa.

Je ne la quittais pas des yeux. Elle s'occupait de Jonathan avec une douceur inouïe, des gestes précis et sûrs. Elle le rassurait.

— Je ne peux pas faire grand-chose de plus, malheureusement. Il ne faut pas qu'il bouge jusqu'à l'arrivée des pompiers.

— Ils ne devraient plus tarder…

En effet, on a rapidement entendu la sirène hurlante de leur camion, suivi de la voiture de la mère de Jonathan, affolée, qu'Elsa s'est chargée d'apaiser. Les pompiers ont délicatement chargé le garçon sur un brancard puis dans leur véhicule, et ils sont repartis avec la mère.

— Pauvre Jonathan… ai-je soupiré.

— Oui… Il est bon pour le bloc. L'opération risque d'être un peu longue. La blessure est profonde et pas très belle…

— Je me trompe ou vous avez quelques bases de secourisme ?

Elle a souri.

— J'étais infirmière. Vous m'avez grillée…

— Beau métier, ai-je dit, admiratif.

— Pas toujours, a-t-elle conclu avec un air sombre.

Et elle a tourné les talons. J'ai rejoint mes élèves, choqués ; tous étaient descendus de cheval. Je les ai tranquillisés comme j'ai pu, et nous avons repris le cours à peu près normalement, mais sans sauts d'obstacles.

*

Je ne sais pas pourquoi, j'aime particulièrement réfléchir sous la douche, et celles qui sont chargées en cogitations sont parfois très longues. Ça me délasse et ça me vide. Je repense à l'accident. L'opération s'est bien passée, je suis soulagé. Je rappellerai la mère de Jonathan un peu plus tard dans la soirée. Je ne peux m'empêcher de repenser à l'attitude d'Elsa. Pleine de sang-froid, concentrée, très professionnelle… elle m'a épaté. Moi je me serais emmêlé les mains et les neurones, à ne pas savoir par quoi commencer – alerter, rassurer ? Bref, heureusement qu'elle était là.

Et puis je repense à hier. C'était vraiment sympa, chez Noémie. Je me suis senti heureux, et j'avais l'impression qu'Elsa était particulièrement bien, elle aussi. D'ailleurs, elle était plus jolie que d'habitude. Un peu plus lumineuse, en fait. Parce que, sinon, question look et maquillage, on est au stade zéro. Mais elle n'a pas besoin de ça. Avec ses boucles blondes, ses yeux bleus en amande et son teint frais, elle respire le charme naturel. On est loin des tartines de fond de teint et de mascara de ma Cécile, brune méditerranéenne à la peau mate et aux yeux noirs, sophistiquée. En aparté, dans la cuisine, Noémie a eu le temps de me glisser un : « Elle est sympa ! Tu as bien fait de l'amener. » Même Laurent semblait avoir oublié ses suspicions initiales. J'aurais presque tendance à dire qu'il n'était pas insensible au charme d'Elsa. En tout cas, ça me faisait bizarre, mais plaisir d'être à quatre, comme ça. La dernière fois que j'étais avec quelqu'un, c'était avec Sandrine, et sur la fin c'était nettement moins sympa. Je me souviens des disputes mémorables et des règlements de comptes en public. L'alcool me rendait passablement agressif, et ça finissait systématiquement mal. Au point qu'après, c'était elle ou moi : on venait séparément. De toute façon, ça n'a pas duré, il n'y avait plus rien à sauver : le navire prenait l'eau depuis longtemps, il a fini par sombrer.

36

Je suis infirmière, j'ai ça dans le sang. Je n'ai pas pu faire autrement, tout à l'heure. J'ai les gestes, les réflexes, l'attitude peut-être… François ne s'y est pas trompé. Ce n'est pas grave. Il commence à savoir des choses, mais ce ne sont que des points de détail. Parfois, je me surprends à avoir envie qu'il me connaisse un peu plus. Oui, je m'en étonne, mais j'ai moins peur de ses questions, plus envie de donner des réponses qui me dévoileraient un peu, qui diraient des choses de moi, de ce que je suis, au fond. Ça ne ferait pas de moi quelqu'un de plus intéressant, mais d'un peu plus vrai, plus réel, même. Parce que je pense que, pour lui, je suis comme une photo floue…

« Un beau métier », il a dit. C'est vrai… mais « pas toujours », c'est vrai aussi… C'est un métier difficile, épuisant, où l'on tire toujours sur la corde, et celle-ci peut s'élimer au point de rompre. Il suffit parfois de pas grand-chose. C'est ce qui m'est arrivé. On est là pour soigner, pour sauver… et puis, on se prend la mort en pleine face. Ça fait partie du métier, on y est préparé. On a beau le savoir, on a beau être rodé, il y a, parfois, la mort de trop…

Jonathan va bien. L'opération s'est bien passée, le réveil aussi. Il sortira de l'hôpital demain. Convalescence, rééducation… il n'est pas près de remonter à cheval, une sincère frustration pour lui, mais ça aurait pu être pire, et il ne faudrait pas qu'il en garde des séquelles.

Sa chute m'a fait peur aussi pour moi : je me suis imaginée à sa place. L'équitation est un sport dangereux, on ne m'ôtera pas ça de la tête.

C'est ce que j'ai dit à François, ce soir, pendant le dîner.

— Oui, certes, il fait partie des sports à risque.

— On peut mourir d'une chute de cheval…, ai-je avancé.

Je l'ai vu se décomposer l'espace d'un instant.

— On peut mourir de plein de choses. La vie est parfois injuste.

— Pardon, si j'ai touché un sujet sensible…

— Il y a déjà eu une chute de cheval mortelle, ici.

— Oh… Je suis désolée… désolée…

Je l'ai surpris à trembler. Je ne savais plus où me mettre, comment dévier la conversation.

— Elsa… J'aimerais vous demander quelque chose…

Tout à coup, j'avais envie de lui répondre : « Tout ce que vous voulez ! »

— Demain matin, j'aimerais que vous m'accompagniez en balade…

— À cheval ? Tous les deux ?

— Oui, à cheval, tous les deux. On pourrait aller sur la plage des Trois-Moutons, tranquillement, à travers les dunes. Juste du pas et du trot. Vous êtes prête, et avec Nata vous êtes en confiance, donc vous ne pouvez pas me le refuser.

— Vous me faites un caprice ?

— C'est ça.

Nous avons ri. Sa proposition m'enchantait. Depuis le temps que j'en rêvais sans oser… J'ai dit « d'accord », et il m'a taquinée. Puis il m'a complimentée sur mon fondant au chocolat.

*

Ce matin au réveil j'étais fébrile. Impatiente, excitée, mais toujours avec un nœud au ventre à l'idée de cette balade en extérieur. Ma première. La perspective de la partager avec François me mettait en joie. D'habitude je montais avec Patrick dans la carrière. Là, ça allait être autre chose.

Je n'ai rien pu avaler au petit déjeuner. Trop de stress.

Nous sommes allés préparer nos chevaux. À présent, je sais panser et harnacher un cheval. J'arrive même à mettre la bride à Nata. L'avantage, c'est qu'elle ouvre la bouche sans que j'aie besoin de lui mettre le pouce dedans, à l'endroit où il n'y a pas de dents.

Patrick nous a souhaité une bonne promenade et nous sommes partis tranquillement. Sur les premiers mètres, en suivant François vers la plage, il m'a fallu respirer lentement pour expulser les tensions, puis peu à peu je me suis décontractée. Nous avons pris le chemin vers la droite, séparé de la plage par une dune immense. Dans ce pays de côte rocheuse, elle peut surprendre, comme surgie de nulle part.

François s'est retourné et a attendu que je parvienne à sa hauteur, et nous avons chevauché ainsi, en silence, côte à côte. Une grande première très appréciable, même si elle me rappelait mon cauchemar. J'en ai chassé l'image bien vite, pour profiter de l'instant. Au pas, j'étais bien, presque détendue, mais j'appréhendais le moment de passer au trot. Même si ça ne paraît pas être son genre, et si Nata s'emballait ? Au bout d'un long moment, nous avons pris un chemin vers la gauche, pour gagner la plage. La marée était basse, la plage jonchée de goémon et survolée d'oiseaux marins. Nous l'avons descendue côte à côte jusqu'à atteindre l'eau, puis les chevaux ont marché en pataugeant avec bonheur. Régulièrement, François me parlait : « Ça va ? », « Détendez-vous. » Comment lui faire comprendre que j'étais aussi calme que possible ?

— On va trotter un peu.

— Déjà ?

Mon inquiétude avait parlé. Lui a éclaté de rire : cela faisait bien une heure que nous étions partis. Il a lancé Jador au petit trot tranquille, et Nata a suivi au même rythme sans même que j'aie à le lui demander. J'ai d'abord eu du mal à trouver le tempo du trot enlevé, mais c'est venu assez rapidement, jusqu'à devenir plutôt confortable. François me souriait avec bienveillance, avec un petit air pétillant dans le regard. L'air de rien, il avait accéléré l'allure, et ça n'était pas plus difficile. Je me sentais presque grisée par la vitesse. Ou par les circonstances, je ne sais pas. C'était tout bonnement magique et je mesurais la chance que j'avais d'être là. Quand nous avons repris le pas, j'ai poussé un soupir d'aise sonore, ce qui a encore fait rire François.

À part quelques rares mots, et quelques (sou)rires, nous n'avons pas échangé grand-chose durant cette balade, au point que je me suis demandé pour quelle raison il me l'avait proposée. Mais pour ma part j'avais passé un superbe moment en communion avec la nature, et pris plaisir à le partager en silence avec lui. Oui, j'ai aimé ces minutes comme rarement j'ai aimé un moment je crois. Il avait l'air content lui aussi.

— Je ne sais comment vous remercier, François. C'était un privilège, j'en ai conscience.

— Pas besoin de mots. Je le vois sur votre visage et dans vos yeux.

J'ai rougi.

37

Ça a été une journée bien agréable. La promenade dans les dunes et sur la plage davantage que le reste. Je monte souvent le matin, comme ça, mais seul. Hier soir, je ne sais pas pourquoi, j'ai eu envie de partager une balade avec elle. Elle était prête, je le lui avais dit, et j'avais raison.

C'est quand même une personne à part, cette Elsa qui ne s'appelle pas Elsa. Parfois, je la regarde et je me demande quel est son prénom, lequel lui irait le mieux..., mais je suis à peu près sûr que je ne pourrai jamais deviner le bon.

Toujours est-il que cette promenade a été un bon moment. C'était comme quand je suis seul (je contemple et je réfléchis en même temps), sauf que je ne l'étais pas. Je ne supporterais pas dans ce genre de moment une pipelette à mes côtés. Elsa a l'œil contemplatif et l'introspection qui l'accompagne.

J'ai vu sa joie sincère et sa fierté modeste quand elle est descendue de cheval. Sa gratitude, aussi. Elle m'a remercié, mais cette promenade c'était une façon pour moi de lui dire merci aussi, pour son aide la veille. Enfin, je ne sais pas trop. Je crois, en tout cas, que plus elle va être à l'aise à cheval, plus nous partagerons ce genre de moment. Un de ces quatre, je pense que j'essaierai de trouver le temps de lui donner un cours particulier. Bah oui, quoi, pourquoi toujours Patrick ? Je ne suis pas jaloux, hein.

Après, il y a eu le repas de midi, banal, et l'après-midi, banal aussi. La routine, quoi.

Là, j'ai faim. Qu'est-ce qu'elle a préparé de bon ?

*

— Souhaitez-lui un bon rétablissement, et qu'il revienne nous voir dès que possible ! Au moins un petit coucou avant les grandes vacances, s'il peut. À bientôt, madame.

Je raccroche.

— Jonathan va aussi bien que possible. Avec les antidouleurs, ça a l'air supportable. Sa maman vous remercie encore.

— Oh… je n'ai rien fait, dit-elle en s'installant sur le fauteuil du salon avec une tasse de tisane.

— Je crois que si. Je vous ai vue, Elsa, j'ai vu la façon dont vous vous êtes occupée de lui, dont vous lui avez parlé. Ce n'est pas rien, ça.

— C'était mon métier…

— Vous dites ça comme si vous vous excusiez, comme si vous n'aviez aucun mérite. C'est quoi, cette habitude de vous déprécier, ce manque de confiance en vous ?

Elle rit un peu jaune, avec un pli amer au coin de la bouche.

— Vous avez raison. Les gens et les circonstances

ne m'ont pas souvent aidée à me percevoir positivement. Je ne parle pas de mes patients et de leurs familles qui me faisaient souvent des retours gentils.

— Je suis sûr que vous étiez une très bonne infirmière.

— Je ne peux pas le prétendre… Il y a parfois des échecs cuisants.

— Échec de qui ? De vous ?

— Oui.

— Ce ne serait pas la médecine, tout simplement, qui est impuissante, parfois ?

— Si, bien sûr. Mais ça fait toujours mal quand…

Elle suspend sa phrase.

— Vous savez, j'ai une grande estime pour la médecine et les médecins, tous ceux qui soignent, et pourtant personne n'a pu sauver ma mère. C'est terrible, mais c'est ainsi. Le corps a ses mystères, et quand ça n'est pas pris à temps… Je ne rejette la faute sur personne, je constate, c'est tout.

— Vous avez raison, la médecine n'est pas infaillible, même si elle progresse tous les jours.

— Vous étiez dans quel service ?

— Pédiatrie.

— Ça ne m'étonne pas. Je sens un instinct maternel chez vous. J'ai perçu ça hier.

— Vous avez peut-être raison, se contente-t-elle de dire.

S'ensuit toute une conversation où elle me parle de son métier avec une passion au fond des yeux que je ne lui connaissais pas. Ses anecdotes me font parfois rire, mais surtout elles me touchent. Ma fibre paternelle y est peut-être pour quelque chose… Elle évoque les enfants dont elle s'est occupée, Margot, Lucas, Romane, Abdel, Louna… Et puis elle me parle de Léo.

— Quand il est arrivé, pour une leucémie, à deux ans, on était tous confiants… Il était si fort et si courageux, Léo. Traitement après traitement, au fur et à mesure de ses séjours à l'hôpital, je me suis attachée à lui, et lui à moi. Je sais, il n'aurait pas fallu. C'est contraire aux règles déontologiques du métier, mais c'était plus fort que moi. Comme un combat personnel, vous voyez ? Comme si j'avais dû sauver quelqu'un de ma propre famille…

Elle fait une pause. Je l'écoute, je sens que c'est un moment important. Je devine le drame qui couve, ses yeux s'embuent.

— Et donc, forcément… quand la mort a frappé, je ne l'ai pas accepté. Son décès m'en rappelait un autre et a réactivé la douleur d'un deuil ancien. J'ai pété un câble, comme on dit… J'ai quitté l'hôpital et je n'y ai plus jamais remis les pieds. C'était en mars dernier.

— C'est ça qui vous a fait partir ?

— Oui, j'étais sonnée, anéantie. Ça a été le déclencheur de ma fuite. Trop, c'était trop, vous comprenez ? Non, je ne crois pas qu'on peut comprendre. La mort, ça fait partie du métier, alors une de plus… Mais c'est tout ce qu'elle symbolisait pour moi, tout ce qu'elle ravivait en moi. Ça s'est rallumé comme une torche et j'étais au bord de l'explosion. On m'a parlé d'un *burn-out*, on m'a filé des médicaments pour calmer mes angoisses et me faire dormir. Peu importait le diagnostic : je voulais tout plaquer et laisser ma vie derrière moi. Ma vie d'alors, bien sûr. Si j'avais voulu me foutre en l'air, avec les médicaments que j'avais sous la main à l'hôpital, je l'aurais fait très facilement. C'était ça ou partir pour de bon. J'ai choisi de partir, et je ne le regretterai jamais. Je me suis sauvée, au sens propre comme au sens figuré. Enfin, je crois.

Je reste songeur, et un peu bête. Comment réagir quand la douleur de quelqu'un que vous appréciez vous éclate au cœur sans crier gare et fait rouler des larmes sur son visage ?

Je m'assois sur l'accoudoir du fauteuil pour la prendre dans mes bras, en signe de réconfort, mais je ne sais pas trop quoi dire, à part : « Je comprends… » Elle pleure, je lui caresse les cheveux. C'est tout ce que je sais faire.

Elle parle d'aller se coucher. Je ne vois pas trop comment elle va trouver le sommeil après ça… On devrait peut-être aborder un autre sujet, apporter un peu de légèreté ?

Au lieu de ça, quand elle se lève et me dit bonne nuit, je l'embrasse sur les lèvres. Comme malgré moi. Un petit baiser timide et tendre en guise de je ne sais pas quoi.

Mais quel con je fais !

38

Je monte les escaliers comme une automate et les yeux encore humides. Je ne comprends pas ce qui s'est passé. Nous avons discuté, j'ai pleuré, il m'a embrassée. C'était quoi, ce baiser ? Un signe d'empathie ? D'affection ? Une nouvelle façon de dire bonne nuit ?

J'entre dans ma chambre et je lui en veux. Comme s'il avait tout gâché. Avant, il n'y avait aucune ambiguïté entre nous, mais ça c'était avant… Nous avions une relation cordiale entre hôtes, qui tendait à devenir un peu plus privilégiée, mais de là à ce qu'il y ait ce genre de « rapprochement »…, jamais je ne l'avais envisagé. Nous étions tout à fait en dehors de ces contingences. Maintenant, il y a cette « chose » entre nous. Elle n'a sans doute aucune signification, car elle est le fruit improvisé d'un geste insensé, mais un acte spontané ne vient-il pas dire quelque chose de tacite, ne vient-il pas exprimer quelque chose de latent ?

Je me torture l'esprit avec des questions qui me chamboulent. Je voudrais revenir en arrière, rembobiner le film de cinq minutes et rejouer la scène : « Bonne nuit. – Bonne nuit. » Et c'est tout, comme c'était tout d'habitude. Mais on ne peut pas remonter le temps. Sinon, d'ailleurs, j'aurais rejoué le film de ma vie ; même si le grain du malheur avait été semé avant même ma naissance, peut-être que j'aurais pu vivre autre chose… autrement.

Et maintenant ? Que va-t-il se passer ? Comment faire pour que tout redevienne comme avant ? Moi, je ne veux pas de ça. C'était bien comme c'était : ici, je me sentais dans un cocon hors du monde, et à l'abri de certains soucis. Mais ce baiser inopiné, et sans doute involontaire, vient semer le doute dans mon esprit. Que faire ? En parler avec lui ? Je ne m'en sens pas capable. Faire comme si de rien n'était ? Autant dire que c'est impossible…

Je suis persuadée que je donne bien plus d'importance à ça que lui. En plus, il a une petite amie ! Ça lui a juste échappé, comme un geste irréfléchi, malencontreux, comme une gaffe. Au mieux, il doit se sentir bête, au pire, il s'en fiche… Moi pas.

Une nuit d'insomnie me guette. Je fouille dans mon sac à la recherche de mes béquilles chimiques. Avec elles, je peux espérer trouver le sommeil. Mais je m'attends à un réveil difficile.

*

Quand j'ouvre les yeux, mes paupières sont lourdes, mon esprit est confus, ma tête douloureuse, mon corps engourdi. Il est 9 h 43 au réveil. Autant dire que François a démarré la journée sans moi. Tant mieux : je ne veux pas le croiser. Je ne sais pas comment me comporter. Pourtant je sais que la solution est celle-ci : faire comme si de rien n'était, comme si ce petit baiser de rien du tout n'était pas arrivé. Puisqu'il n'a aucun sens, autant l'ignorer, le reléguer aux oubliettes, continuer comme avant. Or je me connais : je sais que je vais avoir du mal à paraître naturelle. L'ombre du ver de l'ambiguïté s'est glissée dans le fruit, car quand bien même nous reprendrions le cours des choses, il y aura toujours cela surplombant notre tête, le souvenir de ce moment fugace et la possibilité d'autre chose qui planeront vaguement au-dessus de nous…

J'ai peur de le voir, de ne pas savoir comment lui dire bonjour, comment lui parler, comment être, tout simplement. Envie de me terrer dans ma chambre comme les premiers temps. Mais si je fais ça, ça voudra dire que j'en fais trop, et que je donne trop d'importance à ce qui n'en a pas. Car, oui, il faut s'en persuader : ce baiser ne voulait rien dire, il était accidentel.

Peut-être que François va s'excuser… Je l'imagine penaud, pas bien fier de lui. Il doit se dire que je n'avais pas besoin de ça, et c'est vrai. J'ai déjà bien assez de soucis, je ne vais pas m'en créer d'autres avec un homme. Surtout quand on connaît mon passé amoureux : triste suite de déconvenues et de désillusions.

Mon estomac me donne le signal qu'il faut sortir de cette chambre. Inutile de reculer, il faudra bien affronter ce moment… Savoir François hors de la maison me rassure. Une douche et je m'habille. Pas de pantalon d'équitation aujourd'hui : je ne vais pas monter, je vais aller à Portsall par le chemin côtier, et peut-être pousser jusqu'à Trémazan. De quoi remplir ma journée hors du centre. Loin de lui…

39

Je l'ai vue sortir de la maison et se carapater au plus vite en dehors du centre. À tous les coups, elle va aller voir la mer. Je pense que je ne vais pas la voir beaucoup aujourd'hui... Je me doute bien pour quelle raison.

Je ne sais pas ce qui m'a pris hier soir. Je n'ai pas réfléchi, je l'ai fait instinctivement. C'était pas grand-chose, on ne va pas en faire une affaire d'État. Mais je peux comprendre qu'elle soit mal à l'aise, d'ailleurs je le suis aussi. J'assume mes conneries, en général. Là, bizarrement, je ne regrette rien. Je n'ai rien fait de mal : c'était un baiser tout simple, un petit *piou* enfantin. J'en ai eu envie au moment où je l'ai fait, ça s'est joué en une microseconde.

Je me demande quand même pourquoi. Je n'en ai jamais eu l'intention, je n'ai jamais pensé à ça avec elle. Jusqu'à présent, même si je la trouvais jolie, je ne la voyais pas comme une Femme dans tout ce que cela peut représenter. Comme si, jusque-là, elle était « asexuée » pour moi. Comme si elle était sexuellement inenvisageable. Je ne parle même pas de sentiments ! Je me doute qu'elle n'a pas besoin de ça en ce moment, et que sa problématique est tout autre. Je respecte ça, comme un interdit tacite posé entre nous.

Mais voilà, hier, même si cela se voulait avant tout affectueux, j'ai comme faibli et franchi une barrière ténue. Je ne sais même pas pourquoi. Elle m'a touché. Je sens qu'elle commence à s'ouvrir, à se confier, qu'elle me fait confiance, et ça me touche, oui. Elle fait vibrer ma corde sensible, et c'est nouveau. Mais bon, ce n'était pas une raison pour l'embrasser… Maintenant, ça craint un peu.

Il faudrait que j'aille la voir pour m'excuser, et lui dire que cela ne se reproduira pas. Parce que, je vois déjà le truc, elle va avoir envie de repartir, genre : « Au secours, il a des intentions à mon égard ! » Il faut que je la rassure.

En vérité, je pourrais. Je veux dire : elle pourrait m'intéresser. Mais je ne vais pas en faire une petite amie qui succéderait à Cécile, ça non. Je ne crois pas que ce serait lui rendre service. Elle est au-dessus de ça, et je pense que se trouver un mec est la dernière chose dont elle ait envie, ou besoin. Et comme moi, je n'ai aucune envie de m'attacher ni de m'engager, ça ne pourrait immanquablement que lui nuire. Je n'ai pas envie de lui faire du mal. Je veux juste l'aider à la hauteur de mes moyens. Donc, bref : restons-en là et reprenons où nous en étions.

*

Ça va qu'on est en juin et que les jours sont longs. 21 h 30 et elle n'est toujours pas rentrée. Je ne suis pas inquiet, elle va arriver. Fini le temps où un rien la désarçonnait. Je me doute qu'elle n'avait pas d'intentions funestes, cette fois. Elle doit être juste décontenancée, et sa promenade s'est rallongée, c'est tout. Elle va revenir : elle est partie sans son sac à dos.

Je suis dans le bureau, à pianoter sur Internet. Je fais des recherches, je me renseigne sur ces personnes qui, comme Elsa, ont choisi de disparaître du jour au lendemain sans laisser de trace, abandonnant derrière elles tout ce qui faisait leur vie : leur maison, leur métier, leurs habitudes, leur famille, parfois leur mari ou leur femme, et leurs enfants, quelquefois très jeunes. Je me demande tout à coup si Elsa était mariée, si elle a des enfants qu'elle a laissés… Cette idée me glace une seconde. Et si de pauvres enfants croyaient leur mère morte alors qu'elle vit tranquillement ici en Bretagne ? Je secoue la tête : c'est impossible. Elle n'aurait pas fait ça. Quand elle dit qu'elle a ses raisons, je me doute que ce n'est pas seulement la mort du petit Léo qui est à l'origine de ses tourments. Je me demande ce qu'elle a vécu de si dur pour en être arrivée là. Je lis des articles de presse, regarde des vidéos, des extraits de journaux télévisés, qui montrent des familles démunies et en souffrance, épuisées par leurs recherches, ou des personnes comme Elsa qui ont fui avec ou sans préméditation, qui sont parfois revenues quelques mois ou années plus tard, ou parties très loin à l'étranger, sous une fausse identité. Plein de profils différents, mais un point commun : l'impossibilité de continuer leur vie comme elle était. À cause de problèmes familiaux, ou le plus souvent économiques – des dettes faramineuses. C'est la fuite ou le suicide. Comme pour Elsa.

Je me demande quand elle repartira, et si elle rentrera chez elle. Elle n'a pas l'air de le vouloir mais, dans la vie, on change parfois d'avis. Elle y sera peut-être forcée.

J'entends la porte d'entrée. Ça y est, elle est enfin là. Je suis soulagé malgré tout. Presque vingt-trois heures… Il était temps.

— François ?

Elle m'appelle, c'est qu'elle ne veut pas se cloîtrer dans sa chambre. On va pouvoir parler. J'inspire un grand coup pour me donner du courage.

40

Après avoir réfléchi toute la journée pendant mes déambulations côtières, je n'avais plus qu'à prendre mon courage à deux mains et ne pas retarder « l'affrontement ». Étonnamment, j'étais plutôt sereine. Je crois que le spectaculaire coucher de soleil auquel je venais d'assister sur le port de Portsall n'était pas étranger à cet état. Je venais de vivre le moment le plus intense de ma vie derrière un appareil photo… J'avais regardé le soleil descendre peu à peu vers la mer jusqu'à y plonger. Le ciel aurifère aux nuages joliment disposés s'est paré de roses et de rouges incroyables, pour devenir doux comme un pastel contrastant avec le noir brut des rochers dans la mer et les silhouettes des bateaux. C'était d'une féerie à couper le souffle. Je suis rentrée avec la beauté dans le cœur et l'esprit rasséréné.

Il est venu me retrouver dans le salon. Je l'ai senti prudent, presque sur ses gardes, comme appréhendant ce que j'allais dire. Il craignait sans doute que je lui jette un : « François, nous sommes faits l'un pour l'autre… »

— François, nous devons parler.

— Je me doute du sujet, a-t-il répondu avec une once d'ironie dans la voix.

— Ça ne va pas être long, il n'y a pas grand-chose à en dire, donc autant faire court : mettons ce qui s'est passé sur le compte d'un accident de parcours, et n'en parlons plus. Je ne veux rien changer à ce qui fait notre relation depuis qu'elle a commencé. C'est très bien ainsi.

— Ah. C'est bien que vous le preniez comme ça… je ne voulais pas que ça arrive. Je suis désolé de ce geste inapproprié.

— Je sais.

— C'était déplacé…

— Pas la peine d'en faire tout un plat. Restons-en là.

— Parfait, a-t-il dit avec un certain soulagement. J'ai préparé le repas. Enfin… j'ai mis une pizza au four. Ça vous va ?

— Très bien.

Voilà. C'était fait. Bien joué, je me suis dit, presque fière de moi. Il n'y paraissait déjà plus rien. Enfin… ça, c'était avant le repas. Après, j'ai perdu le contrôle de la situation. Pendant, nous avons discuté de tout et de rien, mais surtout de ma marche jusqu'à la côte touristique de Landunvez, là où le taxi m'avait arrêtée pour observer les chevaux. Cette fois, j'avais fait le trajet à pied en passant par le GR 34 qui longe la côte. Je me suis arrêtée longuement au niveau de Trémazan, au-dessus d'une plage bordée d'une mer turquoise clair incitant à la rêverie. Autant dire que j'ai touché du regard la Beauté d'un lieu magique. Quel bel endroit pour venir s'échouer, pour la naufragée volontaire que j'étais il y a un mois et demi ! J'ai montré les photos sur l'écran de mon appareil à François. Bien que connaissant les lieux, il semblait bluffé. Le coucher de soleil, notamment, l'a laissé sans voix.

— Vous avez un don pour la photo, m'a-t-il dit.

— Ce n'est pas moi qui suis douée, c'est le paysage…

— Si, si, c'est vous : vous avez l'œil.

Nous nous sommes installés dans le salon, chacun sur un canapé. Je ne sais pas pourquoi je suis revenue sur le sujet par un autre angle au lieu de me taire à jamais, mais j'aurais mieux fait de m'abstenir… J'ignore ce qui me pousse à me dévoiler, en ce moment, c'est comme un besoin.

— Vous avez eu peur, n'est-ce pas ?

— De quoi ?

— Vous avez eu peur que je donne trop d'importance et que je mette de l'espoir dans ce baiser.

— Oh non, a-t-il menti.

— Vous m'avez déjà dit que vous ne vouliez plus… comment avez-vous dit déjà ? Ah oui… « engager votre cœur »…

— C'est vrai. J'ai mes raisons.

— Donc vous avez dû avoir peur que j'engage le mien, non ? Et comme je suis un peu fragile, j'imagine que vous avez eu peur que je m'attache à vous.

— Mais non.

— Rassurez-vous, je n'attends rien de votre part, ni de personne d'autre. J'aurais plutôt tendance à me tenir à l'écart de ce genre de problème.

— Les hommes sont un problème pour vous ?

— Vous n'allez pas jouer au psychanalyste !

Il a ri.

— De toute façon, vous avez raison de ne pas vouloir aller plus loin : je n'ai rien à apporter à un homme.

— Alors là, je n'en crois pas un mot. Qu'est-ce que c'est encore que cette drôle d'idée ?

— Je crois n'avoir jamais été aimée. De façon « normale » en tout cas, non pathologique je veux dire. C'est donc que je ne sais pas y faire… Je ne dois pas être faite pour être aimée.

— Le psychanalyste amateur vous dit d'arrêter avec ces inepties. Vous n'êtes pas tombée sur les bonnes personnes, c'est tout. Votre problème, c'est vous, votre perception de vous et des hommes.

— Qu'est-ce que vous en savez ? ai-je demandé, sur la défensive, frappée par sa clairvoyance.

— Il y a des hommes bien, et vous, vous êtes quelqu'un de bien. Je ne vous connais pas assez, surtout avec cette carapace que vous vous êtes construite, mais vous avez plein de qualités et vous êtes très jolie. Dans un autre contexte et un peu mieux apprêtée, vous auriez beaucoup de succès. Ce qui vous manque, c'est le sourire intérieur.

— Le sourire intérieur ? C'est joli, mais ça veut dire quoi ?

— Vous n'allez pas bien, pour des raisons qui vous appartiennent. Vous êtes donc sombre à l'intérieur, et forcément ça transparaît à l'extérieur… Ça manque de soleil, de lumière… Vous souriez en surface, mais au fond de vous, ça ne sourit pas. Toutefois je suis sûr que vous avez le potentiel pour développer une vision plus positive de l'existence et peut-être, un jour, croquer la vie à pleines dents !

— Parce que vous, l'ours bourru qui vit tout seul, vous croquez la vie à pleines dents ? Votre leçon est un peu facile, je trouve. Excusez-moi, mais je vous regarde et je ne vois pas votre sourire intérieur, ou alors il est bien caché !

J'ai ri, gentiment moqueuse. Il semblait piqué au vif.

— Il se trouve que, comme beaucoup de personnes, j'ai quelques contradictions…

— Ah oui ? ai-je continué, sur le même ton.

— Par exemple, là, Elsa, je ne sais pas si c'est votre impertinence… ou pour démentir votre soi-disant incapacité à intéresser les hommes…

— Je n'ai pas dit « intéresser », j'ai dit « être aimée », ce n'est pas la même chose. Continuez ! l'ai-je défié.

— … Je sais que c'est mal, et que ça ne veut rien dire, et que… ça ne changera rien entre nous, mais… j'ai une soudaine et furieuse envie de vous embrasser.

Mon regard de défi a dû faiblir pour devenir une flaque, ensuite il était beaucoup trop près pour que je soutienne le sien, j'ai fermé les yeux et l'ai laissé m'embrasser… Un baiser profond et langoureux, comme je n'en avais pas reçu depuis très longtemps… Le genre de baiser qui fait chavirer. Le genre de baiser qui vous fait douter de vos principes parce qu'il sème des étoiles jusqu'au fond du ventre.

Quand il s'est détaché de moi, je suis restée immobile. Il a juste dit : « Pardon. » Il est parti brusquement et a disparu dans la nuit.

*

En repensant, dans ma chambre, à cet échange un peu bizarre, je me suis dit que je l'avais peut-être un peu « cherché ». Pas le baiser, mais lui. Ou alors mon inconscient me joue des tours !

Bizarrement, j'ai bien dormi, mais au réveil je suis encore un peu sonnée. Si je fais le point, je me dis que ce n'était qu'un deuxième incident de parcours, et que la conclusion d'hier soir est toujours la même : restons-en là. Je me sens prête à ça, en rester là, et pourtant… Je me dis que, deux fois, ça ne tient plus tout à fait du hasard, et que le baiser d'hier soir était volontaire, réfléchi, assumé. Et long, et bon, aussi, mais ça… non, il ne faut pas que je me dise ça, car je vais avoir envie de recommencer et, non, il ne faut pas que cela se reproduise. Ça n'a pas de sens, et je ne veux pas que l'ambiguïté soit le ver – et plus seulement son ombre – entré dans le fruit. Mais c'est déjà trop tard : elle s'est infiltrée entre nous. Sinon, les jours de mon avenir ici vont être comptés. Viendra un moment où je ne pourrai plus rester. Je sais bien que ce baiser ne veut rien dire, et qu'il n'est surtout pas le point de départ d'une relation amoureuse.

Je ne sais pas pourquoi il a fait ça. Si c'était pour me donner l'envie, un jour, de renouer avec les hommes, c'est assez réussi : j'avais oublié comme cela peut procurer de douces sensations. Peut-être aussi que, comme il le disait, je ne suis jusque-là pas bien tombée… phénomène de répétition. En tout cas, je ne me souviens pas avoir déjà été embrassée ainsi, ou alors ma mémoire me joue des tours aussi… C'était vraiment très agréable.

Ce qui est étrange, avec cette « affaire des baisers »,

c'est que, pour la première fois, j'ai regardé François autrement. Avant cela, je ne le voyais pas vraiment, ou pas avec des yeux objectifs. Je posais sur lui un regard passif, comme s'il faisait partie de mon champ de vision, mais sans le regarder vraiment. Là, c'est différent, comme si je le découvrais enfin, lui, et ses cheveux bruns dont une mèche rebelle vient souvent l'embêter, ses yeux verts aux reflets noisette, son sourire qui peut être narquois ou généreux… En fait, je ne l'avais jamais remarqué, mais il est « pas mal », comme on dit. Il a, oui, beaucoup de charme, et ça ne m'étonne pas que Cécile ou d'autres soient séduites. Tant mieux pour elles, moi je vais éviter de tomber dans ses filets. Il en va de ma santé mentale.

En revanche, je repense à ce qu'il m'a dit sur le sourire-soleil intérieur. Je sens au fond de moi comme une fleur à l'état de bourgeon, qui enfle et ne demande qu'à faire craquer son enveloppe. François a un côté un peu clairvoyant, mais peut-être qu'il lit mieux en moi qu'en lui-même.

*

Je descends prendre le petit déjeuner. Je suis assise à la table, songeuse, quand ça sonne à la porte. Étrange : aucun client ne s'adresse directement ici, puisqu'il y a un bureau pour le centre, Patrick fait l'accueil quand François est de sortie, ce qui doit être le cas comme tous les matins où le temps le permet.

Un peu gênée, puisque je ne suis pas chez moi, je vais ouvrir. Une femme d'une quarantaine d'années se tient face à moi, grande et élégante.

— Bonjour, me dit-elle sèchement. Je cherche François. Où est-il ?

— Je l'ignore. Je ne l'ai pas vu ce matin. Il doit être sorti à cheval…

— Évidemment… Bon, je vais l'attendre à l'intérieur.

— Pardon, mais… vous êtes ?

— Je peux vous retourner la question, dit-elle en forçant le passage. Je suis ici chez moi. Et vous ?

Son aplomb me sidère, mais s'il s'agit de l'ex-femme de François, je ne peux qu'obtempérer et me faire aussi discrète que possible.

— Je suis Elsa. Ce n'est pas ce que vous croyez. François m'héberge pour quelque temps…

— Ah tiens ! Il joue au bon Samaritain maintenant ? Vous devez être à son goût.

Je regarde mes pauvres vêtements et les siens. Je ne note aucune ressemblance entre nous, à part les cheveux blonds… Elle s'installe dans le salon, regarde autour d'elle comme pour constater les changements. Depuis combien de temps n'est-elle pas venue ?

— Vous voulez boire quelque chose ?

Je lui propose cela pour me rendre utile. La vérité, c'est que je suis affreusement gênée, comme si je prenais sa place, et je n'ai qu'une envie : quitter la maison au plus vite. Je crains de trouver le temps bien long… Quand François va-t-il rentrer ?

Je lui sers un thé et file trouver Patrick pour qu'il prévienne François sur son portable. Autant que le supplice dure le moins longtemps possible…

41

J'étais bien, à cheval, dans les dunes. Alternant les allures, le calme et l'action, je me suis défoulé avec des parenthèses tranquilles propices à la réflexion.

Je repensais à la scène surréaliste d'hier soir. Plus elle me parlait, plus je la regardais, plus elle me tentait malgré elle et malgré moi, plus je regardais sa bouche un peu moqueuse, et plus mes principes et mon esprit s'envolaient. Et me revoilà à l'embrasser, mais d'une tout autre façon que la veille. Le pire, c'est que même si c'était à sens unique, j'ai aimé l'embrasser ainsi. Elle m'a laissé faire, surprise, mais consentante. Passive, mais accueillante.

Je me suis mis dans de beaux draps. Parce que là, il allait se passer quoi ? C'est le théorème de la quadrature du cercle. Car je ne suis pas idiot : si je l'ai embrassée à deux reprises, c'est qu'elle ne me fait pas rien. Mais il y a trop de problèmes, car 1) elle est sensible et fragile, 2) je ne veux pas « jouer » avec elle en lui proposant mon petit contrat habituel, 3) je ne veux pas m'engager, 4) je ne veux pas lui faire de mal, 5) je lui ferai forcément du mal, si… Conclusion : cette relation ne doit pas commencer. Il faut en rester là, une bonne fois pour toutes. Quitte à lutter contre certains penchants, je me dois de rester tel que j'étais jusqu'à présent : aidant, mais pas plus.

J'en étais à ces réflexions quand mon portable a sonné : Patrick. Je n'aime pas quand il m'appelle ainsi, ce n'est jamais bon signe. Pas loupé : Sandrine était à la maison ! Retour inopiné de l'ex, pile au moment où il ne faut pas. Comme si le destin donnait à Elsa toutes les raisons de fuir à nouveau.

Bref. Je suis rentré à bride abattue. À peine arrivé, j'ai laissé le cheval à Patrick pour qu'il s'en occupe, complètement en stress : qu'est-ce que Sandrine foutait là ? Et comment ça s'était passé avec Elsa ?

J'ai déboulé dans le salon. Sandrine était là, à feuilleter un magazine. Elsa, absente. Où pouvait-elle bien être ?

— Bonjour François, m'a fait mon ex avec son air enjôleur.

— Qu'est-ce que tu fous ici ?

Formulation conforme au déplaisir que provoquait chez moi sa présence… Au moins, la couleur était annoncée.

— Oh, du calme, très cher. Tu n'es pas content ? La dernière fois qu'on s'est vus, il me semblait que tu n'attendais que ça, que je revienne. Je suis là. C'est comme ça que tu me reçois ?

— L'eau a coulé sous les ponts.

— Oui, j'ai vu ça. Mignonne, la petite.

— Tu peux croire ce que tu veux, je m'en contrefous. Et arrête de jouer, hein. Pas avec moi.

Elle s'est délestée de son petit sourire et de ses airs

de comédienne, pour correspondre un peu plus à l'image de la Sandrine que j'ai aimée.

— François, je veux qu'on se redonne une chance.

— Pour ça, il faut être deux. Et on ne dit pas « je veux »… ça fait capricieux.

— J'aimerais qu'on réessaie…

— J'ai eu cette envie, aussi, il y a bientôt six ans… tu te rappelles ? Je suis venu te voir, à Saint-Brieuc. Tu étais avec ton Sébastien, c'était l'amour fou. Tu m'as regardé avec tes grands airs, comme si je te demandais la lune. Tu n'en avais plus rien à faire, de moi, alors qu'en janvier, quand tu étais partie, tu m'avais supplié de faire une cure pour qu'on se remette ensemble. Je l'ai faite, je suis revenu vers toi. J'étais bien, j'étais sobre, tu m'as traité comme un moins que rien, alors que j'avais TOUT fait pour qu'on puisse repartir de zéro. On aurait pu recommencer, mais tu as préféré l'autre. Il t'a larguée, c'est ça ?

— Nous nous sommes séparés d'un commun accord.

— C'est joliment dit.

— François… Je n'ai pas oublié tout ce qu'on a vécu…

— Moi non plus. Malheureusement, il me reste surtout le pire, à présent. Notre drame et la triste fin qui s'est ensuivie, puis ton refus de redonner une chance à notre histoire. Ça a été la goutte d'eau. Je suis guéri maintenant.

— S'il te plaît… Nous pourrions être heureux tous les deux…

— Tu crois ? Mais pendant six ans, tu ne m'as donné aucun signe de vie… Tu sais ce que je crois ? Je crois que tu t'es fait lourder, que tu ne supportes pas la solitude, et que tu t'es dit : « Tiens, l'autre, au fait... il est peut-être toujours accro... »

— Pas du tout, tu te trompes !

— Je ne veux pas être ton lot de consolation. Je ne suis pas un deuxième choix. Tu peux rentrer chez toi ou t'en trouver un autre...

— Il paraît que tu fais dans l'hébergement, maintenant ?

— Garde ta repartie pour le marché du célibat, et laisse-moi vivre comme je l'entends. Tu n'as plus rien à faire ici. On a soldé tous les comptes...

— François, s'il te plaît... rappelle-toi...

— Sais-tu quelle image je garde de toi ?

— Non...

— Toi, par terre et enceinte, sous les sabots d'un cheval... Ça te va comme réponse ? Va-t'en.

— François...

— Va-t'en !

J'ai hurlé, parce que la rage de ce jour-là est remontée de mes tripes jusqu'à traverser mes cordes vocales.

Elle est sortie de la maison, comme de ma vie. Cette fois, j'ai eu la certitude que je ne la reverrais plus jamais. J'étais à la fois soulagé, comme quand on tourne une page douloureuse de son existence, et bouleversé, parce que la revoir me rappelait aussi tout ce que je n'avais pas dit. Elle avait été l'amour de ma vie, et c'était un peu triste de finir ainsi notre histoire... Il y avait eu tellement de bons moments, forts, passionnés, joyeux... Jusqu'à la chute.

Je me suis assis, perdu dans mes pensées. Ce n'est pas parce qu'elle est revenue et que j'ai eu le dernier mot que j'ai gagné quoi que ce soit. Nous avons perdu tous les deux. Question de timing, aussi. Ce qui m'a rassuré, finalement, c'est que je n'ai rien éprouvé face à elle. Pas une once de reste d'amour. Pas même de l'affection, en fait. Rien du tout. Cela m'a surpris. Comme si c'était enfin terminé, que je n'avais plus à ressentir de nostalgie, que cela appartenait au passé, et que l'avenir pouvait enfin commencer.

42

Je reste dans ma chambre, sans oser sortir. Je n'aurais pas dû me trouver là, quand François est arrivé. Je n'ai pas osé sortir de la maison, alors que ma place était dehors. Je n'ai pas entendu grand-chose, mais je crois avoir compris l'essentiel : elle était là pour le reconquérir, et il n'a pas voulu. J'ai envie de dire « ouf »... Qu'en aurait-il été de moi, sinon ?

Ce face-à-face avec son ex, en tout cas, a été éprouvant. Elle n'a pas été très agréable avec moi, c'est le moins qu'on puisse dire. C'est vrai que j'avais l'air d'une pauvre fille, à côté d'elle, et qu'elle n'a pas dû apprécier ma présence « chez elle ».

Maintenant, c'est bien simple : je ne sais plus où me mettre. Entre le baiser d'hier et la scène de ce matin... que suis-je censée dire et faire ? Je me demande aussi, avec tout ça, comment se sent François.

Comment considérer ces derniers événements ? En deux jours, tout me semble s'êtrc compliqué... Malgré tout, et peut-être parce que je m'en suis convaincue depuis mon retour, je ne sens pas que ma place est ailleurs. Je n'ai pas envie de partir, tout simplement.

Je descends timidement. Le salon est désert. Malgré mes craintes, je cherche François. Je sors, trouve Patrick occupé à faire travailler un jeune cheval dans la carrière. Il me dit que François est dans la sellerie. J'y vais, quasiment au pas de course. Je le trouve qui graisse une selle.

— Ça va ?

— Ça va, Elsa, merci.

Il me sourit avec gentillesse, la même qu'avant.

— Je suis désolée, si je vous cause des ennuis…

— Tu n'as rien à te reprocher.

Le tutoiement lui échappe involontairement et sans qu'il semble s'en apercevoir.

— Je vais faire des courses ce midi. On se retrouve ce soir ?

— D'accord.

Je souris parce que je suis contente de ce dénouement. Finalement, « l'épisode Sandrine » a comme court-circuité le reste. Je file m'occuper de quelques boxes, avant la leçon avec Patrick à 11 h 30.

*

— Je suis lessivé, dit-il en s'affalant dans le canapé.

— Dure journée ?

— Assez, oui. Vous savez, comme quand ce que vous croyez derrière se rappelle à vous sans crier gare… et que ça cause un séisme dans votre cerveau.

Je note le retour au vouvoiement.

— J'imagine, oui, mais je n'aimerais pas…

— En même temps, ça permet parfois d'y voir clair. Et dans ce cas, ça n'est pas un mal.

— Et c'est ce qui vous arrive ?

— Oui, c'est une certitude. On ne peut pas savoir comment on réagirait face à telle ou telle situation sans la vivre réellement… Je me suis souvent posé la question de ce qui se passerait si Sandrine réapparaissait. Et ma réaction d'aujourd'hui m'apporte une réponse à une question de poids.

— Laquelle ? Si ça n'est pas trop indiscret.

— Je me suis souvent demandé si j'aimerais me remettre avec elle, au cas où la vie m'en offrait l'occasion. Ça s'est passé ce matin, et l'évidence m'est apparue dès que je l'ai vue : la réponse est non. Je gardais une espèce de nostalgie concernant ce grand amour perdu, qui avait été maltraité injustement, et je croyais que je ne saurais jamais tourner la page. Finalement, je devrais la remercier d'être passée. Elle m'a rendu service sans le savoir.

Je souris.

— Vous êtes guéri, alors ?

— Je crois, oui. Je ressens un drôle de soulagement. Six ans après notre séparation, ça n'est pas trop tôt !

— Une histoire douloureuse ?

— La fin, seulement. Sandrine et moi, on s'est rencontrés à un concours de sauts d'obstacles, à La Baule. Un vrai coup de foudre. J'avais vingt-cinq ans, elle vingt-sept. La passion des chevaux se mêlait à la nôtre, et nous avons été très heureux ici. La difficulté à avoir un enfant nous a un peu contrariés, mais au bout de trois FIV, elle attendait un bébé. Je crois n'avoir jamais été aussi heureux.

Je ne souris plus. Je flaire la tragédie. J'attends le couperet.

— Vous vous souvenez, quand je vous avais dit qu'il y avait eu un mort ici ? Eh bien… c'était lui, mon bébé. Pas encore né, et déjà mort…

Je le sens sous le coup d'une émotion encore jamais perçue chez lui, mais il semble avoir besoin de continuer.

— Sandrine était une excellente cavalière, elle ne tombait jamais. Malgré tout, je lui avais demandé de ne plus monter pendant sa grossesse. Elle était trop sûre d'elle. Elle ne m'a pas écouté. Et c'est comme ça qu'à sept mois de grossesse… une chute stupide.

— …

— J'étais anéanti. Elle aussi, bien sûr, mais pas de la même façon. Moi, je me suis perdu dans la culpabilité… elle aussi, mais elle n'avait pas perdu courage ni foi en l'avenir. Moi, j'avais tout perdu. Perdu pied, surtout.

— Ça n'était pas de votre faute…

— J'aurais dû l'en empêcher.

— Vous n'êtes pas responsable.

— J'étais au deuxième rang des responsabilités, on va dire. Après, j'ai été le premier responsable du naufrage de notre couple. Je lui ai reproché la mort de notre fille sur tous les tons, je lui ai fait des scènes terribles, et surtout j'ai sombré dans l'alcool. Autant dire que le tableau n'était pas joli…

Je retiens un geste d'affection.

— Bref, je résume : elle est partie six mois après, elle a rencontré quelqu'un, j'ai perdu ma mère et, bizarrement, c'est ce qui m'a fait m'accrocher, donc je me suis fait soigner. Quand je me suis senti mieux, j'ai eu envie de la retrouver. Elle n'a pas voulu de moi, trop amoureuse de son mec. Et là, c'est l'inverse : redevenue célibataire, elle souhaite revenir, et c'est moi qui n'ai pas voulu d'elle… Voilà pour l'histoire. Tu sais tout…

— Tu ?

— Je crois qu'on peut se tutoyer. Il serait temps, non ?

Je souris. Entre les confidences et les baisers, nos échanges ont atteint un certain degré d'intimité.

43

Évidemment qu'il est temps de se tutoyer… Ça devenait ridicule, ce vouvoiement poli-policé, après toutes ces heures passées ensemble et au vu de notre proximité grandissante. Elle est jolie quand elle sourit. Ça fait comme des éclats de son sourire intérieur.

Je lui ai tout déballé de mon histoire avec Sandrine. Enfin *tout*, pas vraiment : juste un résumé. C'est sorti comme ça. Cette fois c'était elle, le psy. Je n'ai jamais voulu en voir, même si on m'a un peu forcé la main lors de ma cure de désintox. Je trouve qu'elle écoute bien. Je sens qu'elle a cette qualité naturelle, cette empathie, cette douceur. Connaissant son métier, ça me paraît évident qu'elle était faite pour ça.

Ça m'a fait du bien d'évoquer ma petite Chloé… Elle aurait dû avoir bientôt huit ans. Déjà…

— Assez parlé de moi. À toi, maintenant !

Je la décontenance et j'aime bien. Elle marque un temps d'arrêt.

— Qu'est-ce que tu veux savoir ?

— Qu'est-ce que tu es prête à me dire ?

Elle sourit dans son hésitation. C'est le moment ou jamais de serrer le frein à main ou de lâcher les vannes… de se confier un peu ou de retourner dans sa tanière secrète.

— Je suis née un 29 février. Un jour un peu fantôme… qui ne réapparaît qu'une année sur quatre. Pour te dire que la chance m'a toujours accompagnée…

Son ironie me surprend et me fait rire.

— De quelle année ?

— Devine…

— Voyons… Ça se joue entre 1976 et 1980, non ? Tu as forcément plus de trente ans !

— Alors ?

— 1980.

— Bien joué, tu es très fort.

— Évidemment. Et ensuite ? Ne crois pas que tu vas t'en sortir avec juste une date de naissance !

— Je suis née en Auvergne, de parents agriculteurs.

— Tiens donc !

Je ne m'attendais pas à ça.

— Ensuite, à dix-huit ans, je suis partie vivre en ville, pour mes études, et pour fuir la maison. À Lyon.

— Ouh là ! Grande ville ! Tu t'y plaisais ?

— Je ne me suis pas vraiment posé la question de savoir si j'aurais été mieux ailleurs… ne pas être chez mes parents, c'était tout ce qui comptait.

— C'était à ce point-là ?

— Comment te dire… Avant ma naissance, mes parents avaient eu un enfant. Un fils. Il est décédé à deux ans, de manière accidentelle. Quelque chose d'affreux, qui est devenu un secret de famille. Je suis née un an après sa mort. Mes parents, ma mère surtout, ont tout fait pour que je ne l'apprenne jamais, mais c'était comme si son fantôme avait continué à rôder et que je le portais en moi… et pour cause. Quand on naît pour réparer la mort d'un autre sans même le savoir, il est difficile d'être soi et d'être heureux.

— J'imagine… Et tu l'as finalement appris…

— Oui. Je te raconterai ça, peut-être, une autre fois…

— Et le petit Léo, il t'a rappelé ton frère, c'est ça ?

— Oui… J'aurais tellement voulu le sauver…

— Merci.

— Quoi, *merci* ?

— Je sais que ça te coûte de me parler de toi… Ça me touche que tu te livres un peu. Pour quelqu'un qui ne voulait rien dire, finalement…

— Tu y es sans doute pour quelque chose.

— Certainement, mais quand même : merci de me faire confiance.

— Merci de m'accueillir comme je suis.

— Ah oui, comme tu es… une pauvre femme indigne d'être aimée…

— Mais c'est que tu te moques de moi ?!

Je ris, en effet. Je me reprends :

— Pardon, pour hier soir…

— Tu l'as déjà dit.

— Je ne sais pas ce qui m'a pris…

— Deux fois, ça fait beaucoup, mais je te pardonne. Restons-en là. Ce sera mieux… pour toi comme pour moi. Je préférerais qu'il n'y ait plus d'ambiguïté entre nous et que ça reste simple.

— OK… On fait comme ça.

— Et puis… tu as une petite amie…

— Nous ne sommes pas ensemble, nous nous voyons de temps en temps, ce n'est pas la même chose. Je ne *suis* pas *avec* elle, je me *distrais* avec elle, c'est différent…

Je la sens dubitative, du genre qui ne cautionne pas et que mes propos heurtent.

— Donc, tu ne lui dois rien ?

— Elle non plus.

— Ah… C'est étrange comme relation.

— Certes.

— Je vais me coucher, je suis fatiguée. Bonne nuit, François.

— Bonne nuit… Elsa.

Elle se lève et monte à l'étage. Je plonge dans mes pensées. Oui, étrange relation, et alors ? Si ça nous convient, à elle et à moi… Je me doute, depuis la virée au Conquet, que Cécile ne serait pas contre une évolution vers quelque chose de plus « classique » ou au moins d'officiel. Mais je n'ai pas envie de lui consacrer plus de temps ni de m'investir sentimentalement. Elle n'a rien de la femme qui pourrait me convenir dans la vie.

Cette conversation, en tout cas, me laisse pensif. C'est assez drôle de voir comment nous nous confions l'un à l'autre, Elsa et moi. Il y a comme une complicité, une forme d'entente… comme entre deux amis.

44

Une semaine a passé depuis ce soir où nous nous sommes livrés, et tout est redevenu comme avant. Je suis tellement heureuse de constater que rien n'a changé, et que nos rapports sont redevenus normaux… dénués d'ambiguïté. Je dirais que c'est à la fois comme avant, mais en mieux, je ne sais pas trop comment l'expliquer, mais il y a quand même eu une évolution. Elle tient en un mot : complicité. J'aurais tendance à penser que nous sommes devenus amis, ce que nous n'étions pas jusque-là. Il y avait comme un rapport subalterne entre nous : il était mon hôte, j'étais la petite locataire qui s'excusait d'être là. À présent, c'est plus équilibré, comme s'il trouvait largement son compte dans ma présence chez lui. Ça transparaissait quand il m'a incitée à revenir m'installer chez lui, ça s'est accentué depuis. J'évolue, moi aussi, dans ma perception des choses. Mon sourire intérieur n'irradie pas encore, mais le fait d'évoquer mon passé m'a permis de me délester d'un peu de mon fardeau. Il en reste encore beaucoup, cependant j'y pense moins… bien que Camille me manque.

Il faut dire que je suis très occupée. J'ai monté tous

les jours de la semaine, dont une fois toute seule dans la carrière couverte. C'est incroyable. Je ne me reconnais pas. Mes craintes n'étaient pas vraiment justifiées. Être à cheval me vide la tête, et je suis de plus en plus à l'aise – même si je me contente de la même jument, ce qui est sans doute un tort.

Samedi soir, François a passé la soirée avec Cécile, puis est allé déjeuner dimanche avec sa famille. Je suis restée à la maison – c'est amusant de dire ça, « à la maison », comme si c'était la mienne. Il y avait son père, cette fois, et j'ai bien senti que ça faisait une grosse différence. Tant pis. Laurent a été sympa avec moi lors de l'entraînement, et ça m'a fait plaisir. Mais le plus important, c'est François. Et Patrick, toujours aussi bienveillant à mon égard, un peu comme le père que j'aurais rêvé d'avoir.

Quand François est rentré de Porspoder, il m'a proposé une balade à cheval. Il faisait beau, ça donnait envie. Je n'ai pas pu refuser. C'était la deuxième, et j'ai plus profité encore que la première fois. J'étais plus détendue. Nous n'avons pas beaucoup parlé, mais nous n'en avions pas besoin. J'ai senti qu'après m'avoir laissée la veille au soir et le midi, il avait envie – ou bien s'en faisait un genre de devoir, je ne sais pas – de passer un moment privilégié avec moi. Quand je lui ai dit : « Tu n'es pas obligé… », il a répondu avec la sincérité et l'honnêteté qui le caractérisent : « J'aime passer du temps avec toi. » Ça m'a fait chaud au cœur, vraiment… un peu trop. J'ai essayé de me rappeler la dernière fois qu'un homme m'avait dit quelque chose comme ça, et je n'ai pas trouvé. Certains des hommes avec qui j'ai eu des histoires ne faisaient que passer, le plus souvent pour me passer dessus… je n'en ai pas connu qui voulaient juste partager un moment à deux comme ça. C'est aussi pour ça que je ne voudrais pas que ça change entre nous. Perdre ce qu'il reste d'innocence dans notre relation viendrait pervertir le simple plaisir de partager ces instants où le physique n'entre pas en jeu.

Je perçois à présent le charme de François, je l'apprécie comme j'apprécierais l'esthétique d'un tableau. Évidemment je n'ai pas oublié nos deux baisers, petits intrus, petits accrocs dans notre histoire. Il m'en reste le souvenir étonné, plus que troublant, d'un événement survenu hors réalité, comme dans un songe. Et pourtant, si je suis un peu honnête envers moi-même, j'ai gardé le goût de ses lèvres et les douces sensations que son deuxième baiser m'a procurées. Mais je m'efforce de les occulter.

Nos rituels du soir ont quelque peu évolué : dorénavant, nous regardons un film ou lisons tous les deux dans le salon (avant, j'avais tendance à aller m'isoler dans ma chambre).

Mardi, Noémie est passée ausculter le poulain, car François trouvait qu'il ne grossissait pas bien. J'étais contente de la voir, et elle aussi visiblement.

Mercredi, j'ai passé un agréable moment avec Fiona, notamment à cheval. Nous étions dans la carrière couverte, et elle m'a montré comment faire des voltes, demi-voltes, diagonales. Elle m'a donné des petits trucs, et m'a conseillé de changer de monture.

François et Patrick sont du même avis ; il va falloir que je me fasse un peu violence.

Jeudi, nous avons reçu la visite inopinée de Cécile. Ça n'a pas été du goût de François, visiblement. Il était en plein travail, et je crois qu'il préfère la cacher. Je ne vois pas bien pourquoi : cette fille, c'est une bombe anatomique ! Peut-être a-t-il peur de s'afficher avec elle ? Non, je ne crois pas... On remarque tout de suite qu'elle a tout pour plaire aux hommes, et moi je me suis sentie assez minable en la voyant. Après le chic de Sandrine, la sensualité au fort potentiel érotique de Cécile... Je fais pâle figure à côté d'elles, pour ne pas dire que je fais carrément pitié. Ce ne sont pas les trois vêtements que j'ai pris avec moi et la tenue d'équitation qu'on m'a prêtée qui vont me mettre en valeur. C'est à ce moment-là que je me suis dit : « Ce serait bien de faire quelque chose. » Si j'avais une voiture à disposition, et surtout un permis, j'irais en ville me constituer un début de garde-robe, mais je me vois mal demander à François de m'accompagner. Qui d'autre ? Patrick pourrait peut-être me déposer simplement puis me récupérer – je n'imagine pas le traîner dans les boutiques !

Hier, il a plu toute la journée. Un déluge automnal, avec du vent à énerver les chevaux. J'ai connu François de meilleure humeur. Mais le soir, c'était déjà oublié et nous avons passé une agréable soirée, à rire devant une comédie.

Bref, comme dirait François, c'était une très bonne semaine.

*

Samedi matin. Je m'affaire dans les boxes. Maintenant, je gère : je les nettoie, je panse la plupart des chevaux. À part un pied écrasé, je n'ai rien à déclarer – un mauvais moment à passer quand même. Cet après-midi, je vais aller en ville. J'ai dit à François que j'avais des choses à y faire, et il s'est arrangé avec Noémie. J'ai trouvé ça vraiment sympa de leur part. En attendant, j'aide autant que possible, dans cette journée marathon qu'est le samedi. Surtout pour François.

François, justement, m'appelle et me demande où je suis. Comme je cure un sabot postérieur, je réponds de là où je me trouve pour le guider de ma voix, sans pouvoir sortir la tête du box. Il arrive, au pas de course. Je me demande bien ce qui se passe. Je lâche la jambe de Ténor, je lève la tête. Il me regarde avec une drôle d'intensité, s'approche sans un mot, avec un sourire mystérieux, m'attrape par les deux bras pour m'éloigner du cheval, et peut-être de l'axe de la porte, et me mène dans le coin sombre du box. Je reste interdite. Ce ne serait quand même pas le troisième qui arrive au moment où je m'y attends le moins ? Il me prend dans ses bras, et m'embrasse avec une fougue aussi nouvelle qu'inexplicable. Je n'ai pas trop le temps de me poser de question, il se trouve que j'apprécie, alors j'y mets un peu du mien… assorti du goût de l'interdit. Ça ne dure que quelques secondes, le temps est suspendu, plus rien autour n'existe… Quand il s'éloigne, il ne me dit pas pardon, il sourit et repart aussi vite qu'il est arrivé, me laissant sonnée, tremblante, anéantie par ma faiblesse. Le cœur battant.

Qu'est-ce que je suis censée comprendre ? Rien, il n'y a rien à comprendre… Je n'ai pas envie de jouer à ça trop longtemps, et surtout, je ne veux pas qu'il joue avec moi. Je ne comprends même pas qu'il le fasse !

45

Je n'ai pas perdu le contrôle, je n'ai pas glissé… je n'ai pas non plus embrassé la première venue à la suite d'une brusque envie. C'est bien plus subtil et compliqué que ça.

C'était la fin de la reprise des confirmés. Ils faisaient marcher leurs chevaux rênes longues, et je les regardais sans les voir. La tête ailleurs. Je pensais à Elsa. À sa virée en ville avec ma sœur tout à l'heure. À nos rires partagés d'hier. Je pensais à elle, à sa bouche. La femme qu'elle cache m'intrigue et m'émeut. C'est comme ça, ça ne s'explique pas. Ça n'a pas vraiment de sens, et je n'ai pas trop envie de me poser de questions. Je suis assez instinctif comme garçon. Et tout à coup, j'ai eu envie d'être déraisonnable, de ne pas réfléchir aux conséquences… Je sais bien que, si j'ai envie de l'embrasser, c'est parce que je m'en fiche un peu de son amitié-ceinture de chasteté. Il y a un truc en elle qui m'attire et qui n'a rien d'amical, finalement. Ce n'est pas que je ne respecte pas son vœu initial. Mais là j'ai ce penchant qui me pousse vers elle et que je n'ai pas envie de réprimer. Au diable la raison !

Alors, j'ai quitté la carrière en courant, comme porté par la grâce.

J'ai adoré ce moment figé où elle m'a regardé comme si j'étais à moitié fou… tout en craignant, mais en devinant, la suite. J'ai adoré l'embrasser par surprise. Et j'ai encore plus adoré ce fragile revirement, ce moment où j'ai senti qu'elle cédait à l'envie de partager cela, là, comme ça… sans réfléchir à l'après.

La première fois, elle n'a pas compris; la deuxième fois, elle n'a pas résisté; la troisième fois, elle a participé… ça m'a plu.

Ensuite il fallait que je retourne à ma reprise. Ce que j'ai fait, avec une joie neuve chevillée au corps. Guilleret, je dirais.

Des baisers comme ça, j'en voudrais d'autres, et je pense qu'elle l'a compris. Je ne veux ni la brusquer, ni la choquer, ni lui faire du mal… mais je ne voudrais pas nous priver de quelque chose. Et je pense que parfois, dans la vie, il faut lâcher les rênes… Je suis profondément certain que les actions que l'on fait instinctivement ne sont pas un hasard et ont une valeur. Qu'elles ouvrent une voie.

Je devrais peut-être m'en vouloir, je suis quasi sûr qu'elle m'en veut, maintenant… mais je n'ai aucun regret. J'espère qu'elle comprendra que mes intentions sont bonnes, que je ne veux pas la détruire ni entacher notre relation. Au contraire.

*

Noémie est arrivée à l'heure prévue, sans que j'aie pu vraiment croiser Elsa. Pas un hasard, sans doute. Je les ai aperçues discuter et partir, mais j'étais débordé, aussi je leur ai juste adressé un signe de la main, de loin. C'était vraiment bizarre de les voir ensemble, et de les imaginer ensuite toutes les deux en ville. Je me demande un peu pourquoi Elsa a tout à coup eu envie d'y aller.

L'après-midi, j'ai alterné reprises et balades en extérieur, même si le temps était menaçant. C'est rare, mais j'avais du mal à me concentrer sur le travail. J'avais la tête ailleurs. À Brest, avec Noémie et Elsa. À Ploudalmézeau, avec Cécile… S'il y a bien un truc que j'ai compris, ces derniers jours, c'est qu'il va falloir que je prenne une décision franche à ce niveau-là. Même si on n'est pas ensemble et qu'on ne se doit rien, je préfère lui signifier que nous n'allons plus nous voir. J'aime bien clarifier les choses, et je n'ai pas envie qu'elle se ramène encore ici à l'avenir. Elle et moi, ça a duré ce que ça devait durer ; on a passé de bons moments, surtout sous la couette, mais voilà… c'est tout. Ça ne fait pas lourd dans la balance. Je n'ai tout simplement plus envie de la voir. Je n'y ai plus goût et aussi parce que 1) ce n'est pas correct vis-à-vis d'Elsa, 2) on ne partage rien avec Cécile et je me sens mieux avec ma colocataire, même chaste, 3) quoi qu'il se passe à l'avenir avec cette dernière, et même si je ne sais rien de la suite, je veux pouvoir être disponible et entier. Au cas où… Sincèrement, à cet instant, j'ai peu d'espoir de quoi que ce soit avec Elsa. Elle a été claire : elle ne veut pas d'ambiguïté. En même temps, je ne lui propose pas l'ambiguïté. Je voudrais plutôt assumer cette attirance… si elle la partage, bien sûr. Le fait qu'elle me rende mon baiser de ce matin m'invite à penser qu'elle pourrait peut-être, un jour, nous donner une chance.

Je dis ça, mais je ne sais pas trop ce que je veux. Toujours mes contradictions… Je sais bien que je n'ai pas spécialement envie de vivre une histoire d'amour, d'ailleurs on n'en est pas là, oh non ! Je sais aussi qu'elle est réfractaire à l'idée de partager autre chose que de l'amitié avec un homme, alors oui, on est sans doute mal barrés, et ça risque de tourner au grand n'importe quoi, cette histoire. Mais je ne peux ignorer qu'elle me plaît, qu'elle me touche, et que j'aime passer du temps avec elle. Disons que ce sont quelques signaux que j'écoute. Je ne le fais pas exprès, je constate, c'est tout. Je suis attentif à mes ressentis. Mais je ne suis pas voyant.

Bref. Me voilà dans de beaux draps !

Je ne sais pas comment vont se passer mes « retrouvailles » avec Elsa, ni ce que je vais lui dire ou lui proposer… J'improviserai.

Concernant la mission « signifier à la fille avec qui je couche depuis quelques mois que c'est la dernière fois qu'on se voit », je ne compte pas me défiler trop longtemps : autant classer l'affaire. Je veux être libre et ouvert à la suite. Pourvu qu'Elsa ne parte pas ! J'espère que ce n'est pas pour ça qu'elle est partie à Brest. Si c'était le cas, je n'aurais rien vu venir…

46

Quand j'arrive enfin, après un repas du soir pris sur le pouce avec Noémie, je trouve un petit mot de mon hôte : *Elsa, je suis parti pour la soirée, fais comme chez toi, comme d'habitude… à très vite. Bisou.*

Bisou ? Quel genre de bisou ? À présent, je suis en droit de me poser la question. Mais à quoi joue-t-il ? Depuis la scène dans le box, j'oscille entre amitié trahie, rêverie semi-sentimentale, tristesse et colère. Un cocktail de sensations physiques et d'émotions qui m'a torturée toute la journée.

J'ai pourtant bien apprécié ces heures passées avec Noémie. Nous avons discuté de tout et de rien, beaucoup de la région, de son métier, de François aussi, mais j'étais bêtement mal à l'aise, et je crains d'avoir éveillé ses soupçons.

Elle m'a accompagnée et conseillée dans mes choix vestimentaires. Je n'ai pas fait de folies, ni choisi des vêtements qui ne me correspondraient pas, mais j'ai pris un peu de tout pour me constituer une garde-robe, surtout que l'été arrive : pantalons, t-shirts, shorts, jupes, un imper et même une robe. Une nouvelle étape, presque révolutionnaire pour moi, dans ma reconstruction. Je n'ai jamais été une *fashion victim*, ni un as de la féminité, mais avant, je prenais quand même un peu soin de mon image. J'ai presque eu envie d'aller chez le coiffeur, mais ça aurait fait vraiment trop… après le coup du baiser de ce matin, il aurait pu penser « elle se fait belle pour moi ». Et je n'ai pas envie de ça.

Je ne sais pas, d'ailleurs, de quoi j'ai envie. Il me chamboule avec les étrangetés de son comportement. Oui, non, il va falloir qu'il choisisse et qu'il m'éclaire un peu.

Toute la journée, je me suis efforcée de ne pas trop me prendre la tête, à vivre l'instant présent sans chercher à calculer ou deviner l'avenir. La vérité, c'est que j'ai beaucoup de mal et que mon ventre se tord dans tous les sens.

Et là, de trouver ce mot et de savoir pertinemment où il est et ce qu'il fait avec sa Cécile, ça ne me plaît pas du tout. Il est libre de faire ce qu'il veut, bien sûr, mais je n'aime pas son double jeu. C'est moche de jouer sur deux tableaux comme il le fait. Tout me portait à croire que, malgré certaines visions différentes des miennes, c'était un homme bien, et honnête. Au lieu de ça, je me demande s'il n'est pas un beau salaud comme tant d'autres, un homme de plus à fuir comme la peste. Pourtant je ne peux pas y croire. Quelque chose me dit qu'il n'est pas comme cela. Je suis un puits sans fond rempli de réflexions et de questions, et je lui en veux de cela. Avant, je n'avais à penser qu'à moi, à mon avenir, à ma reconstruction… il est venu semer le trouble dans mes projets.

Je monte dans ma chambre, chargée de tous mes

sacs. Je n'ai plus rien à faire en bas ; de toute façon, j'ai déjà mangé. Et si jamais il rentrait ce soir, je n'aurais pas envie de le voir.

*

Je lis un peu de poésie pour me changer les idées, mais mes pensées vagabondent toujours et tournent en boucle. Je voudrais comprendre. Le comprendre lui, comprendre ce qui se passe. Je me torture l'esprit, et je déteste ça. Je ne sais pas quoi penser, comment considérer les choses. Trois fois, c'est au moins une de trop. En outre, il savait bien que je ne voulais plus de ce genre de « geste », et il l'a fait quand même. Comme pour braver l'interdit. Pour prouver quoi ? Je lui en veux de me mettre dans cet état, et je voudrais juste dormir et oublier. Ma dernière relation avec un homme remonte à trois ans. Un vrai fiasco, peut-être moins pire que celui d'avant, mais j'y ai laissé des plumes quand même. Et mon intégrité. Depuis, je m'étais promis d'être méfiante. Voire de refuser toute relation. On peut vivre sans quelqu'un à côté de soi, non ? Même s'il manque quelque chose, un soutien, de la tendresse, le plaisir de partager des choses… C'est toujours mieux que d'être mal accompagné, et moi je n'ai su faire que ça : être mal accompagnée. Je suis toujours mal tombée, j'ai toujours trouvé des hommes qui voulaient mon corps sans mon esprit, ou alors qui m'« aimaient » avec de gros guillemets à la hauteur de la dimension pathologique de leur attachement…

Voilà : je n'ai jamais été aimée « normalement ». Je ne sais pas pourquoi. Est-ce de ma faute ? J'ai bien conscience que mon histoire familiale a entravé ma croissance morale, et qu'elle ne m'a pas donné les clefs d'un épanouissement personnel. Ne dit-on pas qu'il faut s'aimer soi-même avant d'être capable d'aimer convenablement et d'être aimé… Moi, ce n'est pas que je ne m'aime pas… enfin… C'est plutôt que je ne crois pas en moi et en ma « valeur ». Peut-être parce que j'ai pris ou qu'on m'a donné la place d'un autre, et que je n'ai jamais été à la hauteur. J'aurais dû être un garçon, ma mère voulait un deuxième garçon… Elle voulait que je reprenne le flambeau, que je remplace l'ange perdu. Comment l'aurais-je pu ? Comment faire sa place sans creuser le trou de son propre tombeau ? Je n'ai pas su, et ma mère ne m'a jamais aimée, moi, pour ce que j'étais. C'est même pire que ça…

Alors que je remue ces idées sombres, j'entends que François arrive. Sa voiture qu'il gare devant la maison, ses pas sur le gravier, et la porte d'entrée. Il est encore tôt. La soirée semble avoir été raccourcie. Ils se sont peut-être disputés, ou alors il est rentré après avoir eu ce qu'il voulait. J'en ai presque la nausée.

Je l'entends qui monte l'escalier. Il a dû s'étonner de ne pas me trouver en bas. Il m'appelle, de derrière la porte.

— Elsa ? Elsa, tu es là ?

— …

— Ça va ?

— Ça va, oui. Laisse-moi, juste, s'il te plaît.

— Tu es sûre ?

— J'ai besoin de rester seule.

De l'autre côté de la cloison, il ne bouge pas, semble ne pas vouloir en rester là.

— Tu en es vraiment certaine ?
— François…
— Ah. Bon. Alors… bonne nuit.

Je ne réponds pas. Ce n'est pas poli et j'en suis désolée, mais chaque mot me coûte, et je n'ai pas envie d'en prononcer un de plus. Surtout pas pour lui souhaiter une bonne nuit, alors qu'il va ruiner la mienne…

*

Effectivement, au petit matin, le réveil est difficile, il me semble n'avoir pas vraiment dormi et que mes rêves étaient ponctués de pensées conscientes. Malgré cela, et bizarrement, je me sens plus positive qu'au coucher. Surtout, j'ai une hâte mêlée d'appréhension de revoir François. Là, je suis prête à l'avoir devant moi, et même à en découdre. Le mot est un peu fort, mais disons que s'il tentait une quatrième offensive, je ne manquerais pas de le sommer de s'expliquer. Ce jeu ne m'amuse pas, et je n'ai pas envie d'être un divertissement pour lui. Je me rappelle l'avoir entendu dire que Cécile le « distrayait ». Je ne serai pas son nouveau jouet, ça c'est sûr !

Après une douche qui achève de me réveiller, je descends. C'est dimanche, il dort un peu plus longtemps que d'habitude et il n'est que 7 h 30. Je vais dans la bibliothèque me trouver un nouveau livre. Le choix est vaste, j'opte pour un classique de Mauriac, et j'entame ma lecture dans le canapé en l'attendant.

Après un passage dans la salle de bains, il ne tarde pas à descendre. Il hésite un peu et se lance :

— Bonjour, Elsa. Bien dormi ?

— Pas vraiment, non.

— Oh, oh… je sens un reproche…

Je me lève, m'avance et me plante face à lui.

— François, arrête de jouer avec moi… Ça t'amuse peut-être, mais…

— Je ne joue pas.

L'étonnement me fige une seconde. Alors il poursuit.

— Tu as peut-être envie de m'entendre te dire que je suis désolé pour hier, mais je ne suis pas désolé.

— Mais…

— Elsa, attends-moi là. Je vais chercher des croissants, et après on parle.

Là-dessus, il m'embrasse sur la joue et s'en va, me laissant là, les bras ballants et le cœur palpitant. Je voudrais rester de marbre, mais il sème sur le parcours des petits riens irrésistibles. Je sens comme un piège se refermer sur moi, mais un piège plutôt doux, tentant et chaud. Le pire des pièges.

Quand il revient, je suis déjà attablée. Mon thé et son chocolat se font face. Il s'assoit.

— Tu es calmée ? me demande-t-il, taquin.

— Je suis très calme.

Il me sourit, avec un air mi-sérieux mi-content, une once d'espièglerie dans le regard.

— Elsa, Laurent ne va pas tarder alors on ne va pas se lancer dans une longue conversation. On va passer un dimanche normal, ou à peu près. Je vais aller seul ce midi à Porspoder, mais la semaine prochaine, tu m'accompagneras. Cet aprèm', on pourrait aller se balader. Qu'en dis-tu ?

— Oui, c'est bien.

— Et tu me réserves ta soirée…

— Je ne vois pas trop à qui d'autre je pourrais la consacrer…

Je dis cela avec une petite pointe d'ironie, mais son œil pétillant me plaît. Je me demande ce qu'il mijote, je n'arrive pas à interpréter son attitude, mais j'ai l'intuition que cette journée m'apportera des réponses. Il va juste falloir patienter, cela promet pour moi encore bien des tergiversations…

47

Elle m'amuse… J'aime bien la taquiner, faire retomber ses petits accès de colère rentrée. Si je me permets de m'en amuser, c'est que je sais que je suis sérieux, dans le fond. Et je vais le lui dire tout à l'heure. Je ne sais pas comment je vais m'y prendre, les mots que je vais employer. J'improviserai. Ce sera comme ce sera. J'ai hâte, bien que je ne sois pas à l'abri de me prendre un beau râteau. Je suis sûr que si elle se laissait un peu plus aller à vivre, elle serait prête à accepter cette évolution de notre relation. Mais comme elle fuit le bonheur comme la peste… je me demande si ses craintes ne seront pas plus fortes que le reste. On verra bien.

Je ne compte pas m'éterniser chez Noémie et Laurent, en tout cas.

*

Même lieu, ma voiture, mais trajet inverse. C'était sympa, ce midi. J'en ai profité pour interroger Noémie sur le programme brestois d'hier. Elles ont fait les boutiques, tiens donc… J'avoue que voir Elsa dans autre chose qu'un vieux jean délavé et un pull informe ne me déplaît pas.

Ma sœur m'a posé des questions, pour tâter le terrain. À n'en pas douter, elle a flairé quelque chose. Depuis le début, en fait. Je ne lui ai pas dit grand-chose, à part qu'Elsa ne me laisse pas indifférent, mais elle le savait déjà. Pourtant je suis sûr qu'elle se doute que nos rapports ont un peu évolué.

Mon père était là, fidèle à lui-même. Je lui ai annoncé que je viendrais avec Elsa dimanche prochain, et qu'il allait falloir qu'il s'y fasse. Il a grogné un peu, puis il a cédé, surtout quand Laurent a appuyé ma démarche en disant qu'elle était sympa. *Sympa*... oui, mais pas que. Elle a un truc indéfinissable. Et puis je me sens bien en sa présence ; d'ailleurs j'ai hâte de la retrouver.

Je l'imagine dans tous ses états, et ça me fait sourire. En même temps, si elle ne veut pas plus que des rapports amicaux, je sais que je sourirai moins. Je n'ai pas la prétention de lui plaire, mais je pense qu'elle m'aime bien aussi... Après, si elle a décidé de fermer son cœur et son esprit à double tour, je n'y pourrai pas grand-chose. Il faudra juste que je lutte contre mes élans, et que je relègue l'ambiguïté au rayon des doux souvenirs. Peut-être aussi qu'elle n'est tout simplement pas prête, que c'est une affaire de quelques semaines, ou de quelques mois... Je ne suis pas pressé. Je n'attends rien, je ne fais pas de plans. J'essaie de vivre sans me poser de questions. Mais je m'en pose quand même... un peu. Contradictions.

Quand j'arrive, elle est en train de lire sur une chaise longue, dans le jardin, dans une tenue flambant neuve : jean court bleu foncé qui souligne ses jambes, chemisier blanc très féminin, et petites baskets de ville rutilantes. Elle m'accueille avec un sourire timide, le sourire de qui n'assume pas vraiment la nouveauté de sa tenue et qui craint la suite des événements.

— On y va ?

Elle se lève, elle me plaît. C'est con, mais oui, elle est vraiment jolie autrement que dans un sac… Je n'ose pas le lui dire. Je ne veux pas en faire des caisses. Je ne suis pas comme ça. Je la complimente juste sur ses vêtements, je lui dis que ça lui va bien. Elle me répond d'un merci accroché à un sourire craquant. Elle me fait du charme ou quoi ? T'emballe pas, François, t'emballe pas… Et rappelle-toi que la virée *shopping* n'avait rien à voir avec une intention de te faire du gringue.

On monte en voiture. J'ai envie de lui montrer un endroit qu'elle ne connaît pas encore, la côte de Kerlouan, qui est bordée de blocs granitiques impressionnants. On est mi-juin et les touristes commencent à affluer. On laisse la voiture au parking près du hameau de Meneham et on entame une marche, plutôt lente. Je crois que notre timidité nous ralentit. La beauté du paysage fait diversion et elle s'arrête régulièrement pour prendre des clichés. Elle me prend en photo, dans ma gêne. C'est la première fois. Je ne sais pas si ça veut dire quelque chose. Si ça se trouve, elle part demain, et elle veut juste garder une photo souvenir de moi. Je me sens bête, je ne sais pas comment ni par où commencer… Pourtant, c'est évident, elle attend un geste, un signe, une parole. Elle attend que je me décide, que je me débloque. Elle me rend bizarre, et pas tout à fait moi-même… ou alors pas le moi de ces dernières années, mais peut-être qu'elle fait vibrer des cordes de mon ancien moi, quand j'étais moins con, moins solitaire, moins malheureux.

Je me sens comme un ado, en fait, à ne pas savoir si je dois d'abord lui parler ou lui prendre la main. Je me dis qu'un baiser serait une erreur comme entrée en matière. Déjà fait, pas concluant, et ce n'est pas ça dont elle a envie et qu'elle attend.

Alors on marche en silence. Ça nous arrive souvent, mais là, il y a l'attente… palpable, gênante, ankylosante, enivrante.

— Je croyais que nous devions parler…, lance-t-elle.

À croire qu'elle a plus de cran que moi. Je crois surtout qu'elle n'en peut plus d'attendre.

— C'est vrai.

Je ris, un peu intimidé.

— Mais je ne sais pas par où commencer…

— Alors ne commence pas… c'est plus simple.

— Je ne compte pas me défiler.

— Alors, dis… dis-moi…, m'implore-t-elle avec douceur.

— Je ne suis pas sûr que ce soit ce que tu aies envie d'entendre.

— Peu importe. Je peux tout entendre.

— Je veux que tu saches que je ne joue pas avec toi. Pas du tout. Je sais que j'ai eu quelques gestes déplacés, qui ne correspondent pas à l'idéal que tu t'es fait de notre relation, à savoir, une amitié, peut-être peu conventionnelle, puisque nous vivons sous le même toit, mais dénuée d'ambiguïté. J'avoue que les deux premières fois, je me suis surpris moi-même, mais hier, tu l'as bien vu, c'était prémédité. Et j'assume.

— Oui, mais… pourquoi ?

— Il n'y a pas toujours une explication à tout. J'ai ressenti un élan vers toi, c'est tout. C'était instinctif, irréfléchi, sauf que cette fois tu n'étais même pas devant moi, alors je suis allé te trouver. Voilà. Je sais que ça ne cadre pas avec ton souhait exprimé il y a une semaine. Mais on ne maîtrise pas toujours tout, dans la vie…

— Ça t'arrive souvent, ce genre de choses ? Ces pertes de contrôle ?

— De ce type-là, non. Mais je crois volontiers au lâcher-prise.

— C'est-à-dire ?

— J'aime suivre mes intuitions et mon instinct.

— L'instinct, c'est un peu animal, ça, non ?

— Ah, tu crois ? Quand bien même… peu importe. Ce que je veux dire, c'est qu'à toujours réfléchir, se poser des questions, se torturer l'esprit, on n'avance pas, on n'entreprend rien. Il faut laisser le risque entrer dans sa vie, ou saisir une chance au vol, c'est la même idée. Je crois foncièrement que la vie est mouvement et qu'il ne faut pas toujours chercher à figer, nommer, définir les choses… C'est un peu comme si tu étais sur une planche de surf et que tu trouvais la vague : il faut juste te laisser porter sans chercher à déterminer la destination, calculer le point d'arrivée.

— C'est sans doute une façon de penser très louable et dont je devrais m'inspirer, mais pour cela il faut faire confiance… à la vie, à soi-même et aux autres. Et je n'ai pas cette confiance-là.

— Elsa, tu veux que je te dise ? Je crois que tu en as le potentiel. Je crois que tu es bien plus forte que tu ne le crois, car même si je ne sais pas tout ce que tu as vécu, j'en sais déjà assez pour avoir compris que tu as du cran. Le fait d'être partie pour prendre ta vie en main en est la preuve. Je crois aussi qu'il t'a manqué quelqu'un pour te faire accéder à cette confiance-là. Et… je crois, enfin, que j'aimerais, moi, essayer… d'être cette personne-là.

On a arrêté de marcher quelques instants pour se regarder. Ses yeux m'interrogent, le temps que mes paroles infusent dans son esprit.

— Tu m'aides déjà beaucoup par tout ce que tu fais, et tu sais comme je t'en suis reconnaissante. Mais pour cela, il n'y a sans doute pas besoin de s'embrasser une fois de temps en temps…

— Tu n'as pas compris ce que je viens de dire, ou tu fais semblant. Je ne te plais pas ?

— Ce n'est pas la question. Avoir une relation, qui plus est « bizarre », avec un homme, n'était pas dans mes projets.

— Qui te parle de relation *bizarre* ?

— François, tu ne considères peut-être pas Cécile comme ta petite amie, il n'empêche que tu joues sur deux tableaux… et ça, c'est un point non négligeable, avant même toute autre considération. Tu fais ce que tu veux avec elle, mais moi je ne veux pas entrer dans un jeu comme celui-là. Je ne partage pas… Je suis trop entière pour ça : avec moi, c'est tout ou rien.

— On peut passer aux autres considérations, alors,

parce que même si ça n'a jamais vraiment commencé, Cécile et moi, c'est fini.

Elle me regarde avec incrédulité, alors je développe en reprenant la marche :

— Tu ne me connais pas encore, chère Elsa… ou alors, tu as tendance à calquer sur moi tout le mal que tu penses des hommes en général. Je ne suis pas malhonnête. Je dirais même que je suis plutôt un type intègre et franc. J'ai toujours été clair avec Cécile, et elle était d'accord. Je n'abuse pas des femmes en général, et la dernière que j'aurais envie de flouer, c'est bien toi. Et tu noteras que j'ai interrompu ma relation avec Cécile avant même de savoir quel tour allait prendre la nôtre… car de toute façon, c'est toi qui vas en décider.

Elle avance, plongée dans ses pensées. Je suis calme extérieurement, mais fébrile à l'intérieur. À la limite de la liquéfaction.

48

Décider… Je me sens comme prise de vertige. Je regarde mes pieds, la mer, les rochers, tout, mais pas lui. Je ne sais plus quoi dire. Mais il me semble que, pour décider, il faut bien voir les cartes que l'on a en main.

— François, j'entends bien ce que tu dis, mais en fait, pas vraiment. Qu'est-ce que tu me proposes, au juste ? D'être une Cécile bis ?

— C'est quoi, une Cécile bis ? demande-t-il amusé.

— Une nana que tu consommes de temps en temps, quand l'envie s'en fait sentir…

— Effectivement, je n'ai pas dû être assez clair pour que tu aies compris à ce point de travers. Comment peux-tu penser ça ?

— Je ne sais pas. Tu m'embrasses instinctivement, mais à part ça… Et je ne sais même pas pourquoi, alors comment veux-tu que je décide de quoi que ce soit ?

— Elsa, tu me plais, et j'aime être avec toi. Il y a même un truc étrange qui me pousse vers toi. Pourquoi crois-tu que je t'ai demandé de revenir ? J'écoute ces signes, ils me paraissent suffisants pour m'amener à comprendre certaines choses. Toi, je vois bien que tu préfères demeurer sourde à…

— Qu'est-ce que tu me trouves ? Je ne comprends pas… Tu pourrais mettre dans ton lit, dans ta maison et dans ta vie tout un tas de femmes bien mieux que moi !

— Ah ! Revoilà la Elsa qui doute d'elle-même et qui ne se trouve pas intéressante ! Mais, Elsa, regarde-toi avec un peu plus d'objectivité. Tu es très séduisante, et si je te dis que j'aime être avec toi, c'est que c'est ainsi ! Je ne vais pas analyser le pourquoi du comment de ce fait que je constate tous les jours : je me plais à tes côtés. Quand tu étais au Conquet, tu me manquais, je voulais te retrouver… Voilà. Que te faut-il de plus ? Je ne vais pas te dresser le programme de notre futur ni te faire de grandes promesses, ça non, ne compte pas sur moi ! C'est ce que je voulais te faire comprendre tout à l'heure. Je sais bien que tu n'es pas venue en Bretagne pour te caser, je sais bien que tu as une peur bleue de t'attacher et d'être heureuse… Si, si, ne me regarde pas comme ça, j'ai très bien compris. Je ne te promets rien, si ce n'est de prendre soin de toi et d'être à tes côtés pour un temps indéterminé. Tu es libre, tu pourras partir, de la même manière, quand tu le voudras. Nous ne prenons aucun engagement l'un envers l'autre. Toi comme moi, nous ne sommes pas prêts pour ça. Je te propose juste de surfer sur la vague, de se laisser glisser et peut-être emporter, de lâcher prise ensemble et de ne pas se braquer si un peu de bonheur vient frapper à notre porte. C'est tout. Sans chercher à connaître l'avenir, sans se torturer l'esprit, juste vivre, au présent, et laisser faire ce qui doit arriver. Je ne sais pas si tu es prête à prendre ce risque-là, car je suis conscient que c'en est un pour toi, et que c'est pour ça que tu es partie la première fois : tu avais peur d'être trop heureuse ici. La liaison a du sens : tu es trop peureuse. Ce n'est pas un jugement, je sais que la vie ne t'a pas fait que des cadeaux.

— Mais tu ne sais rien de moi…

— C'est faux. J'en sais bien assez, crois-moi. Je ressens les choses ; le reste m'importe peu. Tu me diras ce que tu voudras, au compte-gouttes ou pas du tout… Ce n'est pas ton passé que je veux connaître, c'est toi.

— Nous sommes constitués de notre passé. Tout est lié…

— Je ne dis pas le contraire, mais ce qui m'intéresse, c'est toi au présent, et que tu réussisses ce pour quoi tu as choisi de disparaître : ton avenir. Je ne sais pas où il te mènera, mais il commence ici. Tu le sais. Je ne crois pas au hasard. Et puis… à vivre dans le passé, tu empêches le présent et tu ne construis pas l'avenir, alors oublie un peu les blessures anciennes, et vis ! Maintenant, tu peux aussi croire qu'il s'agit d'un beau discours bien huilé de séducteur invétéré qui a les arguments pour parvenir à ses fins…

— Ce n'est pas ce que je crois.

— Elsa, j'ai sans doute plein de défauts (tu n'as pas le monopole), mais ma démarche est sincère. C'est à toi de décider. Je peux même te laisser y réfléchir. Tu es libre. Si tu préfères qu'il ne se passe plus rien entre nous, je m'abstiendrai, quitte à lutter, mais je te promets de faire au mieux. Si je me suis permis ça, hier, c'est parce que j'ai libéré mes instincts et que je me devais de tenter…, mais je te rassure : je ne suis pas un animal, je peux très bien me tenir.

— François, tu sais bien que quand l'ambiguïté a pointé le bout de son nez, c'est très difficile de l'ignorer… la preuve. Surtout après une conversation comme celle-ci.

— Tu m'en veux ?

Je voudrais lui dire que oui, conformément à mes principes, mais ce serait faux.

— Non, comment le pourrais-je ? Je ne sais pas si on m'a déjà dit quelque chose d'aussi honnête et fait une si jolie proposition. Mais tu as raison, j'ai peur. Je ne sais même pas si je pourrais être à la hauteur…

— À la hauteur de quoi ? Il n'y a aucun défi à relever, aucune pression à avoir. Tu fais une montagne d'un rien.

— D'un rien ? Tous mes essais avec les hommes ont été des échecs.

— Et ça prouve quoi ?

— Que je porte la poisse ? tenté-je.

— À d'autres ! Moi je veux bien que tu me portes la poisse. Je veux bien que tu sois imparfaite avec moi, et même nulle si tu veux. J'ai juste envie d'essayer. Si ça n'est pas concluant, nous aurons appris tous les deux. Il y a toujours du bon à retirer d'une expérience, au moins une leçon, non ?

— Tu es incroyable… Tu as fait des études de psy, ou quoi ?

— Non, mais je m'intéresse aux gens.

— J'en apprends tous les jours…

— Je suis sûr que je pourrais t'apprendre beaucoup

plus que tu ne le crois… sur toi-même, pour commencer. Tu pourrais t'étonner. Mais tu n'oses pas… Ose !

Il me dit « ose » et je me jette à l'eau sans réfléchir : je pose mes lèvres sur les siennes. Ça vaut tous les discours, et ça veut dire beaucoup…

49

Je n'en crois pas mes lèvres. Elle l'a fait. Je sais ce que ça représente pour elle, et pour nous. Ce petit baiser-là a bien plus de valeur que les miens. Il symbolise un tournant, l'inauguration d'autre chose, sans qu'on sache vraiment quoi. J'ignore ce qu'il nous sera donné de vivre ensemble, et je m'en fiche.

Je suis plutôt content d'avoir pu dire ce que j'avais à dire et de la manière dont je l'ai exprimé. Maintenant, elle sait comment je vois les choses et, visiblement, elle valide.

On reprend notre marche, en silence et en nous tenant la main. C'est tout con, mais j'aime bien. Trêve de discussions philosophiques : à présent, tout redevient comme avant, à un gros détail près. Elle s'arrête de temps en temps pour prendre une photo, je la regarde et je la trouve belle.

Nous revenons vers Meneham, village pittoresque posé entre des rochers impressionnants. Nous poursuivons notre pérégrination en flânant dans de petites boutiques, avant de nous installer à la terrasse d'un bar pour siroter un coca. Je ressens un bien-être et une sérénité étonnants. C'est vrai que c'est assez rare pour moi, ce genre de moment comme entre parenthèses. Mon travail au centre est chronophage et me prive de ces instants de détente.

Parfois on se regarde, simplement, et sans rien se dire il me semble qu'on se comprend. J'aime sa simplicité, sa discrétion, sa présence qui n'en fait pas trop. Depuis son premier baiser, on ne s'est pas embrassés. On sait.

On retourne à la voiture, d'où je sors un panier de provisions préparé en cachette chez Noémie : il y a tout ce qu'il faut pour pique-niquer face à la mer, dans ce paysage de chaos majestueux. J'avais envie d'un moment comme celui-là, sans en faire trop quand même. Visiblement, j'ai tout bon : elle adore l'idée.

On part en quête de l'endroit parfait. Elle glisse sa main dans la mienne et me sourit. Voilà, c'est juste de ça dont on a besoin. Je repense à Cécile, et je me dis que j'ai bien fait, que tout est pour le mieux.

Le repas est top. Devant le soleil qui descend, on discute, on rit, on s'embrasse, on s'effleure un peu pour la première fois, comme deux ados timides qui se découvrent. Je redeviens un jeunot, à moitié empoté, à moitié romantique. Elle n'est que douceur et chaleur, et j'entrevois presque son soleil intérieur. Je me doute que, dans son cerveau, bien des choses doivent s'entrechoquer, mais cela ne transparaît pas. J'ai envie de la remercier, mais je ne le fais pas.

*

On revient vers Tréompan en écoutant U2, chacun dans ses pensées. Entre nous, un pur silence. Je les regarde, elle et son passé mystérieux, et il me plaît de ne pas être en mesure de tout déchiffrer, de ne pas tout savoir. Après tout, elle m'a toujours intrigué, c'est même ce qui m'a attiré chez elle.

Je me demande comment va se terminer la soirée. J'ai envie, sans l'assumer vraiment, de découvrir son corps, dont j'ai deviné les courbes à travers ses vêtements. Cependant je ne veux pas gâcher l'innocence de nos débuts. Je me dis : « On verra bien. »

A posteriori, je ne suis pas sûr d'avoir été très bon, pour clore cette belle journée. Je me suis fait bêtement rattraper par mon désir d'elle…

Elsa était prête à entrer dans sa chambre, un peu empruntée et gauche, sans doute avec les mêmes pensées en suspension et le même point d'interrogation que moi. Je l'ai saisie par le bras, l'ai embrassée fougueusement, intensément… assez pour réveiller tout à fait mon deuxième cerveau. Et là, je crois que j'aurais mieux fait de m'abstenir de prononcer cette phrase (le gars qui ne doute de rien, quand même…) :

— Dis-moi ton vrai prénom, Elsa… pour que je sache à qui je vais faire l'amour.

La testostérone en fusion n'est pas la meilleure conseillère pour inspirer des phrases subtiles… Et puis, Elsa, ce n'est pas Cécile, que je me le dise…

Elle s'est refroidie d'un seul coup, et en même temps, comment pourrais-je lui en vouloir ? Moi qui ne voulais pas brûler les étapes, je lui propose le tour de France en quelques heures. Quel con je fais, parfois !

— Pardon, pardon, j'ai dit, tout confus, tout penaud. Je n'aurais pas dû, c'était nul… Oublie ça !

— Je ne suis pas prête, a-t-elle murmuré, avec une émotion dans la gorge.

— Je sais, je sais… mais évidemment, évidemment… Excuse-moi, j'ai beau avoir de grandes et belles idées, je ne suis qu'un mec.

Elle a souri, mais un peu tristement. Je la sentais déçue.

— J'ai tout gâché, hein ?

— Pas du tout, non, vraiment… J'ai passé une excellente journée. Merci encore, François.

Elle est entrée dans sa chambre, dont elle a fermé la porte après m'avoir adressé un sourire rassurant.

Je ne sais pas lequel de nous deux se sentait le plus mal après ce baisser de rideau… mais le bon côté, c'est que ça me l'avait coupée net.

50

Voilà comment le sentiment d'être nulle vous rattrape et vous fait retomber du petit nuage sur lequel vous étiez perchée… Non, vraiment, ça n'était pas possible : je ne suis pas prête. Je sais bien qu'à mon âge, le plus souvent, on couche ensemble dès le premier soir, et que mon refus va me faire passer pour une vierge effarouchée. J'ai honte… mais je n'allais pas me forcer, quand même ! Pas prête, et pas envie non plus. Trop de choses nouvelles, le cerveau bien trop encombré, et aussi, sans doute, le besoin profond de prendre le temps. Je repense à son image de surf : j'attendrai une autre vague pour ces choses-là. Pourvu qu'il comprenne et qu'il ne me trouve pas trop « tarte ». Il va croire que j'ai des choses à cacher.

Et puis sa demande concernant mon prénom… Elle m'a d'abord surprise, et après, en y réfléchissant bien, elle m'a touchée. J'ai trouvé l'idée jolie, comme s'il voulait accéder à la vraie moi. De là à le lui dévoiler comme ça, à la va-vite…

Le pauvre… je l'ai laissé tout seul avec son désir. Il va me croire castratrice… Je ne suis pas certaine d'être bien assurée tout à l'heure, mais je n'ai pas envie de me dérober. Je dois lui parler en toute honnêteté.

Je l'entends, justement, qui se lève et se rend dans la salle de bains.

Je m'habille en vitesse et descends préparer le petit déjeuner.

Il arrive alors que je m'affaire dans la cuisine, il enserre ma taille et plaque un baiser sur mes cheveux.

— Bonjour, mademoiselle, me dit-il tout en tendresse.

— Bonjour, monsieur. Bien dormi quand même ?

Je dis cela avec le sourire, il me répond en silence en levant un sourcil.

— Je suis désolée de t'avoir refroidi, hier soir. Tu vas penser…

— Je vais penser que je n'ai pas été bien malin. Je peux comprendre que, pour plein de raisons tout à fait recevables, tu n'aies pas eu envie de faire l'amour hier soir. Je suis désolé d'avoir été maladroit… Je me suis un peu emballé.

— J'ai besoin de temps, et je n'ai pas envie de brusquer les choses.

— Tu sais ce qu'on va faire ? Je vais te laisser tout le temps dont tu as besoin… Enfin, si ça ne dure pas des semaines, c'est mieux ! rit-il. C'est toi qui choisiras quand ce sera le bon moment. Et je m'exécuterai sans rechigner.

Il me fait sourire. Il a l'art de désamorcer les problèmes, avec un peu d'humour. Je me demande combien de temps il pourra tenir ainsi, mais je ne compte pas le tester jusqu'à rupture nerveuse. Plus sérieusement, le respect incroyable qu'il a de moi, et depuis le début, me fait éprouver pour lui une gratitude immense.

*

Les jours suivants sont doux. Nous reprenons la routine de la semaine, mais elle a un goût différent. Pour un œil extérieur, rien n'a changé entre François et moi, et pourtant… Nous cachons à tous notre rapprochement, mais quand nous nous croisons, dans la maison, aux écuries, un regard, un baiser ou une caresse viennent me rappeler que tout a changé. C'est notre secret. Parfois, je me triture l'esprit : s'il ne dit rien et ne montre rien à personne, c'est peut-être qu'il ne tient pas à officialiser, en dehors de toute volonté de discrétion. En fait, je n'arrive pas à savoir s'il considère et si je dois considérer que nous sommes *ensemble*. C'est un peu mon obsession du moment. Il disait ne pas être *avec* Cécile… Qu'en est-il de moi ? Se sent-il *avec* moi ? Je m'interroge sur mon statut. Je sais bien que ça ne va pas dans le sens de ce qu'il m'a conseillé de faire : lâcher prise, vivre au présent, ne pas chercher à définir. Et moi, je veux trop définir notre lien, savoir, mettre des mots… et je suis en parfait déséquilibre sur ma planche de surf.

Le lâcher-prise, ce n'est pas pour moi, je le sens. J'ai peur de le décevoir. Pour cette raison, et aussi sur un autre terrain… La vérité, c'est que je n'ai aucune prétention concernant mes talents charnels, et que je crains vraiment de ne pas être à la hauteur. J'imagine facilement Cécile, comme sans doute bien d'autres qui l'ont précédée, reine de la nuit et impératrice du

Kamasutra… Et moi, je sais bien que je ne suis pas comme cela et que je ne vais pas leur arriver à la cheville. Ce ne sont pas les expériences que j'ai eues avec les hommes que j'ai fréquentés qui m'ont donné confiance sur le sujet. Alors je me mets une pression énorme, c'est vrai, même s'il ne faudrait pas. C'est plus fort que moi. Rien que pour cette raison, je sens que je vais reculer le moment. J'ai tellement peur qu'il me trouve nulle et qu'il me rejette…

Axelle, cesse de te tourmenter et laisse-toi porter, voilà ce que je ne cesse de me dire.

*

Vendredi. Aujourd'hui est un grand jour. Après maints encouragements et une longue réflexion, j'ai décidé que j'allais essayer de galoper… La trouille me ronge le ventre, me noue la gorge. Je n'ai rien pu avaler au petit déjeuner, mais ma détermination n'est pas entamée. Une détermination intérieure et invisible, car je dois avoir l'air d'une poule mouillée, absolument pas sûre d'elle. Heureusement, mon éternelle Nata est là, imperturbable et conciliante. Et puis… il y a François. Ce matin, c'est lui qui va m'aider à franchir le pas. Patrick est dans les boxes, François disponible, et malgré ma peur d'être ridicule devant lui j'ai accepté qu'il soit mon professeur particulier. Il y tient… Comment pourrais-je le lui refuser ?

Avec patience, il m'explique comment placer les pieds pour ordonner le galop à Nata selon le sens de rotation dans la carrière, qu'il vaut mieux privilégier un virage et la position en suspension. Je suis tendue comme un arc et complètement crispée, comme si j'avais un exploit à accomplir.

Je mets Nata au trot, j'augmente l'allure, mais à chaque virage je rate le départ. Je ne suis pas sûre d'avoir réellement envie qu'elle galope. J'allonge le trot, mais point de galop. François, pédagogue au cœur d'or, ne s'énerve pas et me fait revenir vers lui.

— Elsa, tu veux vraiment galoper ?

— Oui.

Mon oui, peu convaincu, n'a rien de convaincant...

— Sûre ?

Je réfléchis vite. À quoi bon reporter, puisqu'il faudra bien en passer par là ? J'opine de la tête.

— Alors, on va changer de technique. Tu vas partir du pas, et si ça ne marche pas, tu partiras de l'arrêt. Ce n'est pas forcément plus difficile : si tes pieds sont bien placés et que tu donnes des jambes, elle va partir au galop. C'est juste une question de volonté. Ne t'inquiète pas, elle ne va pas s'emballer. Tu n'iras pas plus vite qu'au trot que tu viens de faire.

Je retourne me placer sur le pourtour de la carrière, toujours en proie à la peur, mais un peu plus déterminée. Je n'ai pas envie de me ridiculiser devant François, c'est une motivation supplémentaire. J'aborde un virage, concentrée. Départ raté. Deuxième essai.

— Donne-lui plus de rênes ! Avance les mains. Accroche-toi à sa crinière si tu veux.

Je m'exécute et ça fonctionne. Un élan d'allégresse me gagne. Mais, au bout de quelques foulées, la panique me reprend : je tire sur les rênes, Nata repasse au pas.

— Bah voilà ! Tu vois ? Ce n'est pas difficile.

C'était trop court… J'ai envie de confirmer l'essai et de recommencer, de tenter un tour complet de la carrière, mais bon… facile à dire ! Après quelques tentatives ratées, je finis par y parvenir. J'exulte. Pour la première fois depuis une éternité, je suis fière de moi. Je me penche sur Nata pour la remercier, le visage enfoui dans sa crinière. Et, de loin, je vois François, qui sourit. Je crois qu'il est content pour moi. J'aurais presque envie de lui sauter au cou en descendant de cheval, mais je m'abstiens. Nous ne sommes pas seuls, je respecte les distances de sécurité. Mais dans ses yeux je vois… de jolies choses.

51

Quand je l'ai regardée descendre de cheval après son premier galop d'essai, j'étais 1) fier d'elle, 2) animé d'une brusque envie de l'embrasser, 3) obligé de réprimer cette envie. Alors, je lui ai dit un peu tout ça avec les yeux, et je sais qu'elle a compris. J'ai lu dans les siens la même chose.

Ah, Elsa… Elsa qui ne s'appelle pas Elsa, mais qui le restera toujours. Elle est différente de toutes celles que j'ai connues. Elle peut sourire, et l'instant d'après un voile glisse devant ses yeux, et alors j'imagine qu'un épisode du passé ou une mauvaise pensée resurgit… mais ça ne dure pas. Elle m'étonne un peu plus tous les jours. Je la sens mieux dans sa peau. Elle ne semble pas trop inquiète en ce qui nous concerne tous les deux, ou en tout cas elle ne l'exprime pas. Et tant mieux. Néanmoins je ne suis pas certain que dans son esprit tout soit limpide et évident.

Moi, je ne me prends pas la tête. J'accueille ce qui arrive avec le plaisir de la nouveauté, de la spontanéité. Évidemment, les journées sont très remplies, ce qui ne nous permet pas de nous voir beaucoup. Surtout sans éveiller les soupçons. Je ne tiens pas à étaler ma vie privée aux yeux de tous. Et puis j'aime bien ce petit jeu de cache-cache. Il y en a quand même un qui a peut-être compris. Il faut dire que Patrick est aux premières loges et a tout suivi. Il a dû saisir qu'Elsa ne me laissait pas indifférent, et il doit remarquer que je ne suis pas très concentré depuis quelques jours. Et que je suis plus volontiers avec Elsa, aussi. Il est trop pudique pour m'en parler, mais je suis sûr qu'il est content pour moi.

Oui, parfois, je suis complètement ailleurs... J'ai des pensées inopinées qui me surprennent dans des moments inadéquats. Genre je prépare mon cheval, je vois Elsa nue et j'imagine ce qui se passerait si... Que les choses soient claires, je suis sincère dans ma démarche : je n'ai aucune envie de la brusquer, et je n'ai rien contre prendre le temps. J'aime le sexe, mais je peux quand même m'en passer, je ne suis pas un malade. Autant, avec Cécile ou d'autres, on n'avait aucun intérêt à attendre et je n'en avais aucune envie. Autant là, c'est différent, parce que tout est différent. La relation est différente. Je ne suis pas amoureux, hein, mais il y a un truc que je ne peux pas nier. Elle me fait quelque chose. Elle me plaît comme elle est, physiquement, mais pas seulement. À travers ses vêtements, j'ai déjà bien des fois tenté de scanner son corps, et ses petites courbes me tentent beaucoup. Ça me titille, tout ça, mais je gère mes ardeurs. Du coup, je reste sage. Pour dire, je n'ai même pas osé mettre mes mains sous son T-shirt ou les poser ailleurs que sur son visage, ses bras ou sa taille. Un vrai retour en arrière, mais qui n'est pas pour me déplaire. Ce n'est pas mal, aussi, de prendre le temps de se découvrir plutôt que se sauter dessus à la première occase. C'est nouveau. Ça me rappelle les premiers temps avec Sandrine. Peut-être que les histoires sérieuses ne doivent pas commencer au lit... *Sérieuses* est à prendre au premier sens du mot : je ne vois pas à long terme, mais je suis sérieux. Je ne me fous pas d'elle, et même je m'en soucie. Je crois bien que ma carapace se fissure un peu...

*

Hier soir, après un samedi bien chargé qui ne nous avait pas laissé le temps de grand-chose, et une bonne douche chacun – pas ensemble, c'est con –, on s'est enfin posés sur le canapé. Elle avait préparé un petit dîner sympa, sous forme de plateau à partager au salon, avec plein de choses à grignoter. C'est bon, la simplicité.

Enfin en week-end... Elle m'a servi un verre de coca et a pris un jus de fruits.

— Tu ne veux pas du vin ?

— Non. Je t'accompagne dans ta sobriété.

— C'est gentil, mais inutile.

— Tu ne boiras plus jamais d'alcool ?

— Honnêtement, je pense de plus en plus que si. J'y pense, parfois. Il se trouve que, comme tu le sais, j'ai vécu une période d'alcoolisme due à des circonstances très particulières. On dit souvent qu'il ne faut pas boire le moindre verre sous peine de replonger, mais moi je sais pourquoi j'ai bu outre mesure, ce que je n'ai plus aucune raison de faire. Je n'étais pas un « alcoolique historique » ou régulier, tu vois ce que je veux dire ? Je suis persuadé que je pourrais boire un petit verre de temps en temps. Comme avant. En plus, j'adore le bon vin, et j'ai une belle cave.

— Quand tu seras prêt, tu me le diras ?

— OK. Comme toi…

Je n'ai pas pu m'en empêcher. Elle a souri, rougi, gênée, et je lui ai fait un petit clin d'œil.

— Tu aimes me taquiner, n'est-ce pas ?

— J'adore. Qui aime bien…

Je l'ai regardée un peu plus intensément et l'ai embrassée longuement, longuement, comme j'avais rêvé de le faire à peu près toute la semaine. Je l'ai enlacée, jusqu'à ce qu'elle ploie sur le canapé. Elle était comme ravie et horrifiée. Je crois qu'à ce moment-là le désir est venu pointer le bout de son nez. Notre respiration saccadée en témoignait, mais j'ai senti qu'elle était encore réticente, qu'elle se refusait à lâcher prise. J'ai calmé mes ardeurs. Autrement, elle aurait fini à moitié nue sur le canapé. Je me suis détaché d'elle et rassis correctement, et j'ai dit en riant :

— Il vaut mieux qu'on s'arrête là, sinon je ne réponds plus de rien.

— Pardon… Tu me trouves prude… ?

— Pffff, que vas-tu chercher… Mais non, je suis sûr qu'après je ne pourrai plus t'arrêter !

Je l'ai fait rire, avec ma fausse prétention. Elle a ouvert la bouche pour poser une question qu'elle a étouffée. Je n'ai pas eu envie de la connaître. Je prends ce qu'elle décide de donner, je ne vais pas arracher des infos ou des mots comme on arrache une dent qui fait souffrir. C'est à elle de choisir, à son rythme.

Au final, on a passé une très bonne soirée, complices.

*

Dimanche pluvieux, dimanche heureux. L'été est déjà là, mais on pourrait ne pas le croire. Enfin, moi, j'ai l'habitude, et ça ne me dérange pas.

Ce matin, on a entraîné le cheval de Laurent dans la carrière couverte. Elsa a regardé, observé, posé des questions. « Maintenant que tu galopes, va falloir songer à sauter ! », je lui ai dit. C'était moyennement fin, comme phrase, mais bon.

Laurent nous regardait du coin de l'œil, comme à l'affût. Au box, il n'a pas pu s'empêcher de me sortir un truc du genre :

— Alors, tu te l'es faite ?

Classe…

— Laurent, s'il te plaît, un peu de respect. Et puis, non, pour ta gouverne, je ne me la suis pas faite.

— Mais elle te plaît, hein ?

Je n'ai même pas répondu ; me suis contenté d'un haussement d'épaules. Il y avait un truc qui me turlupinait : comment j'allais gérer le repas de midi chez eux, avec Elsa et mon père.

Finalement, ça s'est bien passé. Je savais qu'Elsa ne tenterait pas le moindre geste ni la moindre allusion qui auraient pu nous dévoiler. Mon père était plutôt réservé, mais il s'est vite acclimaté à la nouvelle venue. Je crois qu'au fond il se demandait quand même ce qu'elle foutait là… à la place de Sandrine. C'est sûr que, vu sous cet angle, ça signifie quelque chose, mais bon. Il n'y a que Noémie, à elle, je n'ai pas pu mentir. On était dans la cuisine. Elle m'a demandé : « Alors ? » et j'ai répondu avec un sourire et un clin d'œil, avec l'index en forme de *chuuut*… Ça lui a suffi. Même si je suis sûr qu'elle aura envie de satisfaire sa curiosité plus tard.

Elsa était assez à l'aise, sans doute parce qu'elle était à table en tant qu'amie hébergée, et non en tant que petite amie officielle. On n'en est pas là. Cependant, j'ignore dans quelle mesure notre complicité plus forte qu'il y a deux semaines ne nous a pas trahis… Elle doit sauter aux yeux, et les miens pétillent peut-être un peu plus que d'habitude. En plus, Elsa portait une jupe et un chemisier très jolis. C'était la première fois que je voyais ses jambes, et c'était assez émoustillant.

Après, nous sommes rentrés, sous une pluie monumentale. Si nous étions passés à l'étape supérieure, j'aurais pu rêver d'une fin d'après-midi en mode sieste crapuleuse. Mais comme nous étions encore chastes comme des fiancés de l'Ancien Régime, nous nous sommes contentés d'une partie d'échecs au coin du feu – le feu, c'était plus pour le décor que pour se réchauffer, quand même. Elle avait appris à jouer quand elle était jeune, j'ai simplement dû lui rappeler les règles. Moi j'ai tellement joué, avec mon père, avec Laurent, que je connais des coups imparables. Je lui ai mis la pâtée.

Là, on prépare à manger tous les deux. C'est rare, finalement. Cette fois, c'est elle qui me donne les consignes et je m'exécute comme un bon petit commis. On se taquine, on rit un peu, mais je la sens sur la réserve. Elle ne vient jamais vers moi pour m'embrasser. Je crois que depuis hier soir elle a une peur bleue que je ne puisse pas me contrôler et que je l'allonge sur la table. J'exagère, mais je pense qu'il y a de ça : elle n'a pas trop envie de m'allumer et de m'obliger à étouffer les flammes. Je prends ça comme une marque de respect. Autant qu'on soit sur la même longueur d'onde. J'avoue que mon désir va grandissant, et que j'ai très envie de la découvrir. J'en ai rêvé, d'ailleurs, la nuit dernière, et… bon, François, calme-toi !

52

Je regarde ses mains pendant qu'il coupe les légumes, et je ne pense plus du tout à la cuisine. Je les imagine sur moi. J'ai l'air réservée, comme cela, mais la vérité c'est que mes pensées sont de moins en moins platoniques. Je commence à me projeter dans des envolées charnelles. J'essaie d'imaginer ce moment où nous serons nus l'un contre l'autre. J'ai peur et envie en même temps, j'ai des bouffées de chaleur. Il a allumé une étincelle hier soir, quand il s'est allongé sur moi dans le canapé. J'ai senti son désir contre ma cuisse, cela m'a émue et toute retournée. Je crois que c'est la première fois que le désir d'un homme m'émeut. J'en étais d'autant plus peinée de lui refuser la suite… mais je n'étais pas encore prête. Je ne sais pas quand je le serai. Quand l'envie sera plus grande et plus forte que la peur, sans doute.

En attendant, je garde mes distances. J'évite les situations où nous pourrions déraper, même si le but est de déraper un jour… Je le regarde, et je n'en reviens pas de ce qu'il est prêt à faire pour moi. Aucun de ceux avec qui j'ai partagé un moment ou quelques mois de ma vie n'aurait été capable de cela :

attendre. Je me dis que cet homme, chez qui j'habite depuis deux mois, n'est pas banal… et je remercie le Ciel de m'avoir fait échouer ici.

Il a une belle bouche. Charnue et tendre. Il m'embrasse comme j'aime. Délicatement, sensuellement. Quand je le regarde, je me mords la lèvre et j'ai chaud. Parfois, quand il s'approche de moi ou m'effleure pour prendre un ustensile, je sens ma respiration s'accélérer et j'ai envie qu'il me touche, m'embrasse, me prenne dans ses bras. Le désir mûrit en moi comme un fruit… Arrivera un moment où je serai prête à le cueillir.

Nous mangeons en évoquant le repas du midi chez Noémie et Laurent. Ça m'a fait drôle de rencontrer son père. Je n'étais pas là en tant que petite amie, mais ça faisait quand même un peu « présentations ». J'ai échangé avec Noémie. Elle m'a dit qu'elle avait été très contente de m'accompagner le samedi précédent et que ma tenue du jour m'allait très bien. Elle est vraiment sympa. J'ai comme l'impression qu'elle sait quelque chose, je me demande si François lui a parlé de moi, ou de nous, si tant est que ce *nous* existe vraiment. Du coup, je pose la question à François qui me répond : « Je n'ai rien eu à lui dire, elle a deviné. Il y a longtemps, je crois. »

Il n'est pas très tard quand nous décidons de monter nous coucher. Chacun dans sa chambre, bien sûr, comme d'habitude. Nous nous croisons aux abords de la salle de bains, et il y a comme une hésitation, un flottement entre nous. Il ne tente rien. Si j'arrêtais de réfléchir, je le suivrais dans sa chambre… mais je ne sais pas arrêter de réfléchir, et je loupe le coche, pour arriver à la mienne et me sentir, une fois de plus, la reine des idiotes.

Je me mets au lit, troublée. Mon cerveau me joue des tours et se rit des tourments de mon corps. Et s'il fallait suivre le fil instinctif, débrancher les neurones, n'écouter que ce que le désir diffuse dans ses cellules ? Tout serait peut-être plus simple... À n'en pas douter, l'envie est là. François a réussi, en une semaine, à me reconnecter à mon corps... Mais, car il y a un immense *mais* : j'ai une trouille bleue, et même verte, d'aller au-devant de ce moment. J'ai peur de tout : de la manière de faire comprendre que ça y est, je suis prête, sans paraître nouille, de la manière dont il va me découvrir – et si je ne lui plaisais pas ? –, de la manière dont cela va se passer, et de l'après... car oui, après, que se passera-t-il ? Je me torture l'esprit, je violente chaque neurone... Je me mets autant de pression, et même bien plus si je réfléchis bien, que pour ma vraie première fois. J'ai tellement peur de décevoir François. Il a sans doute eu beaucoup d'amantes avec lesquelles il pourra me comparer et je serai forcément en bas du classement.

Débranche, Axelle... Surfe sur la vague... Respire...

Je me lève d'un bond, essayant de laisser mon corps me porter là où il doit aller. Je m'approche de la porte, l'ouvre. La referme. Je ne peux pas... Mais c'est comme le galop : inutile de s'y soustraire, un jour il faudra y aller. Le moment où le corps dicte sa volonté est forcément le bon moment, le moment naturel, le moment évident. Alors je rouvre la porte, après avoir pris une grande, une immense inspiration, pour calmer mon cœur qui bat la chamade. Et j'emprunte le couloir. En face, il y a ma destination finale, cette porte interdite, autant redoutée que rêvée, sous laquelle la lumière filtre. Rien ne sera plus pareil quand je sortirai d'ici. Je frappe tout doucement, comme pour m'excuser de le faire. Je n'entends pas de réponse, alors j'ouvre, en proie à un vertige affolant. Je referme la porte après avoir distingué François qui lisait, et je me retourne pour lui faire face. Il pose son livre et m'observe. Je me fais violence pour plonger et garder les yeux dans les siens.

— Je m'appelle Axelle.

Il se lève, s'avance vers moi, saisit mon visage entre ses mains et murmure, son regard planté dans le mien :

— Axelle… Axelle… Axelle… J'adore… Merci.

Et il dépose des baisers sur mes joues, mon cou, ma bouche avec une tendresse infinie qui me fait monter les larmes aux yeux.

— Oh non, ne pleure pas… Je suis là.

Il me serre fort dans ses bras, pendant un long instant.

— On peut attendre encore, tu sais, me chuchote-t-il.

— Non…

— Tu es sûre ? Tu as bien réfléchi ?

— J'ai déjà trop réfléchi… et j'en ai envie.

Il me caresse à travers ma chemise de nuit qu'il enlève pour me contempler à la lueur de sa lampe de chevet. Je ne suis pas du tout à l'aise, mais je prends sur moi… J'essaie de me concentrer sur les caresses que je lui prodigue. Nos baisers s'approfondissent, nos soupirs se confondent, et nous finissons allongés sur son lit. Ses gestes sont doux, mais je suis bien trop dans ma tête pour les apprécier tout à fait. J'éteins la lumière car je n'assume décidément pas ses yeux sur moi, même s'ils sourient et me disent : « Ne t'inquiète pas. » Le noir ne m'aide pas plus à m'abandonner vraiment. Les émotions sont bien trop fortes pour que je puisse accéder aux plaisirs du corps. Il fallait bien qu'il y ait un bug. Cela aurait été trop beau… J'ancre mon esprit sur la joie d'être dans ses bras et de vivre un moment comme celui-là. La vague orgasmique ne sera pas pour ce soir. Lui, visiblement, n'a pas les mêmes soucis, et semble l'avoir bien amorcée. Il reste en moi, me dit et me répète « merci ». Je suis à la fois soulagée, heureuse, et mal…

Au bout de quelques minutes de caresses, je me décide à me lever pour regagner ma chambre. Il doit être tard, à présent.

— Où vas-tu ? me demande-t-il à moitié endormi.

— Dans ma chambre.

— Tu plaisantes ? Là-bas, c'est la chambre d'amis… Et tu es un peu plus que cela, non ?

J'hésite. Je n'avais pas envisagé de passer la nuit avec lui.

— Dors avec moi.

Je me glisse sous les draps à côté de lui, il m'entoure la taille de son bras. Je ne sais pas si je pourrai dormir comme cela, mais je n'ai pas le courage ni l'envie de desserrer son étreinte. Elle me touche en plein cœur et me déstabilise autant.

53

Quand je me suis réveillé ce matin, et que je l'ai trouvée à côté de moi, mais à l'autre bout du lit, je n'ai pas pu m'empêcher de sourire. Mon Elsa devenue mon Axelle… J'ai aimé ce moment, hier, où elle m'a dit son prénom, le vrai, celui qu'elle porte au fond d'elle-même. C'était touchant, c'était beau. Elle était belle dans sa vérité et dans sa chemise de nuit pas sexy. Avant le désir, il y a eu l'émotion. La sienne et celle qu'elle m'a procurée, par le don qu'elle me faisait – c'était comme une offrande : son prénom, elle, la vraie, puis son corps. Pour la première fois, elle se donnait tout entière. Sans totalement assumer, surtout à la lumière. C'était touchant. C'était doux. C'était bon, aussi… J'avais ravalé bien des fois mon désir d'elle, et voilà que je pouvais le laisser s'exprimer. Elle m'a accueilli, un peu passive, mais qu'importe. Mille pensées ont dû la traverser. Je n'ai pas eu envie de trop en faire pour cette première fois. La connexion s'est faite. C'est ça qui compte. On n'en est pas encore à la communion charnelle, il va falloir apprendre à se connaître, mais on a le temps… J'aime son corps, et je sais que je vais adorer l'explorer. Bref, je suis content, heureux, même, si j'osais le dire. Ça durera ce que ça durera, mais c'est un très bon début.

*

Je me suis levé sans la réveiller. Les émotions, ça fatigue. J'ai pris une bonne douche pendant laquelle je me suis dit que j'allais passer vite fait au labo d'analyses. J'ai bien envie de montrer patte blanche à Elsa-Axelle pour que nous puissions avoir des contacts plus intimes, sans protection, chose qui ne m'était pas venue à l'esprit depuis Sandrine.

À propos des deux prénoms, me voilà bien embêté : lequel utiliser maintenant ? Je me suis dit que j'en parlerais à la concernée au plus vite, afin de ne pas commettre d'impair…

J'ai filé en ville pour effectuer la prise de sang, et je suis rentré.

On est lundi matin, dernière semaine donc dernières reprises de l'année scolaire, et je n'ai pas du tout envie de bosser… Patrick est déjà là et a nourri les chevaux. Je lui dis que je reviendrai plus tard, que Jador et les autres peuvent attendre, voire se passer de sortie sur la plage, qu'il peut monter celui qu'il veut, puis je rentre à la maison. Après tout, c'est moi le boss.

Je monte à l'étage, et entrouvre la porte de ma chambre pour vérifier qu'elle est toujours là. C'est le cas. Je suis pris d'une folle envie de la réveiller. Pas sûr qu'elle apprécierait. Elle est jolie dans son sommeil, et je peux la détailler à loisir. Je suis saisi de désirs contradictoires : la rejoindre au lit ou la laisser tranquille, discuter ou faire l'amour… Je pense que, raisonnablement, il est peut-être préférable d'éviter ce dernier point. Mais ce n'est pas l'envie qui me manque…

Je décide d'écouter la voix de la raison. Pour les joies des câlins au réveil, on a le temps. Je redescends. Il n'est que neuf heures. J'allume la télé en l'attendant.

Elle ne tarde pas à apparaître dans l'escalier. Pour une fois, elle est restée en tenue de nuit.

— Bonjour, François.

— Bonjour… toi ! Toi que je ne sais plus comment appeler…

Elle sourit, mais ne semble pas avoir envie de s'avancer plus vers moi. Je comprends que ça a tourbillonné dans sa tête toute la nuit. Alors je me lève et l'entoure de mes bras. Pas besoin de plus. Je vais lui préparer son thé du matin, le temps qu'elle émerge de sa torpeur et de ses idées noires, ou grises tout au moins.

— Elsa… comment veux-tu que je t'appelle, désormais ?

C'est quand même comme ça que j'ai l'habitude de la nommer et de penser à elle, c'est ce qui me vient le plus naturellement. Je m'en explique.

— … Mais tu es Axelle, et je n'ai pas envie de t'appeler autrement dans notre intimité. Ça signifie donc que je risque de gaffer, en dehors… C'est sûr, me connaissant, que je vais m'emmêler les pinceaux.

— Ça me semble difficile de me débaptiser et de me rebaptiser, pourtant. Tu imagines ? Que vont penser les gens ?

— Je m'en fous, des gens. Qui te connaît, ici ? Ma famille ? Ils savent que tu as disparu, alors ils comprendront… et sinon ? Patrick ? Fiona ? C'est pas grave ! On leur dira que tu avais tes raisons. Je ne vois pas trop où est le problème. Le plus difficile, pour nous, ce sera de prendre l'habitude de t'appeler autrement.

Elle ne semble pas ravie.

— C'est quoi, le problème ?

— Il y a plein de problèmes…

Ça y est, le masque noir retombe sur son visage.

— Comment ça, plein de problèmes ? Explique-toi, bon sang !

— Axelle, c'est mon prénom, mais si j'ai voulu m'en débarrasser, c'est aussi parce que c'est le prénom de mon frère… celui qui est mort.

Je sens mes jambes se dérober, aussi je m'assois.

— Tu veux dire que tes parents t'ont appelée comme lui ?

— Oui… ils ont juste féminisé le prénom.

— Effectivement… Pas besoin d'être psy pour savoir que c'est le truc à ne pas faire.

— Je te l'ai dit, je suis partie avec divers handicaps dans la vie. Et encore, tu ne sais pas tout…

Je me tais pour mieux réfléchir.

— Ça signifie que toi-même tu relies ton prénom à ton frère ? Que si on t'appelle Axelle, tu penses à lui ?

— Pas vraiment, parce que c'est moi quand même. Mais c'est moi avec un petit bandeau noir, tu comprends ? Comme si j'avais un double fantôme. Au moins, Elsa était étrangère à tout ça.

— Oui, je comprends, mais un jour il faudra que tu fasses la paix avec ton passé. Tu regardes trop en arrière.

— C'est facile à dire, pour toi.

— Oui, c'est vrai que j'ai eu un passé heureux et festif, moi aussi…

— Ce n'est pas ce que j'ai dit. Mais tu t'étais construit avant le drame. Moi, j'ai dû me construire sur un drame initial, sur des cendres encore chaudes, avec le poids du secret et tellement d'autres choses que tu ignores encore, et qui sont des conséquences de sa mort à lui… Un prénom, ça devrait être un cadeau que te donnent tes parents. Moi, on m'a punie dès ma naissance. On m'a infligé un deuil qui n'était pas le mien… et on m'a pris mon enfance et mon adolescence.

On aurait pu rêver mieux, comme conversation post-premier-coït…

— Elsa… si ça te met dans un état pareil, je t'appellerai Elsa… Que veux-tu que je te dise d'autre ? En effet, j'ignore ton passé. J'apprécie quand tu m'en fais part, quand tu me témoignes ta confiance en te livrant, mais je ne prends que ce que tu me donnes, alors ne me reproche pas de ne pas en savoir assez. S'il te plaît, ne sois pas injuste.

— Tu as raison… Excuse-moi, je suis chamboulée…

— Plein de problèmes, tu disais ?

— Je suis sûre que je t'ai déçu, hier soir…

— Déçu ? Mais tu me fais quoi, là, Elsa ?

Elle se referme comme une huître. J'ai l'impression d'être projeté des semaines en arrière. Je m'assois, et je lui prends les mains.

— Qu'est-ce qui ne va pas ? Dis-moi… Je peux tout entendre.

— J'ai été nulle, au lit…

— Ah bon, tu m'apprends quelque chose. On n'a pas dû vivre le même moment, alors. C'est dommage… Parce que tu n'as pas grimpé aux rideaux ?

— …

— Mais Elsa, tu crois quoi ? Je connais un peu les femmes. Je sais que ce ne sont pas des machines et qu'il ne suffit pas d'appuyer sur un bouton. Toi, avec tes vieux démons et tes émotions qui s'entrechoquent, évidemment qu'il y avait peu de chance que tu décolles. Mais : et alors ??? Parce que tu résumes ce qui s'est passé entre nous à ça ? Par pitié, non. Moi, j'ai aimé ce moment… vraiment. Alors, s'il te plaît, ne le gâche pas avec ce genre de réaction en décalé. J'ai aimé faire l'amour avec toi, hier soir, et je t'ai trouvée délicieuse. Et j'ai très envie de recommencer…

— Et si ça ne marchait encore pas ?

— Tu verras, ça marchera…

— Mais ça ne dépend pas que de toi, tu le sais bien…

— Ça marchera, je te dis. Un jour…

— Tu m'auras quittée d'ici là.

J'éclate de rire, je ne peux pas m'en empêcher.

— Parce que tu penses déjà à la fin ? Mais ça vient à peine de commencer !

— C'est quoi, *ça* ?

— Ça, c'est *nous*, le nouveau nous. Ne cherche pas à définir et à mettre chaque chose dans une case. Vraiment, Elsa, arrête… ne complique pas ce qui ne demande qu'à être simple. Ne gâche pas, ce serait trop dommage.

— Un jour, il faudra que je parte…

— Tu sais quoi, Elsa ? J'ai pris ma matinée – tu ne l'as peut-être pas remarqué – parce que j'avais envie de passer du temps avec toi, mais si j'avais su que ça partirait en vrille comme ça, je me serais abstenu. Tu n'as rien compris à ce que je t'ai dit l'autre jour. Laisse tomber, je vais prendre l'air, ça vaudra mieux. À plus tard !

Je la laisse en plan. Je sais que ce n'est pas très cool, et qu'elle aurait besoin que je la prenne dans mes bras, mais je sais aussi que je ne pourrai pas supporter bien longtemps cette autoflagellation permanente. Il faut qu'elle en perde l'habitude, je refuse d'entrer dans ce jeu-là. L'aider, oui, la porter, oui, la supporter, non.

54

Je suis effondrée. Je me mets à pleurer à gros sanglots. Je ne lui en veux pas, je m'en veux à moi. Je suis trop tourmentée. Je pleure sur mon passé, sur mes blessures, sur la mort d'un frère inconnu, sur ce qu'on m'a pris, sur ma vie, sur moi-même... Ça sort, ça déborde, mais il le faut. Quand les larmes se tarissent, mes yeux sont bouffis de honte et d'envie de me faire pardonner. Car je sais qu'il a raison. Si je continue sur cette pente-là, je vais tout gâcher, et là, oui, ce sera dramatique, parce que ce que je vis ici est au-delà de ce que j'avais espéré en partant de chez moi. Ici, j'ai trouvé bien plus. Au fond, le vrai problème, c'est que quand je commence à être heureuse, je ne peux pas y croire, je ne veux pas y croire... Serais-je la saboteuse de ma propre existence ?

Il faut que j'arrête de m'autofustiger, de m'autoflageller, de m'automassacrer... Il faut que j'arrête de pleurer sur mon passé, de m'inquiéter pour l'avenir et de gâcher le présent.

Je voudrais dire à François : « Reviens »... mais cela fait déjà un quart d'heure qu'il est parti et c'est trop tard. Il avait pris sa matinée... pour moi ! Je me sens indigne de ses attentions. Je dois lui demander pardon, et lui promettre d'essayer d'avancer.

Et puis… il y a la question non résolue du prénom. Je ne sais pas laquelle des deux solutions je préfère. Elsa n'est pas la vraie moi, mais aurait pu être la nouvelle moi. Un prénom féminin, sans déclinaison masculine, ce n'est pas un hasard. Bizarrement, je brûle de parler d'Axel à François, de la façon dont j'ai supposé, puis appris son existence, de sa mort tragique, de ce que j'ai fait de sa gourmette à la pointe Saint-Mathieu. Peut-être qu'il comprendrait mieux, peut-être qu'il m'aiderait à choisir. Pour une fille qui ne voulait rien dire de son passé, je me rends compte que je suis contradictoire. Peut-être aussi qu'en parler est la meilleure façon de s'en délester, comme on le ferait d'un fardeau…

Il faut que j'aille trouver François. Maintenant.

Patrick m'apprend qu'il est parti pour la plage ou les dunes sur Ténor. Si je savais vraiment bien monter à cheval, je crois que j'en aurais pris un pour l'y rejoindre au plus vite, pour le retrouver… Tant pis, c'est trop important, je file en courant vers la plage. La dune s'étend sur plusieurs kilomètres, il a pu partir très loin. Je tente d'abord la plage, et j'ai raison : je vois un cheval noir, qui paraît tout petit tant il est loin. Vainement, je hurle : « François, François ! » C'est ridicule. Surtout avec ce vent… D'ici, je ne vois même pas s'il se dirige vers moi ou me tourne le dos. Je cours pour aller à sa rencontre, en espérant qu'il ne bifurque pas vers la dune sans m'avoir vue. Il n'y a personne sur la plage, à part moi qui agite les bras, comme s'il y allait de ma survie. Le cheval part au galop vers moi, ça ne fait plus de doute. Je ne sais pas à quel moment François réalise que je suis sur la plage, mais à présent il se dirige droit vers moi. Pourvu, juste, qu'il arrête Ténor à temps. La puissance et la majesté du cheval me tirent un instant de mes pensées. Le spectacle est magnifique, avec la mer qui se déchaîne en arrière-plan. Il me tarde de pouvoir galoper sur la grève, moi aussi. J'espère que j'en aurai bientôt l'occasion…

À cette allure, François arrive vite à ma hauteur. Je crains son courroux. J'ai connu des hommes qui n'hésitaient pas à libérer leur violence quand ils étaient énervés, et je sais que je l'ai énervé…

— François… Je suis désolée…

Il me regarde, et il y a comme de la dureté dans ses yeux, mâtinée d'un éclat doux qui viendrait démentir sa colère.

— On peut se parler ?

— Pas ici, me répond-il. Accroche-toi, et monte.

Il me tend la main. Ce n'est pas le moment de refuser de grimper sur cet imposant cheval, alors je me hisse avec son aide sur l'avant de la selle. Cette proximité me rappelle de doux instants. Nous nous dirigeons en silence vers la dune. Là, il descend de cheval et m'aide à faire de même. Je le prends dans mes bras et l'embrasse en murmurant des : « Pardon, pardon… » Il n'a plus l'air fâché.

Nous nous installons sur une petite butte, et regardons Ténor s'évertuer à brouter.

— Je voudrais te raconter quelque chose, et après tu me diras ce que tu penses du choix de mon prénom.

— Je t'écoute, me dit-il en souriant.

— Axel est mort écrasé par les roues du tracteur de mon père dans la cour de la ferme. Il avait un peu plus de deux ans. Je te laisse imaginer le drame familial, la culpabilité de mon père, la douleur de ma mère, et les rapports qui sont devenus les leurs… Mes parents n'étaient pas de fins psychologues. Ils ont rapidement mis un bébé en route, un deuxième Axel. Elle voulait un garçon, il s'en fichait mais, de toute façon, il n'avait déjà plus son mot à dire sur rien… et puis, ça ne se décide pas. Quand je suis née fille, elle a bien dû se faire à l'idée, mais dans un premier temps elle m'a mis les vêtements de mon frère… Ensuite, quand j'ai atteint l'âge de sa mort, elle a continué à m'habiller un peu pareil. J'étais un garçon manqué aux cheveux courts, jamais en jupe évidemment. On ne parlait pas de lui, il avait été effacé de la mémoire familiale et on m'avait donné pour mission de le remplacer. Voulaient-ils ainsi me protéger ? je ne sais pas… Je n'avais pas le droit d'aller dans le grenier sans ma mère, et surtout il y avait une armoire interdite. Elle m'avait raconté des choses monstrueuses pour que je n'aie jamais envie de l'ouvrir. Un jour, j'avais sept ans, j'ai trouvé dans le grenier un chien à roulettes, dont j'étais certaine qu'il ne m'avait jamais appartenu. Ma mère a eu une réaction très vive et m'a demandé de le remettre où je l'avais pris. Une autre fois, alors que nous triions du linge de quand j'étais bébé, je suis tombée sur un bavoir brodé au point de croix ; il y avait écrit AXELLE, mais j'ai remarqué un détail étrange : les deux dernières lettres étaient de couleur plus vive et elles étaient moins abîmées. Je te fais le récit de mes découvertes, indice après indice, mais je n'avais pas encore, à huit ans, la capacité de comprendre ce que cela signifiait. Je voyais souvent ma mère triste, elle pleurait parfois. Mes parents se disputaient régulièrement. Je me rappelle avoir surpris une scène terrible, où ma mère accusait mon père, lui disant: «C'est de ta faute s'il est mort», et j'étais arrivée, en pleurant et en criant: «Qui est mort?» Elle avait improvisé, me parlant d'un chien, «Biscuit»... Et puis, il y a eu la photo. Un jour, j'avais dix ans, j'ai trouvé dans un vieux livre de la bibliothèque familiale une photo oubliée là sans doute depuis très longtemps, sur laquelle on voyait Axel sur les genoux de ma mère. Je suis allée la voir, et je lui ai demandé qui c'était. Elle m'a répondu: «Le fils d'une amie de l'époque», qu'elle avait perdue de vue, et elle m'a demandé d'aller ranger la photo là où je l'avais trouvée. Quelque chose, dessus, m'interpellait: sa façon de tenir le bébé avec tendresse, et l'amour dans ses yeux... J'ai gardé le cliché. C'est lui qui m'a permis de faire éclater la vérité. J'avais treize ans. J'espère que je n'aurai jamais à te raconter la suite...

— Parce qu'elle est pire?

— Oui. S'il n'y avait eu que cela, j'aurais sans doute pardonné à mes parents. Mais les conséquences de tout ça ont fait que je suis ici. Il y a eu le petit Léo, bien sûr, mais il s'est passé presque vingt ans entre ces deux parties de ma vie. Je crois qu'avec ce que je viens de te dire, tu en sais assez à présent, sur mon passé. J'ai eu envie de t'en parler, de partager ces souvenirs douloureux avec toi. Le reste, je préfère l'oublier et ne jamais en parler...

— Merci... Je comprends maintenant à quel point

ton prénom est lourd à porter. Je ne sais pas quoi te dire. Pour moi, tu es sans doute plus Elsa qu'Axelle, même si c'est important, pour moi, de connaître le prénom qui a été le tien pendant trente-deux ans. Tu seras toujours Elsa… alors, reste-le, oui, je crois que c'est mieux pour avancer.

— Merci François. Vraiment.

Nous nous relevons pour repartir. Mais je n'ai pas tout à fait fini.

— Et pour le reste… Je veillerai désormais à ne pas rejeter sur toi mes propres affres. Tu n'es pas responsable de ce qui m'est arrivé. Au contraire, tu m'apportes le meilleur. Je vais essayer de voir les choses différemment et de vivre un peu plus au présent. Je sais que tu as raison. Désolée d'avoir gâché ta matinée.

— Ne t'en fais pas, tu rends ma vie plus goûtue depuis deux mois, alors je te pardonne volontiers cet écart de conduite, dit-il avec un clin d'œil. Viens là…

Il m'enlace et m'embrasse, et je sens une vague de désir monter en moi.

55

Après cette conversation, nous sommes rentrés. Elle semblait plus sereine d'avoir évacué quelque chose. J'avais un peu de mal à intégrer tout ce qu'elle m'avait raconté. Les secrets de famille peuvent être vraiment destructeurs, et le silence un supplice. J'ignore encore une partie de son histoire. Elle ne m'a pas raconté comment elle avait appris et non plus seulement supposé l'existence de son frère. Je me demande pourquoi, je me demande ce qui s'est passé ensuite. Ses sous-entendus n'avaient rien de rassurant : que pouvait-il y avoir eu de pire ? Qu'a-t-elle bien pu vivre ensuite ? Je ne le saurai sans doute jamais. Arrivés au centre sur le même cheval et le sourire aux lèvres, nous sommes tombés sur Patrick qui nous a dit un truc du genre : « Vous fatiguez pas à m'expliquer, j'ai compris. » On a ri. Il a eu un geste affectueux qui signifiait qu'il était heureux pour moi. Il sait par où je suis passé… Il est même le mieux placé pour le savoir. Après le drame et encore plus après le départ de Sandrine, je ne pouvais plus monter sur un cheval, j'étais incapable de travailler et d'assumer la gestion du centre. J'ai tout laissé choir. Je suis resté terré dans la maison avec mes bouteilles, du moins quand il y avait du monde dehors… Il m'a fallu des mois pour remonter la pente, et c'est Patrick qui a tout géré. Sans lui, j'aurais tout abandonné, vendu les chevaux, mis la clé sous la porte… Je lui dois tellement !

On est rentrés. On a regagné la maison pour s'octroyer un peu de temps avant l'activité de l'après-midi. Les choses se sont faites naturellement, j'avais envie d'elle, je l'ai contaminée facilement. Pour moi, ça ne faisait que confirmer mes impressions de la veille : nos corps sont bien ensemble. Pour elle, c'était sans doute mieux, mais pas encore comme elle l'aurait voulu. Je crois qu'il va lui falloir un peu de temps pour se détendre l'esprit et faire sauter les verrous.

Elsa me plaît de plus en plus, et me procure des sensations intenses, jouissives, extatiques. Elle ne joue pas à la contorsionniste qui enchaîne les positions du Kamasutra, mais je m'en tape complètement. Je ne sais pas comment elle fait, mais elle m'attire, me subjugue et me ravit. J'en suis le premier étonné. Je crois que la douceur et la ferveur qu'elle met dans chacun de ses gestes et de ses regards y sont pour quelque chose, et même si elle ne grimpe pas encore aux rideaux, je l'entends, je la sens pas si loin de le faire. Il reste sans doute un petit blocage quelque part. Peut-être inconscient. Peut-être juste de l'ordre de la pudeur, de la peur de lâcher prise, de la réticence à envoyer l'image et le son. Peu importe. Il y aura bien d'autres fois… C'est ce que je lui ai dit pour la rassurer. Au moins, elle ne simule pas, elle ne me fait pas croire que… pour satisfaire mon ego. Elle est vraie en toutes circonstances. Pas comme d'autres qui en faisaient des caisses, à me crever les tympans, et qui m'épuisaient nerveusement en trois minutes.

Bref, j'aime faire l'amour avec elle. Ça renforce le lien entre nous. Fil après fil, il y a comme une corde qui nous relie. Quelque chose de plus solide, peut-être, que ce que j'aurais cru ou voulu. Clairement, là, tout de suite, je ne voudrais pas qu'elle s'en aille. Ça tombe bien, ça n'a pas l'air d'être dans ses intentions.

Aujourd'hui, c'est la fin de l'année scolaire du centre. On n'est pas une école, mais les inscriptions se font au trimestre ou à l'année. Cours après cours, on a enchaîné les *au revoir*, les distributions de bonbons, de parts de gâteaux… C'est très sympa, mais je suis soulagé que ce soit fini.

Place à l'été. C'est toujours un peu spécial, l'été. J'organise des stages pour les enfants et les ados, et des balades sur la plage pour les touristes, mais je me garde le mois d'août pour souffler ; avec Patrick, on se répartit les tâches pour se libérer complètement deux semaines chacun. J'ai hâte d'y être. À vrai dire, j'ai envie de partir avec Elsa. Je ne lui ai rien dit, je voudrais la surprendre. Il me semble que je renoue avec certains souhaits anciens. Ça ne m'était pas arrivé depuis une éternité de vouloir partir avec quelqu'un. Elsa contribue à la réhabilitation de quelques éléments de mon moi d'avant le drame, elle a fissuré la carapace. Juste par ce qu'elle est. Juste par son humanité fragile qui parle à mes faiblesses. Je la vois évoluer à mon contact, mais finalement il se joue aussi quelque chose de mon côté, en miroir. Nous nous apportons quelque chose l'un à l'autre. Ça ne résorbe nullement nos blessures personnelles, mais ça les rend moins douloureuses et moins vives, moins présentes. Avant, je pensais à Sandrine et à Chloé tous les jours… maintenant, moins. Comme si le travail de deuil s'achevait enfin et en douceur.

Bref, je ne sais pas si on est « un couple » – notre vie commune pourrait le laisser penser –, mais en tout cas je me considère « avec elle ». Évidemment. Du coup, demain, chez Noémie, je ferai en sorte que tous le sachent. J'ai envie de pouvoir tenir la main d'Elsa ou lui caresser la jambe sous la table pendant le repas de façon légitime. Je ne vais pas le lui dire. Juste pour voir sa réaction. Elle qui se demande tellement ce qu'elle est pour moi…

*

Pour fêter le début de l'été, je l'emmène ce soir au restaurant. Je lui ai demandé ce qui lui faisait envie, elle m'a parlé de fruits de mer. Je connais une bonne adresse, tenue par un ancien copain de lycée. Pour l'occasion, elle a mis une robe qu'elle a achetée avec Noémie, mais qu'elle n'a encore jamais portée. Elle est tout bonnement ravissante dedans. Il lui manque un collier… j'y penserai.

— La dernière fois que je suis allée au restaurant, c'était avec Cécile…

Je dis ça avec une arrière-pensée, juste pour la taquiner.

— Ah…

— Je ne l'y ai emmenée qu'une seule fois. On ne

faisait jamais de sortie à deux. Tu sais quand c'était ? C'était quand tu étais au Conquet. Tu sais où c'était ? C'était au Conquet. Et tu sais pourquoi je l'ai emmenée là-bas ?

Elle me regarde avec étonnement.

— J'avais besoin d'un alibi pour y aller. Je ne voulais pas que tu penses que j'étais à ta recherche, mais la vérité c'est que j'y suis allé pour te retrouver. J'aurais voulu tomber sur toi dans la rue par hasard… C'est moche, hein ?

— Tu as fait ça ? Pauvre Cécile…

— Je n'en suis pas fier, mais… C'était étrange, cette envie que tu reviennes.

— Vraiment ?

— Maintenant je comprends mieux pourquoi.

— Pourquoi ? fait-elle en riant.

— Eh bien, si je ne t'avais pas retrouvée, tu ne serais pas revenue ; si tu n'étais pas revenue, il ne se serait rien passé entre nous… et nous ne serions pas ensemble maintenant.

— Parce qu'on est *ensemble* ?

— Évidemment ! Il te faut toujours des mots ? Je croyais que tu l'avais compris…

Elle sourit de ses yeux qui brillent. Je vois une lueur, comme le lever de son soleil intérieur. Oui, elle est charmante et elle n'a pas besoin de me sortir l'arsenal de séduction ni de me faire du pied sous la table pour me donner envie d'elle. Quand je suis avec Elsa, j'oublie tout le reste et je voudrais encore passer des jours, des semaines, des mois avec elle… peut-être même plus, mais sans engagement.

56

J'ai adoré ce premier dîner en tête à tête au restaurant. Le plateau de fruits de mer était à tomber, et François dans sa chemisette cintrée et son jean moulant aussi. Je suis sortie de là bouillonnante, un petit soleil accroché au cœur. Deux semaines après notre troisième baiser, celui par lequel tout a vraiment commencé, il m'a appris que nous étions *ensemble.* Ça veut dire tellement… Je ne suis pas qu'un passe-temps ou une amante à usage unique ou presque. À nous deux, nous formons un tout, une entité, quelque chose qui existe et qui évolue… et qui s'appelle « ensemble ».

Pour la première fois, je me suis sentie rassurée. Ni l'un ni l'autre n'évoquons nos sentiments, pourtant. Moi, j'avoue que ma tête commence à tourner un peu…, mais j'ai tellement peur que je pourrais faire en sorte de lutter assez fort pour qu'il ne le sache jamais. Il ne voulait pas s'engager… Pourquoi aurait-il changé d'avis ? Nous deux, ça sera temporaire de toute façon. Ça durera le temps que ça durera, alors je suis obligée de me protéger. Il faut que je sois capable, un jour, de partir. Je repense à ce qu'il m'a dit de sa quête au Conquet. Je n'en reviens pas qu'il ait fait ça. Il voulait vraiment que je revienne ! cela m'étonne encore au plus haut point.

Dimanche midi, nous sommes allés chez Noémie et Laurent. Son père était là aussi. À ma grande surprise, François s'est livré dès l'apéritif à une annonce solennelle qui m'a laissée sans voix, rouge et ne sachant plus où me mettre :

— Mon cher père, ma chère sœur, cher beau-frère… J'aimerais vous re-présenter Elsa. Elle n'est plus ma locataire, elle est bien plus que ça, et j'aimerais que vous la considériez comme… ma compagne.

Laurent nous a regardés avec des yeux ébahis, Noémie a applaudi, et le père de François ne savait pas s'il devait se réjouir. François m'a embrassée en guise de preuve. Laurent était – encore plus – bouche bée, et Noémie avait presque la larme à l'œil. J'ai regardé l'homme qui m'accompagne et je n'ai pas su quoi lui dire, mais je sais qu'il a compris sans les mots.

— Je suis contente pour vous ! m'a soufflé Noémie dans la cuisine. Je m'en doutais un peu, à vrai dire. Il a changé depuis qu'il te connaît. Enfin, il est redevenu peu à peu lui-même, plutôt. Tu l'as réveillé…

— Ce n'est rien à côté de tout ce qu'il fait pour moi.

— Vous formez un joli couple !

Je n'ai rien dit… J'avais envie de rétorquer : « Il ne veut pas s'engager et moi, un jour, il faudra que je parte… Notre histoire sera probablement plus brève que tu ne le penses », mais je me suis tue. Je n'allais pas gâcher son enthousiasme, et j'étais tellement touchée par cette officialisation, comme si tout à coup j'accédais à une existence, à un statut et que notre

« nous » n'était pas simplement virtuel et cantonné aux murs de sa maison.

J'ai remercié François sur le trajet du retour. Nous avons profité de la fin de l'après-midi pour un moment de tendresse, mais mon corps, décidément, restait capricieux, et je commençais à me lasser de son manque de coopération… Les vagues avaient beau se succéder, je n'arrivais jamais à prendre celle qui serait décisive. François restait égal à lui-même : compréhensif et bienveillant, optimiste. C'est vrai que, hormis ce « détail », nos rapports intimes sont forts et un terrain de jeu propice au rapprochement.

La semaine est passée, sur fond de stage avec des adolescents. J'en ai profité pour m'entraîner au galop, et petit à petit gagner en assurance. Je suis même parvenue à m'asseoir dans la selle et à troquer le galop en suspension pour le galop assis ! À faible allure, on se croirait dans un rocking-chair, c'est incroyable. Maintenant, je me sens prête pour essayer un autre cheval…

*

Ce que François ne m'avait pas dit, c'est qu'en juillet il ne travaille pas les samedis ni les dimanches. Le luxe ! Ce matin, au réveil, il m'a donc demandé de préparer ma valise – je reconnais là son humour… – et m'a annoncé que nous partions pour le week-end. Je ne m'y attendais vraiment pas ! Il avait fomenté ça avec Noémie et Laurent, qui s'occuperont des chevaux durant le week-end. Décidément, je vais de surprise en surprise…

Notre destination n'était pas lointaine, mais qu'importe : partout nous serions bien ensemble.

Nous marchons sur le chemin côtier, le fameux GR 34, un peu plus à l'est, sur la côte de granit rose. Les paysages sont superbes et étonnants. Je suis aux anges, et je multiplie les clichés. C'est idiot, mais ça fait beaucoup de bien de s'éloigner un peu du centre et de ses contraintes, de ne penser qu'à nous. Je ne me rappelle pas m'être un jour sentie aussi bien. Ce sentiment est à la fois épanouissant et douloureux. Au présent, il est merveilleux. Mais le poison des projections dans l'avenir se répand parfois sur mon bonheur tout neuf. J'ai peur, je ne peux pas m'en empêcher. Je voudrais être libre comme le vent, pratiquer le détachement, prendre tout ce qu'il y a de bon à prendre et pouvoir partir sans me retourner. La vérité, c'est que François compte pour moi… trop pour envisager de le perdre sans en souffrir. Quand je suis partie, c'était pour que ce genre de chose n'arrive pas, mais je suis revenue. Maintenant, je ne sais pas ce que je pourrais faire, ou être, sans lui. Alors que, justement, je ne voulais pas qu'il me devienne indispensable. Je suis comme prise dans un merveilleux et doux piège… Je crois que je suis en train de tomber amoureuse. Au lieu de m'en réjouir, je crains la dépendance, l'addiction et la perte…

Trêve de pensées sombres. Profite… C'est si beau !

Après un agréable repas, nous arrivons dans une

chambre d'hôtel et je n'en crois pas mes yeux. Notre petit nid pour la nuit est un cocon de romantisme. Je ne reconnais plus mon bourru de François. Je ne suis pas certaine que ce soit sa tasse de thé, je suis sûre qu'il se satisferait d'une tente plantée dans un pré, mais je sens qu'il avait envie de faire ça pour m'en mettre plein la vue. Ou me faire plaisir, tout du moins. Ce qu'il ne sait pas, c'est que je pourrais le suivre n'importe où, même à la belle étoile.

La salle de bains est incroyable et la baignoire d'angle, à remous, immense. Avant de succomber à quelque tentation que ce soit, il me sort un papier plié qu'il souhaitait me montrer. Je regarde, incrédule, les résultats d'une batterie de tests, MST, VIH et compagnie, ils y sont tous. Négatifs. La date me surprend. Il n'a pas traîné…

— Je ne prends pas la pilule, lui dis-je, un peu navrée.

— Je suis stérile.

Je crois à une blague : il a été père, non ?

— Nous avons eu Chloé grâce à un rude parcours en PMA, par FIV. Le problème venait de moi. Il n'y a aucun risque que je devienne père naturellement, je te le promets.

— Tu es sûr ?

— Tu crois que je serais prêt à nous mettre dans l'embarras et à t'imposer quelque chose d'aussi grave ? Voyons, Elsa…

— Mais moi, je ne peux pas faire les tests, je te le rappelle…

— Tu en as déjà fait ?

— Oui…

— Et ta vie sexuelle, depuis ?

— Inexistante. Mais… tu pourrais ne pas me croire.

— Je ne mets pas tes paroles en doute, Elsa. Pour une raison qui m'échappe, j'ai toujours eu confiance en toi. Depuis le début. Moi, j'ai sans doute été un peu plus actif ces dernières années, mais je voulais te montrer que j'étais *clean*… et j'ai vraiment, vraiment, envie de me passer de ce plastique entre nous, qu'il n'y ait rien d'autre que toi et moi, et qu'on soit au plus près…

Avec ce genre de paroles, il me fait fondre…

Je ne sais pas si c'était le lieu idyllique, le bain à remous, les massages qu'il m'a prodigués avec une tendresse à me faire pleurer, ou la sensation que nos corps n'avaient jamais été aussi à l'unisson, mais l'orgasme tant attendu nous a cueillis par surprise, nous laissant dans une plénitude totale…

57

Alléluia ! L'orgasme avait surgi comme un clown facétieux enfin sorti de sa boîte ! Ça m'a rempli d'émotion, de joie, de gratitude. Je savais bien qu'elle n'était pas frigide. Il suffisait de trouver les clefs et de faire sauter les verrous un à un. Je crois que le contexte y était aussi pour quelque chose... Peut-être que la maison et la chambre que j'avais partagées auparavant avec Sandrine n'étaient pas les meilleures alliées de nos ébats.

Ce mois de juillet a vu notre relation gagner en complicité et en détente. J'étais moi-même plus disponible. On a partagé de riches moments tous les deux, de rires, de câlins, de promenades à cheval, de repas partagés...

Elsa commence vraiment à maîtriser les bases de l'équitation. Nous avons pu galoper sur la plage. Elle a aussi monté d'autres chevaux. Chaque fois, il lui fallait un temps d'adaptation, mais ça fonctionnait plutôt bien. Elle est quand même tombée deux fois... mais n'en a pas fait tout un plat. Bref, elle avance...

Petit à petit, j'ai l'impression de l'apprivoiser.

Chaque jour un peu plus que la veille. Je sais qu'elle fait des efforts pour ne pas compliquer nos jours et nos rapports, et qu'elle s'efforce d'enfermer à double tour ses soucis dans un coin de sa boîte crânienne. Je me doute que ça ne doit pas toujours être simple d'être écartelée entre son passé et son futur. Elle ne me parle plus de rien qui concerne sa famille qu'elle semble avoir reléguée une bonne fois pour toutes très loin en arrière, au pays où elle ne reviendra jamais, où elle a laissé ses parents et sa sœur, victime collatérale arrivée sur le tard dans une famille désunie et bancale. Parfois, j'aimerais en savoir plus, et surtout savoir quelle enfant elle était. J'aimerais voir des photos d'elle bébé ou petite fille, et même adolescente... J'accepte avec résignation le fait de ne pas en savoir plus, mais il y a toujours un déséquilibre dans nos conversations, un trou, un vide dans son histoire. C'est mon Elsa, et je la prends comme elle est. Avec ses mystères, ses défaillances, ses moments de tristesse.

J'en ai enfin parlé assez longuement avec Noémie qui apprécie beaucoup Elsa, et respecte son côté un peu « à part ». Ma sœur n'est pas prompte à juger : elle se soucie de moi avant tout, et elle voit que je suis bien. Plus que bien, même. Elle m'a demandé si j'étais amoureux. Elle pense que oui, mais elle a surtout envie de savoir si j'en ai moi-même conscience. En fait, je ne sais pas. Parfois, je me dis que oui, parfois je n'en suis pas sûr. Quand sait-on qu'on aime ? Je crois qu'avec tout le bien que je pense d'Elsa et de notre relation, je ne peux que l'être, amoureux... Si je ne réfléchis pas, que je me fie à mon instinct, aux ressentis de mon cœur, je le suis forcément, mais je ne veux pas me l'avouer, encore moins le dire. Ce n'était pas dans mes plans. Je ne voulais pas que ça m'arrive... Alors, je sais, je suis pris dans les filets de mes propres contradictions, puisque je pense qu'il faut savoir accueillir ce qui arrive, sans programme préétabli. Tomber amoureux, ce n'était pas ce que je voulais, encore moins, sans doute, d'une fille un peu compliquée, ou du moins qui a une vie compliquée : pas de papiers, pas de travail, pas de compte en banque, pas de permis, pas de mutuelle. Parfois, je me dis qu'il ne faudrait pas qu'il lui arrive quelque chose. Elle n'a rien. Rien, à part de l'argent – mais combien ? – et moi. Je crois que cette dépendance la perturbe. Et comme je n'ai pas envie d'être dépendant non plus...

On s'est apprivoisés l'un l'autre, mais on tient encore chacun à la liberté de l'animal sauvage que nous étions au moment de notre rencontre, je crois.

*

On a passé de bonnes vacances au mois d'août. Nous sommes partis dans les Pyrénées, faire de la marche et découvrir la région. Sous la tente. Quelque chose de tout simple.

Je n'ai pas pu m'empêcher d'être un peu stressé. Je pensais sans arrêt au fait que j'étais accompagné d'une femme sans identité. Enfin, sans papiers... Je lui ai demandé un jour si elle s'en était vraiment débarrassée, et elle m'a dit que non, qu'elle les avait mis en lieu sûr. *En lieu sûr*, OK... Je suis un peu rassuré qu'ils existent toujours quelque part, mais je ne vois pas ce qui pourrait tout à coup lui donner envie de revêtir à nouveau le costume d'Axelle, et de récupérer ce qui va avec.

Parfois, je me surprends à vouloir plus que ce qu'elle m'a livré. Si je voulais vraiment faire des recherches, je pourrais sans doute retrouver sa trace à Lyon, vu que j'ai son vrai prénom et que je pourrais appeler tous les hôpitaux et les cliniques… mais à quoi bon ? Ça me servirait à quoi ? Ce qu'elle m'a dit de ses parents ne me donne pas spécialement envie de les connaître.

La rentrée scolaire est arrivée, et avec elle tout un flot d'habitudes à reprendre. Elsa est là, toujours. Je sais qu'elle envisage un jour de partir, au nom d'une sacro-sainte liberté et pour construire ailleurs quelque chose. Comme si elle ne construisait rien, ici, comme si je n'étais qu'un outil pour son mieux-être et que je ne comptais pas. Elle se considère toujours en sursis, vivant du bonus. Je crois aussi que ça vient du fait que je ne lui ai rien promis, que je ne lui parle pas d'un futur ensemble, et que je ne lui ai jamais avoué mes sentiments. Je reste frileux. On n'en parle pas. Elle ne me dit rien non plus de ce qu'elle ressent. On vit au présent, c'est tout. Sans se projeter. On vit juste dans l'instant. En cela, elle a respecté ce que je lui ai demandé. Le risque en moins. Finalement, le risque, ce serait pour moi de me lancer dans une vraie histoire d'amour, engagée. Et, pour elle, de se défaire de notre lien et de repartir, trouver où aller, s'intégrer dans la société, reprendre son métier. Le comment de l'affaire m'échappe un peu : sans papiers, sans identité ? Il faudra bien qu'elle se résigne à les récupérer.

Je ne me demande pas ce qui se passerait si elle décidait de partir. Je me dis qu'elle n'a aucune raison de le faire. Ça tiendrait d'une fuite illogique, ou ce serait pour échapper au bonheur d'être ensemble, ce qui n'aurait aucun sens. Est-ce qu'on bat le passeur qui nous a aidé à traverser la rivière ? Cependant si elle voulait s'en aller, je crois que, cette fois, je ne la laisserais pas partir. En même temps, à quoi cela sert-il de retenir quelqu'un malgré lui ? J'essaierais juste de lui faire entendre raison… et peut-être que j'aurais alors des arguments qui pourraient la faire changer d'avis.

À vrai dire, Elsa est ce qui m'est arrivé de plus beau depuis sept ans.

58

L'automne est arrivé avec son lot de grands vents et de tempêtes, et déjà l'hiver est en passe de lui succéder. Je ne me lasse pas de contempler la mer en colère, de fixer ses élans effroyables sur les rochers. Il y a de quoi faire de magnifiques et très impressionnantes photos. Je suis donc souvent à l'affût du cliché parfait. Ce temps est fabuleux pour cette raison, mais beaucoup moins pour la vie au centre. Même si l'hiver breton est assez doux, la pluie est parfois un fléau.

Nous avons retrouvé les feux de cheminée, le soir, et partageons toujours des moments agréables à deux, blottis l'un contre l'autre. J'aime beaucoup me lover contre François. Il est toujours aussi tendre, respectueux et protecteur vis-à-vis de moi, et j'aime m'abandonner complètement, baisser la garde dans ses bras. Je n'ai jamais vécu ce genre de douce simplicité avant lui.

Il a aussi son caractère et ne me fait pas toujours de cadeau, mais je sais qu'il a raison de me secouer un peu… au cas où je m'endormirais, ou plutôt au cas où je serais titillée par mes douleurs passées.

Mon passé, je n'y songe plus vraiment… Seule

Camille me manque. J'y pense encore tous les jours, mais avec moins d'intensité. Je crois que je commence à me résigner. Peut-être aussi parce que ma vie ici remplit tout mon espace intérieur, d'une certaine façon. J'évite de ressasser les blessures irréparables, et j'essaie d'aller de l'avant, sans trop anticiper. François avait raison : dans mon cas, ça fonctionne très bien ainsi. J'ai repris confiance en moi – le cheval m'aide beaucoup, notamment à vaincre mes peurs –, et surtout j'ai repris goût à la vie. Ce n'est pas encore le bonheur, mais cela y ressemble un peu : par moments, c'est doux et léger. Comme jamais. Parfois, sans que je me l'explique vraiment, je me sens mal ou mitigée, mais François n'a pas son pareil pour éloigner mes vieux démons. Je ne sais comment le remercier…

*

La vie serait trop simple si elle ne réservait pas des surprises, des bonnes comme des mauvaises. Dans le cas présent, je n'en sais encore rien, j'ai pourtant comme un doute… Je me répète sans cesse : « Ce n'est pas possible, ce n'est pas possible… » Bien sûr, je peux me tromper. Ça ne fait que quatre jours, mais ce n'est pas habituel : mon corps est une horloge. *Impossible*, rétorque mon esprit cartésien, François m'a dit… Je ne peux envisager qu'il m'ait menti sur quelque chose d'aussi grave. Une triste colère monte en moi. Et s'il l'avait fait exprès ? Et s'il avait voulu prendre mon corps en otage, ou moi ? Impossible, impossible, impossible…

Pendant deux jours, je décide de ne rien dire,

la gorge nouée, en écoutant les signaux. J'ai mal au ventre, mais toujours pas de règles. Elles ne viennent pas.

— Tu es sûre que ça va ? me demande François.

— Oui, oui.

Bien qu'il m'ait connue plus convaincante, il me laisse tranquille. Il sait que je n'ai pas forcément envie de partager mes tourments.

Le vrai problème, à présent, c'est d'en avoir le cœur net, tout en étant discrète. Je ne peux pas me rendre seule en ville, ni demander à François de m'accompagner et de m'attendre à la porte de la pharmacie ou du supermarché. Je me sens coincée. Je ne vois pas comment faire. Je serais prête à prendre le risque de conduire, mais cela éveillerait forcément les soupçons. Je ne peux envoyer personne à ma place, je n'ai aucune envie de partager ce secret, qui n'est après tout qu'un doute à confirmer – ou pas… La vérité, c'est que je suis en panique totale à la perspective d'être enceinte. Je me force à vivre l'instant, mais mes émotions me submergent par anticipation.

Finalement, comme je ne peux plus attendre, je décide de tenter ma chance auprès de clients du centre qui rentrent chez eux. À Ploudalmézeau, je trouverai sans peine une pharmacie. Je verrai bien comment je rentrerai. J'ai juste dit à François que j'allais faire un tour.

Au moment d'utiliser le test, mon stress est à son apogée. Il faut attendre deux minutes pour un résultat fiable. Mais au bout de cinq secondes, ce qui se dessine a la forme d'un drame : je suis enceinte. Le violet s'intensifie à mesure qu'augmente ma stupeur. Mon cœur cavale, je suis hébétée. Mille pensées affluent et se bousculent. Toutes celles que je contenais depuis plusieurs jours en me disant : « Tu y réfléchiras seulement si… » Eh bien voilà : le *si* n'est plus une option ! Il est réel, palpable, et violet. Je me mets à pleurer à chaudes larmes dans les toilettes. Heureusement, je suis seule dans la maison. La principale prise de conscience concerne quelque chose de très concret : pour avorter, il faut que je récupère mes papiers et que je mette à jour ma situation… Pour le suivi d'une grossesse aussi, normalement. Mais pour cela, il faut être deux, et je ne pense pas qu'un bébé soit au programme de la vie de François, vu sa volonté de non-engagement. L'idée de ne pas lui dire et d'avorter en cachette m'effleure un instant, mais je la rejette aussi vite. Je ne m'explique pas comment une grossesse peut être possible, il m'avait dit être stérile. J'espère au moins qu'il ne doutera pas de ma fidélité…

Je me sens perdue. Je sors, file dans la chambre d'amis qui me sert parfois encore d'îlot solitaire et je me couche, en proie à une détresse qui me renverse.

Le bonheur a fui à cause d'un petit trait violet sur un test de pharmacie ; le malheur surgit parfois sous une forme étrange.

Quoi qu'il en soit, rien ne sera plus comme avant pour moi… notamment pour une raison que François ignore.

59

Je la trouve enfin, allongée sur son lit, les yeux bouffis, le visage rouge, les cheveux mouillés de larmes.

— Elsa, Elsa, mais pourquoi pleures-tu ?

Elle ne dit rien, mais ses yeux m'implorent.

— Qu'est-ce qui ne va pas ? Mais dis-moi…

— Rien…

— Tu ne peux pas être dans un état pareil sans raison.

— Je ne peux pas, je ne peux pas…

— Tout allait bien… je ne comprends pas !

Je dis ça, mais j'ai bien senti depuis quelques jours que son comportement avait changé et qu'elle était bizarre.

— Tu as appris une mauvaise nouvelle ?

Je suis face à un mur en béton armé. Quand elle est comme ça… elle ne parlera pas. Ça fait longtemps que je ne l'ai pas vue dans cet état. Je ne sais faire qu'une chose : la prendre dans mes bras. Je m'allonge contre elle et l'étreins. On reste ainsi pendant quelques minutes. Elle se calme, mais je me doute que rien n'a changé. Je me lève pour sortir de la chambre et j'ajoute :

— Je suppose que c'est encore quelque chose qui t'appartient, et que tu veux le garder pour toi... Tu sais que je respecte ça, mais si tu veux m'en parler, n'hésite pas.

— Je serai bien obligée de le faire.

Elle se redresse pour me faire face et continue :

— Ça t'appartient autant qu'à moi.

— Je ne te suis pas...

— Tu ne vas pas me croire.

— Depuis quand je ne te crois pas ?

— Et moi, j'aurais peut-être dû ne pas te croire...

— Tu insinues quoi, exactement ?

— ...

— Bon, Elsa, sois claire ! Accouche, merde !

Dans ces moments-là, je m'emballe vite et le choix des mots est parfois inadéquat. Mais je ne m'en rends compte qu'après.

— Pas avant huit mois, dit-elle avec un sourire jaune.

— Hein ? Quoi ?

— Je suis enceinte.

— C'est une blague ?

Elle sort du tiroir de la table de nuit un test de grossesse. Mon regard fait des allers-retours rapides du truc à ses yeux. Elle m'explique qu'elle est allée l'acheter dans l'après-midi et qu'elle a fait le test en rentrant, il y a deux heures. Je suis éberlué. C'est inconcevable.

— Tu m'as menti ? me demande-t-elle.

— Les faits parlent contre moi, je le conçois, mais non, Elsa, je ne t'ai pas menti. Chloé a été conçue par

FIV. Mes spermatozoïdes étaient immobiles. Une vraie bande de fainéants ! Ils ont dû en placer un directement dans l'ovule avec une pipette ! C'était censé être irréversible…

— Faut croire que non.

Elle est à la fois triste et en colère, amère. Je n'arrive pas à réfléchir. Ça se bouscule. Ça bute contre la logique. Je me sens con. Je vais m'asseoir sur le lit. Je réfléchis.

Elle me dit, comme si j'en doutais :

— Je ne t'ai pas trompé.

— Je le sais bien…

Je l'embrasse avec gravité. Je ne sais plus quoi dire. Elle m'a coupé la chique.

— Je vais devoir réintégrer mon existence sociale et surtout médicale…

Elle est pragmatique !

— Ah, mais oui, je n'avais pas pensé à ça.

— Il faut que je fasse vite, pour les délais…

— Les délais ? Quels délais ?

— On ne va pas le garder, François.

— Ah parce que, ça y est, tu as déjà décidé ? Je viens de l'apprendre et on ne peut pas prendre le temps de réfléchir et se concerter ?

— François… un bébé, ce n'était pas au programme, ni pour toi ni pour moi.

— Au programme de quoi ? On n'a fait aucun plan ! On avait dit qu'on se laissait porter et qu'on verrait !

— Tu ne veux pas t'engager…

— Elsa, laisse-moi digérer la nouvelle, on ne va pas s'affoler. Il reste du temps, non ?

— Oui…

— Viens, je vais te montrer quelque chose.

On se lève, je la fais patienter dans le couloir pendant que je vais chercher la clef. Je reviens, la glisse dans la serrure. J'ai le cœur qui bondit dans ma poitrine mais, pour la première fois en six ans, je trouve la force d'ouvrir la porte.

60

Je le regarde entrer le premier, renouer le contact avec ce qu'il y a dans cette chambre de bébé. Je repense à ses terribles paroles : « Pas encore né, et déjà mort… », et je lui suis reconnaissante de me faire partager ce moment. J'ai l'impression de pénétrer dans un sanctuaire alors que je franchis la porte de la chambre d'un bébé éternel qui ne l'aura jamais vue. Elle est très jolie, rose tendre et vert amande. Intacte. Il y a un petit lit, une armoire et une commode. Il y a les produits qui attendent sur la table à langer. Il y a des cadres au mur, pleins de tendresse. Il y a un nounours qui sourit, dans le lit. Il y a un homme ému et déboussolé près de moi. Il a des larmes plein les yeux, je le prends dans mes bras, comme lui le fait si bien quand je vais mal.

— Je n'avais pas ouvert depuis six ans…

Cette phrase me touche en plein cœur. Entrer à nouveau dans cette chambre, avec moi, cela veut dire quelque chose pour lui, et mon nouvel état n'y est pas étranger.

— J'ai espéré et attendu Chloé de toutes mes forces

et je l'ai pleurée de toute mon âme… Un enfant, Elsa, tu te rends compte ?

— Oui…

Mais je fais celle pour qui tout est nouveau.

— En plus, je croyais que je ne pouvais pas en avoir naturellement, et là – il pointe son index vers mon ventre –, contre toute attente, il y a un tout petit bébé… Elsa, c'est forcément un signe…

— Un signe de quoi, François ? Nous devions être ensemble sans entraves, libres, sans engagement. Un bébé, ça ne se fait pas à la légère. Ça se décide, ça se mûrit, comme réflexion… non ?

— C'est bien ce que je dis : il faut prendre le temps de réfléchir. Tout à l'heure, tu disais qu'on n'allait pas le garder, et je ne suis pas d'accord avec cette décision arbitraire. Ce bébé, c'est peut-être la chance de notre vie à tous les deux, Elsa, un cadeau du ciel ! Moi, j'ai perdu mon bébé…

— J'ai du mal à concevoir les choses comme toi. Un enfant, ça n'est pas fait pour réparer, je suis bien placée pour le savoir. Et en l'occurrence, il est évident que, si ce bébé naissait, ce ne serait pas sa chambre.

S'il y a bien une chose qui soit certaine à ce stade, c'est qu'en effet jamais mon bébé ne dormirait dans cette pièce ni dans ce lit qui ont été préparés pour un autre. J'ai bien trop souffert d'avoir dû remplacer un enfant mort pour infliger cela au mien. La théorie de la répétition, non merci : il faut casser le moule, et réinventer…

— Si nous gardions ce bébé, j'ai bien dit *si*, il ne faudrait pas qu'il porte le poids des absents…

— Je comprends, Elsa. Évidemment qu'il aurait

une autre chambre ! On ne prendra pas de décision ce soir, mais promets-moi d'y réfléchir.

— Il ne s'agit pas que de ça, François. C'est par rapport à nous, aussi…

— Que veux-tu dire par là ?

— On ne faisait aucun projet, jusqu'alors… On ne s'est rien promis. Un enfant, c'est forcément un lien entre deux personnes, même si elles se séparent…

— Elsa, arrête avec ton spectre de la séparation, on est bien ensemble…

— Ça ne suffit pas !

— Elsa, ce n'est pas parce qu'il y a des mots qu'on ne se dit pas que… Quoi que tu en penses, nous sommes un vrai couple, et on pourrait construire une famille. Tu n'y as jamais pensé ? Tu serais une maman formidable ! Un enfant, c'est l'avenir qui s'ouvre. Et, pour toi, je crois que c'est une chance inouïe d'achever ta reconstruction. Ici ! On a monté les murs, il reste le toit. Je n'ai pas envie que tu partes, je veux que tu restes, que tu vives ici, pour tout le temps où l'on pourra être heureux… pour toute la vie, si c'est possible.

Son enthousiasme me fait sourire. Il a fallu attendre un trait violet pour qu'il consente à dire à demi-mot qu'il éprouve assez de sentiments pour envisager l'avenir avec moi, en dépit de ses grands principes. Ai-je bien entendu ? Je n'aurais jamais cru que nous puissions voir si loin ensemble. Ça a l'air étonnamment simple pour lui…

*

Ce que François ne sait pas, c'est que j'ai déjà eu

un enfant. Et que cette grossesse m'inflige un douloureux retour en arrière, même si les circonstances n'ont rien à voir…

Je regarde et touche mon ventre qui paraît vide, alors que s'y développe un embryon, invisible à l'œil nu. Cette fois, pas de déni. Je sais qu'il est là.

Je suis déboussolée, perdue, en proie à des tourments contradictoires. Je pourrais, je devrais sans doute être heureuse de ce cadeau de la vie… peut-être le deuxième qu'elle me fait – après la rencontre avec François. Je suis d'ailleurs surprise, soulagée et ravie de sa réaction à lui, et de ses sous-entendus qui apportent un baume apaisant. Et si, finalement, je pouvais être aimée ? Pour moi-même, comme je suis. Même sans passé, même sans papiers… même sans avenir, même avec quelques démons qui me hantent parfois. François a vu derrière mes apparences, au-delà de mes mots, m'a accueillie et soignée avec ses qualités humaines. Ma gratitude pour lui s'amplifie encore. Il est celui qui m'a sauvée.

Visiblement, il pense que ce bébé peut parachever ma reconstruction. Peut-être… Accueillir la vie, un « mini-nous », est très tentant, et même si je dis qu'il n'aura pas la mission de nous réparer, il a toutes les chances de le faire malgré lui. Déjà, il n'a pas été conçu dans ce but. Il s'est invité dans mon ventre, dans notre vie, comme un présent. François a sans doute raison : ce bébé inespéré est tombé du ciel, comme un miracle.

Je me dis que je ne peux pas nous priver de cette chance.

61

Je vais être papa. Vraiment. Cette fois, j'en suis sûr, je vais tenir dans mes bras mon bébé…

Je suis si heureux que j'en culpabiliserais presque. Je suis même allé sur la tombe de Chloé. Ça faisait longtemps, mais il fallait que je lui dise. Un élan irréfléchi : je devais aller lui demander pardon… pour tout l'amour que j'allais donner à cet enfant et que je n'ai pu lui donner à elle, mais qui sera d'autant plus fort… comme démultiplié.

J'ai dans le cœur une joie exponentielle qui me donne envie de crier au monde : je vais être papa !

Avec Elsa, on s'est mis d'accord. La chambre d'amis deviendra celle du bébé et inversement : je ferai des travaux dans celle de Chloé pour *désanctuariser* la pièce. Je comprends qu'avec son passé meurtri, elle ne veuille rien conserver de ce qui était prévu pour ma petite fille. On va donc racheter du mobilier. S'est posée la question de savoir quoi faire de l'ancien. Au tout début, j'ai cru que je serais incapable de vendre quoi que ce soit : ce serait comme supprimer mes souvenirs, ma fille, ma vie d'avant. Pourtant, après réflexion et même si ça me coûte, je vais vendre les meubles et les vêtements.

Je ne me vois pas monter tout cela dans le grenier… pour Elsa. La vie doit l'emporter, dans notre maison : il n'y aura pas de pièce fantôme ni d'armoire à secrets. Je ne garderai que le nounours. Car Elsa a raison : il faut repartir de zéro et avancer.

Je ne suis pas croyant, mais j'ai envie de bénir le Ciel pour ce cadeau. Et tous les jours je remercie aussi Elsa. Elle a fait de moi un homme meilleur.

On a fêté ça : on a ouvert une bouteille de vin blanc – un grand cru –, et on a bu religieusement et avec beaucoup de modération un demi-verre chacun. Le premier depuis six ans pour moi, pour elle le dernier de sa grossesse. Juste un verre à nous deux, et c'est tout. Elle m'a accompagné dans ma sobriété, je l'accompagne dans la sienne jusqu'à l'accouchement.

On forme une équipe soudée.

Dans quelques jours, c'est déjà Noël. Mais l'urgence, à présent, c'est qu'Elsa consulte un médecin. Je ne veux pas la presser, je sais que le sujet est sensible, mais je ne voudrais rien rater de la grossesse et surtout je veux qu'elle bénéficie du meilleur suivi possible.

— Tu m'avais dit que tes papiers étaient dans un lieu sûr… C'est-à-dire ?

— Ils sont chez une collègue et amie. Elle s'appelle Manuella. De toutes les affaires de mon appartement, je n'ai gardé qu'un carton. Il est chez elle… à Lyon.

— Un carton pour toute ta vie ?

— Oui. Il contient l'essentiel. Je vais lui téléphoner.

— S'il faut aller à Lyon, pas de problème. Dès demain je peux t'y emmener.

— Je ne veux pas y mettre les pieds.

Bon. Sujet sensible, en effet…

Je la laisse joindre cette Manuella, dont elle connaît le numéro par cœur. J'attends, fébrilement et avec impatience. Je sais que cette nouvelle étape signifie pour Elsa « réintégrer Axelle ». Un chamboulement pour lequel j'ignore si elle est prête…

Quand elle revient, elle a le sourire et je suis rassuré.

— Manuella fête Noël dans sa famille, à Rennes. Nous avons convenu de nous y retrouver lundi prochain, le 24 au matin.

— Tu te rappelles que nous réveillonnons à Porspoder ?

— Bien sûr.

Je la prends dans mes bras, la serre fort contre moi et lui murmure : « On va pouvoir annoncer la nouvelle… » Elle trouve ça un peu rapide, par superstition je suppose… Moi, j'ai l'intuition que tout va bien se passer.

*

Ce lundi 24 décembre, nous nous rendons à Rennes pour rencontrer Manuella. Je me rends compte que c'est le seul lien avec son passé qui reste à Elsa, ce n'est donc pas n'importe qui. C'est elle aussi qui avait prévenu les gendarmes de la fuite volontaire d'Elsa. Au cas où la famille aurait voulu signaler sa disparition, elle aurait été vite fixée et n'aurait plus eu qu'à accepter son choix.

Manuella m'apparaît tout de suite sympathique.

Elle semble d'abord réservée, du fait de ma présence, sans doute.

— Axelle ! Ça me fait tellement plaisir…

C'est très étrange d'entendre quelqu'un prononcer ce prénom. Elsa la prend dans ses bras. Je propose de les laisser toutes les deux, mais elle tient à ce que je reste.

On va s'attabler dans un café, pour se donner des nouvelles et faire connaissance. Je suis surtout dans l'observation : je contemple Elsa dans sa relation à l'autre. Finalement, c'est la première fois que je la vois avec quelqu'un qu'elle connaît et apprécie. Elle est souriante. Rayonnante, même, en cet instant. Manuella est « scotchée » de la voir ainsi. En fait, elle ne l'avait jamais vue heureuse. Je n'invente rien : elle le lui dit. Même imperceptible, la grossesse lui va bien. Je crois que c'est aussi tout ce qu'il y a autour… Il me tarde d'être à ce soir.

C'est ensuite le moment de récupérer le précieux carton qui renferme toute une vie. Beaucoup de paperasse, j'imagine, mais peut-être aussi un ou deux trésors…

Alors que nous rentrons vers le Finistère, Elsa me confie son appréhension à la perspective de retrouver l'existence sociale d'Axelle. J'essaie de la rassurer : c'est une nouvelle femme, à présent, et sa vie en sera facilitée. C'est un mal nécessaire. Je la sais assez forte maintenant pour passer ce cap sans difficulté.

À notre arrivée, Elsa va s'isoler dans la chambre d'amis pour ouvrir le carton. Je la laisse en tête à tête avec elle-même, même si j'aimerais bien être à ses côtés et découvrir en même temps qu'elle son contenu… Elle ne me montrera que ce qu'elle veut. C'est ce que je lui ai dit.

*

Les vacances de Noël ont donc été vouées aux démarches administratives. Elsa, redevenue Axelle – mais pas pour moi –, a retrouvé sa carte d'identité, son permis, sa carte Vitale… On lui a ouvert un compte à la banque, pris un rendez-vous chez le médecin, fait faire une analyse de sang, programmé une échographie. Tout s'est mis en marche et accéléré. Pour l'instant, tout va bien. J'ai tellement hâte de découvrir le bébé, et d'annoncer sa venue ! Finalement, on n'a rien dit au réveillon…

62

Rapidement, quelques signes de la grossesse sont apparus, et en premier lieu une fatigue incroyable. Des envies de sieste venaient me cueillir plusieurs fois par jour, je vivais allongée, voire endormie, souvent sur le canapé près de la cheminée que François venait approvisionner.

Je le savais accueillant, à présent il était vraiment à mes petits soins, devançant mes besoins et mes désirs, toujours à l'écoute. Comme un ange gardien.

Nous n'avons même pas eu à débattre ni même à discuter du sujet de mon activité équestre : j'avais décidé de ne plus monter, et même de ne plus m'approcher de trop près des chevaux, pour éviter tout coup de pied malencontreux. Je me contentais donc de les regarder de loin ou de leur caresser la tête par-dessus la porte de leur box. Pour être honnête, ça me coûtait un peu de renoncer à l'équitation, et surtout à nos promenades sur la plage, j'y avais pris goût. Mais j'avais envie de mener cette grossesse à terme et de faire de François un père.

Pour ce qui était de moi, j'étais partagée entre l'envie et la peur de donner la vie à nouveau. Mère, je le suis déjà… même si je n'ai rien vécu de normal lors de ma première maternité. Une grossesse express, un accouchement animal, et le vol de mon bébé… Au fond de moi, je n'ai pas eu le temps de me sentir mère, de me vivre mère. Et pourtant je le suis. D'une enfant qui l'ignore. Mon ventre auparavant vide, qui se serrait et se tordait de manque, est rempli à nouveau, et cette fois ça a du sens. Cette fois, c'est beau…

Nous avons fait la connaissance de notre bébé en pleine santé lors de la première échographie, la première de ma vie. C'était magique. Nous avons pleuré tous les deux, peut-être pas pour les mêmes raisons, mais c'était si émouvant !

Nous voulons connaître le sexe du bébé avant sa naissance, mais ce n'était pas encore le moment. Je crois que nous avons besoin de nous projeter vers le futur, pour nous permettre d'éloigner le passé. L'idéal, je pense, serait de mettre au monde un petit garçon, pour être en rupture avec la fille que chacun a manqué d'avoir. La sienne est morte, la mienne est en vie, mais dans ma tête cela revient malheureusement au même. La vie me l'a prise, je l'ai perdue. Comme François. Il ne sait pas encore à quel point nos histoires sont proches, de ce point de vue. Si c'était un garçon, ce serait comme une espèce de résurgence d'Axel. Non que je confonde ou veuille remplacer l'un par l'autre, mais prendre soin d'un petit garçon, pour moi, ça réparerait quelque chose. Le sexe d'un enfant, dans une famille, n'a rien d'anodin. Nous mettons malgré nous tellement d'inconscient dans notre rapport à l'autre. Tout se joue très tôt, avant même la naissance.

Combien d'histoires, de secrets, de troubles psychogénéalogiques se transmettent, menant à des répétitions qui n'ont rien de coïncidences. Je ne veux pas de ce poids, je me battrai pour la légèreté. Si c'est une fille, elle sera notre survivante… mais nous veillerons à ne pas trop la vénérer.

Après l'échographie, nous l'avons enfin annoncé aux proches de François, qui ont accueilli la nouvelle avec une joie non feinte. Même son père était visiblement content de l'apprendre. Je crois qu'avant tout ils sont ravis de voir François heureux. Noémie m'a prise dans ses bras. En y regardant bien, mon ventre commence à dessiner une petite courbe, et il était temps de le dire.

Au deuxième trimestre de la grossesse, la fatigue m'a abandonnée et je suis redevenue plus énergique. Cependant, je n'avais pas grand-chose à faire, à part m'occuper de la maison. Je passais des heures à lire. Je profitais aussi des premiers rayons de soleil du printemps pour aller me promener sur le bord de mer, souvent munie de mon appareil photo. François et moi faisions de belles promenades le dimanche, et ce quel que soit le temps. Nous parlions du centre, du bébé, de l'avenir… de mon envie de trouver un poste d'infirmière en libéral dans la région. De temps en temps, je partais en voiture me promener ou faire des démarches dans ce sens-là. Finalement, réintégrer l'identité officielle d'Axelle ne m'avait pas apporté que du mauvais : j'avais retrouvé une certaine liberté de mouvement et d'action. J'étais sortie de ma tanière.

François, comme tout le monde ici, m'appelle Elsa. Je me sens à la fois double et entière, comme si j'avais une double identité, mais une seule personnalité. Il n'y a plus cette dichotomie entre les deux moi : je suis une à présent, avec deux prénoms, l'officiel et l'usuel, et je m'en porte très bien comme ça.

Ce bébé m'aide à aller mieux. Il m'encourage à voir l'avenir positivement, à vouloir me battre pour être heureuse, pour lui construire une belle vie. Il illumine mon présent. C'est un pari étoilé.

*

Et puis, tout s'est emballé, compliqué, assombri… à la faveur d'un rendez-vous chez le gynécologue. À la suite de l'examen du col, il m'a dit :

— Bon, de toute façon vous connaissez, vous avez déjà eu un enfant, n'est-ce pas ?

— …

J'ai senti le regard incrédule de François sur moi, ses yeux qui attendaient une réponse…

63

— N'est-ce pas ? a répété le gynécologue.

Elsa, livide, a bafouillé, bredouillé… pour sortir un « oui » déformé par tout un tas d'émotions.

Ma vision s'est déformée aussi et pour cause, ma tête a comme tourné, mon esprit a divagué… Un « non, ce n'est pas possible » tapait dans mes tempes, mes mâchoires se serraient.

Je n'ai rien compris à la suite de la consultation. Je n'écoutais plus. J'échafaudais des scénarios tous plus improbables les uns que les autres. Et si elle était mariée ? Et si elle avait abandonné mari et enfants ? J'en étais même à l'imaginer en mère infanticide… Je ne comprenais pas qu'elle ait pu me cacher un truc pareil, et surtout qu'elle m'ait fait croire que tout était nouveau pour elle. L'idée qu'elle ait déjà vécu tout ça, peut-être même – sans doute – avec un autre homme me dégoûtait. Alors, ça voulait dire quoi pour elle, cette grossesse, ce bébé, et même notre histoire ? Ça tournait en boucle dans ma tête, ça m'étouffait, ça voulait sortir. J'étais au bord de l'implosion. Mais je me contenais.

À côté de moi, Elsa était redevenue l'oiseau tombé du nid, mortifié.

On est sortis du bureau, on a arpenté le long couloir dans un silence irrespirable, chacun animé par de sourds ressentiments. Dans l'ascenseur, on est restés éloignés, sans un regard pour l'autre. J'ai repensé à la montée : elle était dans mes bras, je lui susurrais des mots doux. Là, j'avais presque envie de la menacer pour qu'elle parle. Mais en même temps, je n'avais pas envie de le lui demander. J'estimais que c'était à elle de s'expliquer sans que j'aie à lui tirer les vers du nez.

On est montés dans la voiture. Je suis resté immobile, les yeux droit devant, fixe et buté. On n'irait pas plus loin. À cet instant, j'ai vaguement eu envie de la déposer sur un quai de gare. L'incompréhension et la douleur de la confiance trahie me rendaient fou. « Qui est cette femme qui porte mon enfant ? » C'était comme si je ne m'étais jamais vraiment posé la question, ébloui par une confiance aveugle.

Elle est restée aussi immobile que moi. Je ne pouvais pas voir son visage puisque je ne voulais même pas la regarder. Je ne sais pas combien de temps ça a duré comme ça, moi dans le silence meurtri de l'attente, elle, sans doute, dans la peur de s'exprimer et que tout change à partir de ce moment.

— Je ne démarrerai pas la voiture tant que tu ne te seras pas expliquée, ai-je fini par dire.

Je suis sûr qu'à ce moment-là, elle a été tentée de descendre du véhicule et de s'en aller. J'ai perçu le bruit de son hésitation.

Les secondes qui ont suivi ont dû lui permettre de rassembler ses idées et de les formuler. Je les ai trouvées longues et je n'ai pas desserré les dents.

— J'ai eu un enfant, oui, a-t-elle commencé… Mais ce n'est pas ce que tu crois.

— Et que crois-tu que je crois ?

— Quand tu sauras, tu n'y croiras pas. La réalité est bien au-delà de l'imaginable. C'est ce pan-là de mon passé dont je ne voulais pas te parler…

— Elsa, franchement, on n'est plus dans le détail, si tu me permets. Non, mais rends-toi compte que, cette fois-ci, tu m'as menti ! Il ne s'agit pas que de non-dits ! Tu as fait comme si tu étais enceinte pour la première fois. Tu as feint l'émotion… lors de l'échographie, et tous les jours !

— Alors, là, non, ne me dis pas que j'ai feint ! C'est totalement faux… Tu ne sais rien. Je te laisserai juger de mes fautes quand tu connaîtras le fin mot de l'histoire.

— Très bien, je t'écoute.

— Je ne voulais pas tout te dire… Je voulais laisser ça enfoui là où c'était… Je sais que je n'ai plus le choix, que tant qu'à commencer à dire la vérité, je vais être obligée de finir. Prépare-toi, parce que c'est glauque…

— Je suis prêt, ai-je dit en la regardant pour la première fois.

— Sache aussi que je ne veux pas t'inspirer de la pitié, ou je ne sais trop quoi. Je te l'ai dit, le pire de mon histoire, ce n'est pas Axel et ce qui s'est passé jusqu'à mes douze ans. Le pire, c'est après… même si tout est lié.

— Je t'écoute. Arrête de reculer…

— Tu te rappelles la photo d'Axel avec ma mère que j'avais conservée ? Eh bien, quand j'ai eu treize ans et que je me suis sentie assez grande pour affronter la vérité, je suis allée trouver ma grand-mère avec cette photo et je lui ai demandé qui était ce petit garçon. Elle commençait à perdre la boule, et elle n'avait plus la notion du secret, la conscience du tabou familial. Elle m'a dit : « C'est Axel. » J'ai répondu : « Axelle, c'est moi ! – Mais non, Axel, ton frère ! Tu sais bien, celui qui est mort avant ta naissance ! » Après ça, je suis rentrée en furie chez moi, j'ai filé au grenier pour ouvrir l'armoire – tu noteras comme j'ai mis du temps à braver l'interdit –, et là j'ai trouvé des photos en pagaille, des jouets, des nounours, des faire-part de naissance et des cartes de félicitations, tout ce qui fait la vie d'un enfant de moins de trois ans et de sa famille. J'étais dans un état de sidération totale, je découvrais des étrangers : mon père, souriant, sur des photos, fier sur le tracteur avec son fils, dans les bras de ma mère… Pour qui l'a connu ensuite, c'était incroyable. Il fallait que je creuse et que je sache. Le soir même, j'ai provoqué une discussion qui a enfin mené à leurs aveux. Seule ma mère a parlé, mon père pleurait. Je ne voulais pas le voir en criminel, ce que voulait ma mère, mais j'ai éprouvé un ressentiment très fort vis-à-vis d'eux et de leur secret, qui m'a transformée du tout au tout. On avait voulu que je sois un garçon, j'allais devenir une vraie fille. J'ai laissé pousser mes cheveux, je me suis procuré comme j'ai pu des tenues féminines, voire provocantes. Je suis devenue explosive. Une crise d'adolescence XXL, exacerbée par un mal-être profond et une envie de me rebeller contre les quatorze années précédentes… Je n'étais plus la petite fille obéissante et placide, j'étais parfois incontrôlable. À quinze ans, je me suis mise à sortir, à boire, à avoir des fréquentations douteuses… Je choquais mes parents, et c'était tant mieux. À l'école, c'était la cata, j'ai redoublé ma troisième…

À ce moment-là, elle a fait une pause, comme pour achever l'introduction de son propos. Je l'écoutais sans oser prononcer un mot, de peur d'interrompre son élan. Par mon regard, j'essayais de lui transmettre des encouragements. Je me doutais que le pire restait à dire.

64

J'ai pris à deux mains le peu de courage qu'il me restait et une grande, mais invisible inspiration. C'était comme sauter en parachute.

— Un jour d'été, j'ai découvert que j'étais enceinte. J'avais quelques jours de retard. J'ai fait un test de grossesse. Tu as déjà entendu parler du déni de grossesse ?

— Vaguement…

J'ai senti qu'il voulait juste la suite de l'histoire, pas que je me lance dans des explications médicales.

— Le lendemain du test, mon ventre révélait une grossesse avancée. En fait je n'étais pas enceinte d'un mois ou deux… J'étais déjà en fin de grossesse, alors que j'ignorais être enceinte. Je te laisse imaginer la réaction de ma mère. Cela a été violent. Il était évidemment bien trop tard pour un avortement. Elle m'a dit que j'accoucherais sous X et que j'abandonnerais mon bébé à sa naissance.

— Et c'est ce qui s'est passé, donc…

— Non… Ça aurait été sans compter sur la perversité d'une femme qui n'a jamais accepté la mort de son fils ni la rébellion de sa fille. Elle a trouvé comment se venger et combler ses frustrations de mère. Elle m'a volé mon enfant.

J'ai fait une pause pour qu'il réalise ce que je venais de dire.

— Je ne comprends pas.

— Ma sœur n'est pas ma sœur… C'est ma fille.

Les larmes que je retenais depuis de longues minutes se sont mises à couler.

— C'est impossible…

— Oh si… L'imagination de ma mère et le silence soumis de mon père n'avaient pas de limites. Quand j'ai ressenti les douleurs du travail, elle ne m'a pas conduite à l'hôpital. Elle disait que c'était trop loin – nous habitions en effet un hameau dans un village reculé –, mais en fait elle avait déjà tout manigancé. Elle m'a dit qu'elle avait accouché deux fois et qu'elle assistait au vêlage des vaches, que donc elle saurait faire. Tu imagines la comparaison ! Dans mon état, je ne pouvais pas lutter. J'ai donc accouché dans le plus grand secret, comme un animal, assistée de ma mère.

— Mais tu aurais pu mourir… et le bébé aussi !

— Oui. Aucune assistance médicale ni avant, ni pendant, ni après. Je crois que ma mère me haïssait au point d'accepter de me perdre. Elle s'en fichait. Elle tenait entre ses mains la possibilité d'être mère à nouveau. Quand le bébé est né, elle me l'a pris. Elle l'a mis contre elle en disant « Camille… maman est là, maman est là… » J'étais comme dans un cauchemar, je me disais que j'allais me réveiller. Comme toi, je pensais que c'était impossible, inconcevable… tellement violent et immoral. J'ai hurlé : « Tu n'as pas le droit de faire ça ! », mais je ne pouvais pas me lever.

Elle a préparé un biberon pour que je n'aie pas à donner le sein à ma fille – tu vois, elle avait même pensé à acheter du lait. Elle ne voulait pas que je touche à Camille. Je suis restée alitée, plus atteinte encore psychologiquement que physiquement.

— Mais… et les autres ? Comment ça a pu passer, un truc pareil ?

— Le déni que j'ai fait, elle a prétendu l'avoir fait, et s'être rendu compte qu'elle était enceinte au moment d'accoucher. Ça arrive plus souvent qu'on ne le croit, même si ça paraît dingue.

— Et ton père ?

— Mon père… Elle l'a menacé de le tuer s'il parlait, et comme ça faisait dix-sept ans qu'il était réduit au silence, il a accepté de se plier une fois de plus à l'autorité démente de ma mère. Il est même allé déclarer la naissance et reconnaître Camille à la mairie. C'est te dire son zèle ! À partir de ce jour, je les ai haïs en silence tous les deux. Pour rester en contact avec ma fille, j'ai accepté le *deal* d'être sa sœur. Du coup, à ce titre, j'ai quand même pu m'en occuper un peu, mais jamais loin du regard aiguisé de ma mère. J'ai regardé Camille grandir, de loin, le week-end puisque j'étais interne et, à mes dix-huit ans, comme tu le sais, je me suis éloignée encore plus, pour fuir cette famille de fous… Ma mère était contente que je m'en aille, c'est pour cette raison qu'elle n'a pas cherché à me retrouver. La vie qu'elle m'a donnée, elle me l'a prise.

— …

— Maintenant tu sais tout.

— C'est tellement incroyable… tellement violent ! Je comprends ton traumatisme et les raisons profondes de ta fuite. Merci, Elsa… Je suis désolé de t'avoir forcée à tout déballer ainsi, à te remémorer des moments difficiles.

— Il le fallait, non ?

— Toi qui as été la double victime de secrets de famille, je suis content qu'il n'y en ait plus entre nous. Car c'est le cas, n'est-ce pas ?

— Oui…

— Il y a un point que j'ai du mal à comprendre, c'est comment tu as pu laisser et comment tu laisses encore Camille aux mains d'une « mère » si nocive…

— C'est très simple : avec elle, elle ne l'est pas, nocive. Elle a choyé Camille sans doute autant qu'elle avait choyé Axel, d'un amour éperdu. Moi, je suis l'erreur de parcours, l'intruse de la famille, la mal-aimée.

— Mais en disparaissant ainsi, tu te prives aussi de ta fille.

— Elle ne sait pas que je suis sa mère. Pour elle, je suis une sœur absente, et j'ai souvent été distante… Parfois, j'ai eu le sentiment qu'on était sœurs, pour te dire à quel point j'ai paramétré mon cerveau. Mais au fond de moi, il manque quelque chose, évidemment. Et cette grossesse vient aussi me rappeler celle que j'ai vécue, même si rien n'est comparable : entre le test et l'accouchement, un mois à peine s'est écoulé, j'ai à peine eu le temps d'assimiler que j'étais enceinte que déjà il me fallait donner naissance. Je n'ai pas pu mûrir la question de la maternité, je n'ai pas eu le temps de me projeter comme mère et encore moins eu celui de le devenir. Tout m'a traversée, tout m'a échappé. Je n'ai pas perdu ma fille il y a un an, je l'ai perdue il y a dix-sept ans.

65

Je ne savais pas quoi dire. Je pensais juste : « On a perdu une fille tous les deux. » Je l'ai prise dans mes bras.

— Je t'aime.

C'est sorti comme ça. Dans une spontanéité fulgurante. Je ne sais pas pourquoi c'est arrivé à ce moment-là. Était-ce parce qu'elle avait déposé tous ses secrets à mes pieds, qu'elle s'était mise à nu comme jamais ? Je ne sais pas, mais en tout cas ce n'était pas un « je t'aime » de pitié ou de réconfort. C'en était un qui me brûlait la gorge depuis longtemps, mais qui n'avait jamais franchi mes lèvres parce que je l'avais réprimé. En fait, je le lui avais dit bien des fois, mais avec les yeux.

Elle m'a répondu dans un sourire. Je crois qu'elle n'était pas en état pour me le dire, elle. Mais elle n'avait pas besoin, je savais…

J'ai démarré la voiture, et on a plongé dans le silence de nos pensées. Je me repassais le film de son histoire et restais sans voix. Ce n'était pas des coups qu'elle avait reçus, mais ce n'était pas moins grave. Comment peut-on infliger ça à son enfant ? J'étais à la fois incrédule et en colère envers cette femme perverse qui avait démoli ma douce et tendre Elsa. Grâce à ses confidences, je comprenais enfin les raisons de sa disparition. Non seulement je comprenais, mais je cautionnais. Seul un vrai départ pouvait lui permettre de s'affranchir de son passé.

Et puis, tout à coup, elle a émis un petit cri de surprise.

— Il a bougé !!!

Un sourire incroyable a illuminé son visage. La vie était là, plus forte que tout, et la promesse d'un bonheur neuf avait pris la forme de vagues douces dans un ventre de femme. Je suis sûr que le bébé, à ce moment-là, s'est dit que c'était le bon moment pour se révéler et nous rassurer, comme pour nous dire : « Je vais bien, tout ira bien… » Après le malheur, la joie est encore meilleure. J'ai eu envie de sauter au cou d'Elsa, mais comme je conduisais… j'ai remis ça à plus tard.

Quelque temps après, j'ai pu sentir moi aussi les mouvements du bébé. C'était léger, et peut-être plus le fruit de mon imagination que la réalité, mais peu importait. Encore quelques semaines et il n'y aurait plus de doute possible. Encore quelques mois et je pourrais tenir dans mes bras ce bébé bonheur.

Un jour, quand je l'ai sentie prête, nous sommes revenus sur ce qu'elle m'avait dit après le rendez-vous chez le gynécologue. Quelques points m'échappaient, que je voulais éclaircir. Nous en avons donc parlé, une dernière fois. Elle m'a raconté la torture de son accouchement, la douleur de la distanciation avec la chair de sa chair, la violence des montées de lait, toutes les nuits où elle ne dormait pas et où elle pleurait, son ventre vide qu'elle abhorrait, le sentiment d'être souillée, la haine pour ses parents qui enflait dans son cœur, l'envie de partir, déjà. La seule chose qui la retenait alors, c'était l'impossibilité d'abandonner sa fille. Elle voulait la voir grandir, être sûre que tout irait bien pour elle. C'était beau et violent à la fois, comme un mal nécessaire.

Pour appuyer ses dires et me les rendre plus palpables, elle est allée chercher une petite boîte qui se trouvait dans le carton récupéré à Noël. Elle en a sorti des photos, et j'ai découvert en images le décor et les personnages principaux de son passé. J'ai enfin vu quelle petite fille était mon Elsa : fluette, au sourire empreint d'une étrange mélancolie. Elle m'a montré la fameuse photo d'Axel sur les genoux de sa mère. Et surtout, elle a fait défiler sous mes yeux émus des photos de Camille, bébé, petite fille puis jeune adolescente… Précieuses comme des photos volées, témoins de sa vie de spectatrice, hors du cadre. Sauf sur une photo. Une seule, qui m'a porté un coup au cœur : une petite fille dans les bras de sa maman. Elsa, dont la joie retenue sourd de son regard, qui contemple Camille avec un amour infini. Un regard qui ne pourrait tromper personne, bien plus fort encore que celui qu'elle avait lu dans les yeux de sa mère portant le petit Axel.

Sa « sœur » reste à ce jour le seul élément de son passé qui lui manque. Je ne sais pas quand ni comment, mais j'espère qu'un jour elle pourra la retrouver. Je ne le lui ai pas dit. Toujours dans un travail de deuil, elle n'est pas prête à l'entendre.

*

Et puis nous avons eu un nouveau rendez-vous avec notre bébé. L'heure était venue de savoir... Nous étions impatients !

— C'est un garçon ! a annoncé l'échographiste.

Nous étions tous les deux aux anges. On s'est embrassés comme des fous devant le médecin médusé.

Le bébé faisait des cabrioles. On aurait dit une démonstration de futur champion. Il était en pleine forme. On s'en doutait un peu : ses séances de gymnastique mettaient à mal les nuits de mon aimée.

Dans quatre mois, il serait là.

À partir de ce jour, ont commencé les grands chambardements à l'étage. J'ai retiré avec émotion les cadres des murs de la chambre de Chloé et ses vêtements de la commode. J'ai tout mis en carton sauf le nounours puis, avec Laurent, nous avons démonté les meubles et mis le mobilier de la chambre d'amis dans celle de Chloé.

Des acquéreurs sont venus récupérer l'ensemble des affaires de ma fille. Après trois ans de démarches éprouvantes, ils allaient enfin partir au bout du monde chercher leur fille adoptive. Leur histoire m'a touché, et comme je n'avais pas envie de me faire de l'argent dans ce contexte, je leur ai tout donné. J'ai pleuré en voyant la camionnette repartir, mais tout au fond de moi, j'ai eu le sentiment que je parachevais enfin mon travail de deuil.

Ensuite, j'ai repeint les murs de l'ancienne chambre d'Elsa dans les tons bleu pastel, taupe et blanc, à sa demande. On a monté et installé le nouveau mobilier, accroché quelques cadres, disposé quelques doudous… Deux mois avant la date annoncée de la naissance – date fatidique – tout était prêt. J'étais fier du rendu, et j'avais hâte que la vie habite et remplisse cette chambre ! J'étais même impatient qu'il y ait un peu de bazar, des vêtements qui traînent, des jouets en pagaille…

Elsa passait un temps fou à choisir des tenues pour notre petit bonhomme. Elle brodait aussi, pour s'occuper, et pour personnaliser la chambre du bébé. Son ventre s'arrondissait joliment, je ne me lassais pas de la regarder et de la prendre en photo.

Je crois n'avoir jamais été aussi heureux.

66

Le rendez-vous chez le gynécologue avait été un tournant dans ma grossesse, et même dans notre histoire. Ce jour-là, je me suis libérée de mon dernier fardeau. Le plus lourd, le plus honteux, le plus terrible. Après cela, je me suis sentie plus légère, vraiment apaisée. Il restait juste, quelque part dans ce ventre qui était l'objet de toutes nos attentions, l'ombre de Camille… Je le regardais grossir et je ne pouvais pas m'empêcher de repenser à ce moment sidérant où j'étais passée de « pas enceinte » à « enceinte de huit mois ». Il y a des mystères dans la biologie…

Là, tout était différent : je portais le bébé de l'homme que j'aimais.

Après avoir déroulé le drame de ma vie et l'avoir partagé avec François, je me suis plus investie encore dans nos projets et dans ma grossesse. Quand j'avais un peu le blues, il savait pourquoi, et il partageait mes élans du cœur et mes petits tourments. J'avais plus que jamais la sensation de vivre dans un cocon ici, douillet, protecteur. Je ne comprenais toujours pas la chance que j'avais eue d'atterrir ici, alors qu'au bout du monde je croyais ne trouver que des rochers et des cœurs bruts.

Mon François, c'est un peu un homard… Un peu dur, un peu pinçant au premier abord. Mais derrière la carapace, il y a une délicatesse subtile et insoupçonnée, goûteuse, qui ravit mon esprit.

Pour la première fois, j'aime et je suis aimée de la plus belle façon qui soit. Dans le respect, l'entraide, la douceur, et une complicité de l'esprit et des corps à nulle autre pareille. C'est merveilleux. Il me semble avoir gagné au loto de la vie, même si au fond de moi il y a encore une vilaine, néanmoins peu audible, voix qui me susurre : « Tu as triché, un jour tu paieras pour cette chance que tu ne méritais pas. » Je crois qu'il y aura toujours une part de moi qui se sentira un peu usurpatrice. Pourtant, je n'ai rien pris, rien volé. Quelqu'un a soigné mes blessures et m'a redonné goût à la vie. Le bonheur que j'éprouve, c'est François qui me l'a offert. Et ce bébé surprise aussi. Cette vie qui s'exprime par tressautements joyeux dans mon ventre nous anime et nous comble déjà.

François avait raison : ce bébé est une chance inouïe.

Nous l'attendons avec une impatience grandissante et un amour débordant.

Quand nous avons su que c'était un garçon, j'ai exulté. C'était le mieux pour nous, j'en étais sûre et rassurée. Je serai très heureuse, un jour, d'accueillir une petite fille, mais ce garçon, c'est une bénédiction. François s'est appliqué à lui faire une chambre magnifique. Moi, je fais un peu de point de croix et je rassemble de petits vêtements pour lui. Noémie vient souvent me voir. Nous sommes devenues proches et je ne pouvais pas rêver mieux à titre de belle-sœur.

Nous avons choisi son prénom, ce sera Malo. C'était important pour moi de rendre hommage à la Bretagne, ma terre d'accueil, mon ermitage. Et j'aime les sonorités douces de ce prénom masculin. François l'a adopté tout de suite. Il lui parle en caressant mon ventre et je crois que Malo lui répond. Son père sera un formidable papa.

Parfois, je repense au mien. Taiseux, absent, soumis, inexistant. Entre lui et ceux qui l'ont suivi dans ma vie d'adolescente et de jeune femme, je n'ai pas eu une image très positive des hommes. Mais François est arrivé et a redoré le blason masculin. Il avait raison, j'étais juste « mal tombée ».

La grossesse s'est poursuivie tranquillement, au rythme des rendez-vous médicaux et des séances de préparation à l'accouchement. L'occasion de découvrir comment cela se passe, normalement, dans une maternité. Il y a des femmes qui font le choix d'accoucher à la maison, dans la douleur. Elles sont quand même assistées par une sage-femme, et tout est prévu en cas de complication. Moi, j'avais vécu un accouchement digne d'une mise bas. J'avais enduré un martyre, j'aurais pu y laisser la vie.

Là, je souhaitais que tout soit différent, doux, et si possible sans douleur. Comme pour annuler ma triste expérience. Ce serait hypermédicalisé, mais tant pis. J'ai connu le pire, je veux le meilleur… de l'esprit et de la sécurité. Avec François à mes côtés, mon bonheur serait parfait.

*

Le grand moment est arrivé. J'ai perdu les eaux en pleine nuit. Nous avons quitté la maison à deux, et sommes partis vers Brest pleins d'émotion, à l'idée que nous reviendrions à trois… Les contractions se rapprochaient, mais j'étais étonnamment calme.

Le travail s'est accéléré, on m'a vite administré la péridurale. Un bien-être total a inondé mon corps ; je n'étais plus que sérénité. C'était merveilleux.

François me tenait la main, m'embrassait, me remerciait… Il était au comble de la joie. Cette naissance, quoi qu'on veuille en penser, était une réparation pour tous les deux. Plus que ça : le point d'orgue de notre résilience.

La sage-femme était parfaite, douce et pédagogue. Il a fallu pousser. Je crois que j'ai mis toute ma force, toute ma rage, tout ce que j'avais en moi dans l'expulsion du bébé. Avec son arrivée, c'était le passé qui s'effaçait. Il n'y avait plus que l'avenir.

Malo était dans mes bras, contre ma peau, beau comme l'amour de ses parents. François ne cessait de me remercier. Nous pleurions tous les deux de bonheur.

Malo a très vite trouvé comment téter. J'ai repensé alors à tout ce dont j'avais été privée il y a dix-sept ans, et je me suis sentie euphorique, reconnaissante, bienheureuse à l'idée de pouvoir enfin être mère.

Cette fois, la vie avait gagné.

67

Quand j'ai découvert notre fils, que je l'ai regardé blotti contre mon Elsa, puis que je l'ai pris dans mes bras pour la première fois, le bonheur m'a explosé à la figure, comme une vague de douceur d'une force inouïe. Je n'en revenais pas. C'était évidemment le plus beau des bébés… comme ils le sont tous pour leurs parents. J'étais fou de joie et fou d'amour, pour lui, pour elle qui lui a donné la vie. Je l'ai embrassée, remerciée… tant de fois que je ne peux les compter. Elle était belle malgré l'épuisement, avec son regard ému. J'ai pensé à ce qu'elle devait se dire, même si la profondeur m'échappait sans doute ; il y a dix-sept ans, elle avait donné la vie… c'était à la fois la même chose, et pas du tout pareil. Et heureusement.

La naissance de Malo s'est superbement passée, sans violence et sans cris, dans une douceur étonnante. J'étais soulagé qu'elle se passe selon les souhaits d'Elsa, exact contraire de ce qu'elle avait vécu.

Je n'ai pas réussi à rentrer à la maison durant les trois jours où Elsa et Malo sont restés à la maternité. Je ne pouvais me résoudre à les laisser. Je ne me voyais pas rentrer et me retrouver seul dans la maison, sans eux. Tant pis pour le centre. Patrick et Fiona ont géré comme des chefs. De toute façon, en ces derniers jours d'août, c'était le calme plat avant la reprise. On a installé à mon intention un lit d'appoint et on est restés tous les trois dans cette chambre-cocon. On avait chacun besoin des deux autres, j'en suis sûr. Avec Elsa, on ne se lassait pas de regarder notre petite merveille. J'étais aussi très soucieux d'elle, je cherchais à lui épargner certaines des tâches inhérentes aux soins d'un nouveau-né. À vrai dire, je m'attendais au baby blues, je le craignais, même. J'avais très peur d'une réapparition de symptômes dépressifs. Les jours qui ont suivi m'ont donné tort : Elsa est restée égale à elle-même et n'est pas retournée visiter ses vieux démons. Je l'ai rapidement sentie tournée vers l'avenir et optimiste. Seule une ombre passait parfois devant ses yeux. L'ombre de Camille qui ternissait l'éclat de son regard. Chaque fois, j'éprouvais un pincement au cœur comme si je vivais la même chose qu'elle. J'avais alors l'impression d'être son âme jumelle.

Pour moi, tout était différent. Je n'avais pas eu la force de prendre Chloé dans mes bras ni de poser avec Sandrine sur la photo proposée par l'hôpital pour garder un souvenir et nous aider à faire notre deuil… Elle était mort-née et mon deuil justement avait alors une forme de rejet et de refus. J'avais tellement mal… Là, je pouvais m'occuper de Malo, lui donner son bain, le changer, le prendre dans mes bras, le contempler tétant le sein de sa maman. Rien à voir avec le vide. Pas de comparaison possible.

Je me doute qu'Elsa a des flashes, des bribes de

souvenirs qui lui reviennent, des images de Camille bébé dans d'autres bras que les siens. Parfois je me demande comment elle a eu la force de résister à l'appel de son ventre, à l'envie d'en finir avec cette situation, ou tout court.

*

On est rentrés tous les trois à la maison. Elsa a déposé Malo dans mes bras avant que nous pénétrions dans sa chambre. Elle connaît mes failles et me devine dans mes envies. Elle sait à quel point franchir la porte d'une chambre de bébé avec un enfant vivant était encore inespéré il y a un an pour moi. Cette fois, la vie entrait et allait s'installer là, avec tonus et babillages en suppléments divins.

On a couché le petit Malo dans son lit et on l'a contemplé pendant de longues minutes. J'ai pris Elsa dans mes bras et l'ai embrassée avec une douceur qui a viré à la fougue. Même mère, avec les traits tirés, elle est la même pour moi, la femme que je désire toujours. Ce ne sont pas juste des mots pour faire bien, hein.

Les premières nuits ont été un peu difficiles. Je tendais l'oreille, attentif au Babyphone, prêt à bondir pour aller voir mon petit bout et l'amener à Elsa pour une tétée nocturne. Pour ces choses-là, je ne pouvais pas faire plus. Je ne me lassais pas de regarder mes deux amours, je découvrais la douceur maternelle d'Elsa, tout en délicatesse et renversante pour un cœur prêt à chavirer comme le mien. Je n'en revenais pas de ce spectacle imprévu. Si je me projetais dix-huit mois en arrière, je me revoyais traînant ma peine un peu acide, ma solitude assumée mais subie, perdu dans la peur de l'engagement et la souffrance de la perte, dans un refus de l'amour, comme une protection un peu vaine. L'amour, c'est… tout. Je l'ai sous les yeux, il a la forme d'une femme totalement aimée qui tient dans ses bras le fruit de notre passion. Je suis fou d'elle et fou de lui. À cet instant, je crois que je mourrais de les perdre. Il faut juste ne pas penser à ce qui pourrait les faire disparaître de ma vie – accident, maladie… – pour le reste, je ne suis pas inquiet. Je sais que, dans la vie, on ne choisit pas ce qui arrive, on est forcé d'accepter ce qu'elle nous donne. Je ne peux pas m'empêcher de me dire qu'Elsa et moi, Elsa surtout, nous avons suffisamment payé, et que le meilleur est à venir. Qu'il commence maintenant. Je veux profiter de chaque seconde qu'il m'est donné de vivre à leurs côtés. Tout en souhaitant qu'elles durent des décennies. Je voudrais voir Elsa vieillir et qu'on soit un jour deux petits vieux au coin du feu. Avec, pas très loin, des Malouins et des Malouines à la riche descendance. Si elle savait, mon Elsa, tout ce à quoi je pense et rêve quand je la regarde, ma petite perle d'huître… Si elle savait comme je l'aime…

Je crois que je ne lui ai pas encore assez dit.

68

L'automne a succédé à l'été, devenu indien.

Tout est parfait, presque trop beau pour être vrai. Depuis la naissance de Malo, mon ciel intérieur est bleu azur, profond et franc, vif. Comme les yeux de mon bébé rieur. Mon soleil intérieur me réchauffe, mais demeure un léger voile qui ternit la puissance de ses rayons. Un voile qui s'appelle Camille. Mon bonheur serait total et entier si elle n'était pas là pour me dire que je ne peux pas être heureuse sans elle. Il manquera toujours quelque chose. Comme un œil à un borgne ou un bras à un manchot. J'ai été amputée d'un bout de moi, et c'est comme un membre fantôme qui se fait sentir, même quand il n'est plus. La chose m'est plus visible encore depuis que je suis (re) devenue mère. Tant d'éléments me renvoient vers le passé malgré moi. Quand les sourires de Malo sont de doux cadeaux, ceux de Camille avaient le tranchant des lames de rasoir, mais ils ont en commun d'être le sourire de bébés sortis de mon ventre.

François est un amour de papa, et un amour tout court, le mien… Entre nous, pas de *baby clash*, juste de douces émotions à foison. Nous sommes chaque jour plus complices, plus amoureux je crois. Nous nous comprenons d'un regard ou d'un effleurement. Il est parfois plus bavard avec ses yeux qu'en mots d'amour, mais je sais… Il m'aime comme je suis, même quand je trébuche, même quand je m'assombris. Il me comprend et me soutient, et me désire autant et même plus qu'avant, et moi aussi. Il est ma canne, mon rocher, mon tout.

Ici, j'ai échoué ; ici, j'ai déblayé ; ici, j'ai reconstruit. Ici est ma vie. Comment ai-je pu penser pouvoir partir ?

De l'ailleurs, à l'est, rien ne me manque, sauf ma Camille. Ma sœur, ma fille, ma chair. Comme une jolie pousse perdue dans un désert infertile, elle est la vie qui perdure de mon passé en friche. Si tout va bien, elle est en terminale. Dans quelques mois, elle aura dix-huit ans. J'en frissonne. Elle a un petit frère et elle n'en sait rien. Le saura-t-elle un jour ?

De tout ça, je ne parle pas. François n'a pas besoin de mes mots pour savoir. Il a l'intelligence du cœur.

*

L'autre jour, je l'ai trouvé étendu sur le lit avec Malo allongé sur lui, tous les deux en train de dormir. Un tableau attendrissant que j'ai immortalisé avec l'appareil photo. Je continue à prendre des clichés de paysages au rythme de balades avec Malo dans son porte-bébé et bien emmitouflé, mais mon nouveau sujet de prédilection, c'est lui, mon fils. Je ne me lasse pas de le photographier pour saisir une expression jolie ou insolite, un détail en noir et blanc, un sourire édenté, un petit pied à croquer, des doigts miniatures… François est fan de mes photos, et Noémie aussi. C'est une tata adorable et présente pour notre petit. Leur père est devenu un grand-père gaga, et lui et moi sommes à présent presque des « amis ». Il ne lui viendrait plus à l'esprit de me considérer comme une étrangère. Un troisième petit-fils pour perpétuer son nom, voilà qui le ravit plus que tout. À présent, je fais partie de la famille, et je me sens bretonne chaque jour un peu plus.

Nous préparons Noël et la magie opère déjà. Un an après avoir appris que nous allions être parents, c'est une grande joie de se projeter dans cette fête avec notre petit bout qui babille et met de la vie dans notre maison.

Il y a un an, j'ai retrouvé ma véritable identité. Pour tous, je suis restée Elsa, et peu importe que ça ne concorde pas avec mes papiers. Au fond, je me sens Elsa aussi, avec un zeste d'Axelle. S'il n'y avait eu Axel et Camille, Axelle serait bel et bien morte. Mais ils sont là dans mon cœur, et je ne les abandonnerai jamais. De loin, je pense à eux. Ils sont en moi, Camille surtout. Et pour toujours…

*

Au pied du sapin, les cadeaux attendent petits et grands de la famille Druont. C'est l'effervescence et la liesse autour des enfants. Malo ne comprend pas tout, mais ses yeux s'écarquillent d'émerveillement devant les lumières qui clignotent. Le dernier-né de la famille est l'objet de toutes les attentions. Bien sûr, il est gâté, trop même… Il faudra veiller à ce que ça ne devienne pas une habitude, mais c'est si agréable de sentir cet engouement familial. Tout à coup, oui, je sens que je me suis créé une nouvelle famille. Elle m'est déjà chère. Il manque une belle-mère, et je me dis qu'elle doit manquer à ses enfants, mais l'unité familiale est là, autour de la jeune génération.

Moi aussi je suis gâtée par tout le monde. Il m'est étrange de constater que j'ai une place naturellement ici, que je suis appréciée et estimée, qu'on me valorise et me témoigne de la gentillesse… des petites choses, des détails insignifiants qui émeuvent la mal-aimée que j'ai été dans ma propre famille. Une seconde, je vole vers l'est rejoindre ma Camille. Deuxième Noël sans elle. La dernière fois, elle avait quinze ans, je lui avais offert un collier avec un pendentif en jade. Je me demande si elle l'a toujours, si elle pense à moi ce soir, ou si elle m'a oubliée. Si c'était le cas, je comprendrais…

Il reste un tout petit paquet au pied du sapin. François me dit que c'est pour moi. Il m'a déjà offert un très beau cadre pour y glisser l'agrandissement d'une photo que j'ai faite. C'est un petit cube. Je n'ose imaginer ce que ça peut être… J'en tremble, sous les regards intrigués et faussement détachés du reste de la famille. Dans la boîte, une bague. Simple, mais très jolie. François est là, tout près de moi. Il me regarde, les yeux brillants.

— Je ne vais pas me mettre à genoux, et surtout je te laisse tout le temps d'y réfléchir…, mais sache que je serais très heureux que tu deviennes ma femme.

Alors que je m'apprête à lui répondre, il pose son index sur mes lèvres avec un « chut… » afin que je garde encore enfouis mon étonnement, mes questions, ma réponse, enfin tout. Il voulait juste me faire sa demande.

J'en suis toute retournée. Surtout comme ça, en public. Les autres font semblant de n'avoir rien vu.

Plus tard quand je serai couchée, je repenserai à ce drôle de cadeau de Noël. Je ne m'y attendais tellement pas… La manière et les circonstances sont un peu étranges, mais c'est tout à fait François : un peu de maladresse et beaucoup d'amour, quelques contradictions évanouies en quelques mois. Une peur bleue de l'attachement et de l'engagement, et pour finir il me fait sa demande en mariage alors que jamais nous n'en avons parlé. Mon étonnement me conduira forcément à creuser le sujet avant de donner ma réponse. Car, en fait, à l'heure qu'il est, je ne sais quoi répondre.

Avons-nous « besoin » de nous marier ?

69

Elle regarde la photo avec incrédulité. C'est un peu comme une claque virtuelle. Ce n'est pas que je veuille lui faire du mal, c'est que j'ai bien réfléchi à tout ça.

On est au restaurant. J'ai voulu fêter dignement les deux ans de notre rencontre, et je l'ai invitée dans une brasserie gastronomique que j'aime beaucoup. Notre rencontre… au pied d'un rocher. Une rencontre dissymétrique, à sens unique : je l'ai vue, mais pas elle. Elle ne m'a vu que le lendemain. Deux ans après, je suis encore surpris, touché, émerveillé par cet instant insensé où j'ai dégagé ses cheveux de son visage et où je l'ai découverte. Elle avait l'air d'une naufragée. Maintenant, elle est ma compagne de vie, la mère de mon fils, ma future femme. Deux ans, c'est peu, mais c'est tellement ! Pas seulement pour moi.

— Où as-tu trouvé cette photo ? me demande-t-elle, troublée et tendue.

— Sur Facebook.

Elle m'interroge du regard. Alors je lui dis qu'il y a quelques semaines, j'ai entrepris des recherches, que depuis je la suis sur le réseau social. Camille Vasseur de l'Auvergne, je n'ai pas eu de mal à trouver. Et en plus, son profil est public, j'ai accès à tout. Et puis cette photo, ce n'est pas n'importe laquelle.

— Elle l'a publiée il y a trois jours.

— Ah…

Elle ne semble pas faire le lien. Je continue :

— Avec un message. Un message pour toi.

Je sens Elsa au comble de l'agitation intérieure. Le moment que j'ai choisi pourrait paraître inadéquat, et pourtant il est d'une logique implacable : deux ans que nous nous connaissons, deux ans et trois jours qu'elle a quitté les siens… C'est aujourd'hui que je veux lui dire quelque chose. Parce que c'est symbolique, parce que ça bouclerait peut-être la boucle. Et tant pis pour le dîner romantique… on le remettra à plus tard. Ce soir, je suis sérieux.

— Comment ça, *un message pour moi* ?

Je reprends la feuille et je lis les mots que j'ai griffonnés au dos et qui reprennent textuellement le contenu de la publication.

— « Deux ans déjà que ma sœur nous a quittés. Je n'arrive toujours pas à croire qu'elle puisse ne jamais revenir. Axelle, si tu as ce message… »

Les phrases pas finies, c'est de famille, on dirait. Elsa a les yeux dans le vague.

— Elsa, il est temps…

— Je ne retournerai pas là-bas.

— Ce n'est pas ce à quoi je pensais.

— Que voulais-tu dire, alors ?

— Tu dois lui dire la vérité.

Elle s'étouffe presque de stupeur.

— C'est impossible.

— Je ne le crois pas. Et puis tu n'as rien à perdre.

— Si… je peux perdre l'estime lointaine de ma sœur.

— C'est une fausse excuse. À quoi bon avoir son estime, si elle ignore le principal ?

— Et elle, tu y penses ? Ce serait horrible d'apprendre ça des années plus tard…

— Elle va avoir dix-huit ans cet été. C'est un cap qui a mis fin à bien des secrets de famille. Elsa… tu as toi-même été victime d'un secret de famille, tu ne voudrais quand même pas que ta fille ignore tout de ses origines et de la vérité ? Tu ne voudrais pas qu'un jour elle la découvre d'elle-même, par hasard ?

— C'est impossible.

— Elsa, tant qu'il reste quelqu'un en vie qui sait, ce n'est pas impossible. Tu ne peux pas ne pas envisager qu'un jour ton père parle à ta sœur… ne serait-ce que parce que ta mère décédera peut-être avant, et qu'alors il pourra libérer le secret… Camille mérite la vérité. Tu la lui dois. Sans compter que, tant qu'elle ne saura pas, tu ne seras jamais heureuse.

— Tu te trompes, je suis heureuse.

— Oui, tu l'es… mais il te manque quelque chose. Je ne suis pas aveugle, Elsa, je te connais. Je vois les choses. Tu as tout, ici, pour être heureuse, et je suis fier d'y avoir contribué, mais… il te manque quelque chose, et ce quelque chose te manquera toujours, et tu le sais. Parce que c'est inscrit là… et là…

Je montre son cœur et son ventre. « C'est viscéral, et c'est normal. »

Elle soupire. Ma clairvoyance lui fait mal. Elle regarde la photo, et un sourire léger comme un fil de soie se dessine sur ses lèvres. Deux ans sans nouvelles, et tout à coup le visage aimé qui resurgit, plus mûr sans doute. Camille est très jolie. Il y a dans son regard une force de caractère. C'est ce qui m'a frappé en premier lieu quand je l'ai découverte. Elle a les yeux de sa maman. Pauvre enfant… qui ignore tout des circonstances de sa naissance et qui prend ses grands-parents pour ses parents. Il y a eu un saut de génération et, pour moi, il est temps de rétablir la vérité et de combler le vide béant creusé par le silence du secret. Je voudrais tellement qu'Elsa trouve le courage et la force d'imposer la loi du vrai sur le règne du faux et du mensonge. Il m'est arrivé de me dire que si elle ne le faisait pas, je le ferais… mais pour ça, j'attendrai.

— Elsa, ne me dis pas que tu n'y as jamais pensé…

— Ça m'est arrivé, oui, après un rêve, mais jamais comme quelque chose de possible. C'est vrai, je rêve de temps en temps que je me trouve en face de Camille et que je lui dis : « Je suis ta mère. » On croirait un mauvais mélodrame…

— Ce que tu as vécu est dramatique. Ne transforme pas les faits en caricature. Elsa, tu dois rétablir la vérité.

— Et tu me proposes quoi ? Tu me vois aller chez mes parents et tout déballer ?!

— Non, non… évidemment.

— Je ne mettrai plus les pieds chez eux.

— Je sais… Mais tu pourrais lui écrire, ou lui donner rendez-vous. Elle t'attend, Elsa.

— Elle attend sa sœur ! Elle n'attend pas une mère ni la vérité ! Sa vérité, elle l'a. À quoi bon bouleverser sa vie ? François…

Je lui prends la main.

— Promets-moi juste d'y réfléchir. Penses-y, je suis sûr que tu trouveras le moment et le moyen qui seront les bons. Il te faut du temps pour mûrir ce projet, mais je suis sûr que ça en vaut la peine.

— Et si elle me rejette ?

— C'est une possibilité, surtout à chaud…, mais ensuite elle prendra le temps de réfléchir. Vous êtes toutes les deux des victimes. La coupable, ça n'est pas toi.

— Et comment pourra-t-elle envisager la suite ? Tu te doutes bien que, quand elle saura la vérité, elle sautera à la gorge de ma mère…

— Elsa, ta mère ne sera plus rien, alors. Sa mère, c'est toi. Sa maison, c'est la tienne.

Les yeux de ma douce s'embuent un peu plus. J'acquiesce à sa question muette.

— Camille pourra venir vivre avec nous si elle le souhaite. J'ai très envie de la rencontrer, tu sais.

— Mais pourquoi ? dit-elle en s'effondrant en sanglots.

— Parce que c'est ta fille. Parce que je t'aime. Parce que ce qui compte et qui t'est cher compte et m'est cher…

Elle tombe dans mes bras et pleure. Ça fait scène de mélo, au resto, mais je m'en fiche. Ce n'est pas du cinéma, mais c'est vrai qu'il y aurait matière à scénario avec la vie de celle que j'ai rencontrée au pied d'un rocher.

70

Nous sommes le 17 août. Il y a dix-huit ans, je donnais naissance à ma sœur. C'est ce qu'est devenue ma fille, par la force des choses, par la manipulation perverse de celle qui m'a mise au monde.

Cela fait des semaines, des mois que je m'interroge et lutte, après ce que François m'a dit au restaurant. Depuis, je me suis refusée à aller sur Facebook pour découvrir la vie de ma fille. Ça me fait trop mal. Mais une chose est sûre : François a raison. Mon bonheur serait entier sans ce caillou dans ma chaussure, ce petit truc qui me gêne et qui n'est pas un détail : quelque part j'ai un enfant que j'ai dû abandonner, et qui ne sait même pas que j'existe en tant que mère. Et cette idée me creuse le ventre et assombrit mon ciel intérieur quand ne devrait régner qu'un soleil radieux.

Nous sommes le 17 août et ma fille a dix-huit ans. Elle est majeure, elle peut décider… et surtout elle est assez grande pour savoir et pour comprendre.

Nous sommes le 17 août, et je m'apprête à sauter dans le vide. D'un clic.

Il y a un mois, François a mis un Post-it sur son

ordinateur : camilleV@..., avec un numéro de portable, sans rien d'autre, sans un mot. Un genre de message subliminal qui voulait dire en substance : « Quand tu seras prête, tu choisiras ton mode de communication... » Je me suis demandé comment il avait obtenu ces informations. Je me doute qu'il a dû entrer en communication directe avec Camille, mais j'avais trop peur de savoir ce qu'ils s'étaient dit, et les réseaux sociaux ce n'est franchement pas mon truc. Je leur ai laissé leur jardin commun, je n'ai rien dit. La suite m'appartient, c'est à moi d'avancer, de faire un pas de plus vers ce moment que je redoute plus que tout. En même temps, à mesure que les jours passent, grandit en moi le besoin de faire éclore la vérité. De la faire éclater au grand jour.

J'ai commencé mille brouillons d'une lettre. Je les ai retouchés, tronqués, réécrits, relus des dizaines de fois... Je voulais tourner cela au mieux, mais je m'acharnais tous les jours un peu plus jusqu'à me torturer et vouloir renoncer. Le choix des bons mots et de la bonne tournure me tourmentait. À force de reprendre mon texte, j'en perdais le fil... Pour finir, j'ai tout jeté. J'ai laissé mon esprit se reposer et tenter de trouver la paix, et j'ai décidé que ce que mes doigts pianoteraient sur le clavier serait mon texte final. Un jet spontané, brut, au plus près de la vérité de mon cœur, sans entraves, sans recul, vif comme l'éclair, comme l'envie d'en finir avec le poids du passé. Une envie de lui régler son compte.

C'est pourquoi, aujourd'hui 17 août, je suis attablée dans le bureau de François, au calme. Malo dort dans sa chambre, je viens de le coucher. J'ai deux heures devant moi. Cette fois, plus de larmes. Il ne reste que la détermination. Je ne sais pas si, ni où, ni quand, ni comment je retrouverai ma fille… mais elle saura. Et c'est tout ce qui compte à présent. La vérité sera rétablie.

Le 17 août 2014

Ma très chère Camille,

Aujourd'hui, tu as dix-huit ans.

Tu ne peux imaginer combien je suis émue…

Disparaître n'a pas été une décision facile à prendre, crois-moi, mais c'était nécessaire. Vital, je dirais même. La seule chose qui me retenait, c'était toi. Je ne voulais pas te perdre ni te quitter. Si tu savais…

Tu es presque une adulte, tu es en âge et en droit de savoir la vérité, et je vais te la dire. Elle est laide et je m'en veux déjà de te l'imposer. Mais je te la dois… aussi, pardonne-moi.

Ton histoire commence avant la mienne, alors je vais essayer de te la raconter aussi simplement et brièvement que possible. Si je devais résumer la situation, je dirais que toi et moi sommes les victimes d'une famille dysfonctionnelle dont les tabous sont devenus des secrets et dont les places ont été attribuées au jeu des chaises musicales… Je suis partie parce qu'il n'y avait plus de place pour moi dans cette famille, en fait je n'en ai jamais vraiment eu. J'ai été un « entre-deux », un trait d'union qui a sauté quand il est devenu inutile et encombrant. Et toi, ma belle Camille, tu as été mise à un rang qui n'était pas le tien.

Nous avons eu un frère, toi et moi… enfin, surtout moi, encore que je ne l'aie pas plus connu que toi. Il s'appelait Axel et il est décédé à deux ans, sous les roues du tracteur de papa. Nos parents ne s'en sont jamais remis, et ont décidé de tout faire pour «oublier». Maman n'a jamais pu pardonner à papa sa faute et lui voue depuis une haine silencieuse qui explique la distance entre eux. Personne dans la famille n'avait le droit d'en parler. C'était comme s'il n'avait jamais existé. Je suis née un an après sa mort, et maman a eu la riche idée de m'appeler Axel-le, comme une sorte d'hommage à son fils disparu. Elle m'a élevée comme un garçon et m'a donné pour mission de remplacer ce fils chéri. J'ai toujours été niée dans mon identité, comme si ma vie n'était pas la mienne. Bien sûr, on m'a caché l'existence d'Axel. Je te passe les détails mais, petit à petit, j'ai senti quelque chose de tacite, le poids du silence.

Un jour, j'ai su la vérité. J'en ai beaucoup voulu à mes parents de m'avoir caché l'existence d'Axel et d'avoir voulu le faire vivre à travers moi. Je me suis révoltée. J'avais treize ans, j'étais déjà adolescente, et j'ai un peu fait n'importe quoi.

À seize ans, je suis tombée enceinte et tu es née. Ma mère – la mienne, seulement – t'a prise, t'a attribué un prénom, t'a donné le biberon… et depuis ce jour a fait croire à tout le monde que tu étais SA fille. Papa a joué le jeu… mais il n'est pas plus ton père qu'elle n'est ta mère.

JE suis ta mère. Depuis le jour où je t'ai donné la vie dans ce huis clos infernal, je t'ai aimée en secret, toi, la fille qu'on ne m'a pas donné le droit d'avoir et que j'avais à peine le droit de toucher.

Ta grand-mère a tout fait pour m'éloigner de la maison. Du jour où tu es née, je n'ai plus été sa fille. J'ai été celle qui lui avait permis d'être mère à nouveau, et c'est tout. Elle m'a anéantie.

À dix-huit ans, je suis partie faire mes études à Lyon. Je veillais sur toi de loin, je m'assurais qu'elle ne reproduisait pas avec toi les mêmes erreurs qu'avec moi. J'ai vu qu'elle te laissait être une fille, et ça m'a rassurée. J'ai vu qu'elle t'aimait plus qu'elle ne m'avait jamais aimée, et ça m'a horrifiée, mais rassurée… pour toi.

À mesure que tu grandissais, je m'éloignais de plus en plus, mais toujours au fond de moi, tous les jours, je pensais à ma petite fleur d'Auvergne.

Un jour, il y a un petit garçon qui est mort dans mon service. Ce n'était pas le premier, mais c'était celui qui ne devait pas mourir – je m'étais attachée à lui plus que de raison… comme une sœur et une mère en deuil. Alors j'ai implosé et décidé de partir. Manuella, une amie, m'a aidée dans les préparatifs, et je me suis enfuie.

À ce moment-là, mon mal-être était tel que c'était partir ou mourir.

J'ai pris le train, j'ai même dormi dehors une nuit. J'avais prévu d'aller vers la Bretagne, le plus loin possible, donc jusqu'au Finistère. J'ai fait du stop jusqu'à une plage de la région, et je me suis posée là, un début de matinée, au pied d'un rocher.

Un homme m'a recueillie chez lui. J'aurais pu tomber sur un monstre, mais il s'est montré accueil-

lant et gentil. C'est grâce à lui que je m'en suis sortie. Tu le connais un peu, je crois. Il s'appelle François. Il tient un centre équestre. Nous sommes tombés amoureux, nous avons eu un enfant et nous allons nous marier…

Pendant plus de trente ans, j'ai été malheureuse… Depuis deux ans, je connais le goût du bonheur. Dedans, il y a la fraîcheur des embruns, le galop des chevaux, l'amour d'un homme et les rires de mon fils. J'ai tout, pourrait-on croire, moi qui n'avais rien. C'était inespéré, car je suis arrivée ici à moitié détruite, en pièces détachées, farouche, sans identité, avec l'envie rageuse d'oublier mon passé…

Mais… il y a Toi… Toi qui es restée là-bas et que je ne peux et ne veux oublier. J'ai essayé, parce que je ne me donnais pas le choix : je ne voulais ni revenir, ni t'importuner. Mais quand je suis tombée enceinte et devenue maman une seconde fois, l'évidence du manque de toi m'a envahie tout entière. Je me suis sentie comme amputée d'un membre, comme boiteuse. Ici, j'ai tout pour être heureuse, presque tout en fait. Il manque Toi. Tu comprendras, quand tu attendras un enfant et que tu deviendras mère à ton tour, la force de cet instinct qui dépasse tout, le sentiment d'amour qui prend racine au fond du ventre.

Toutes ces années où je t'ai vue grandir en pointillés sont des années perdues à jamais, et pourtant j'ai connu le bonheur de te voir évoluer sous mes yeux lointains. Il me reste mille souvenirs.

Je me rappelle la première fois qu'on m'a autori-

sée à te prendre dans mes bras. Tu n'avais que quelques jours. Mon cœur se serrait et mon ventre se tordait de douleur, mais tu me souriais comme si tu savais au fond de toi que j'étais ta vraie maman. Tes petits doigts s'agrippaient à mon chemisier et tu tétais ton poing avec un air bienheureux. Ce souvenir-là est à la fois le plus beau et le plus douloureux pour moi. J'ai aimé autant que détesté, toute ma vie, me rappeler ce tendre moment. Il me renvoyait à ma condition de mère interdite.

Tous les matins et tous les soirs, quand je me trouvais chez mes parents, je me glissais dans ta chambre pour te contempler en train de dormir – je profitais de la traite des vaches. Tu étais si belle et j'étais si fière... J'ai rêvé de t'enlever, parfois. Mais qui m'aurait crue ? Je me sentais illégitime et si fragile.

Je cherchais chaque occasion d'être avec toi ; tous les prétextes étaient bons. Si je me faisais douce, serviable et soumise auprès de ma mère, ce n'était que pour augmenter les chances d'obtenir l'autorisation de m'occuper un peu de toi. Si j'étais une « bonne » sœur, ma mère était d'accord. Je me suis conformée à ses volontés pour être le plus possible en ta présence. Combien de fois j'ai failli te glisser à l'oreille « c'est moi, ta maman »... J'aurais tant aimé que tu le devines sans être coupable de te l'avoir dit.

Quand tu as eu deux ans, je suis partie à Lyon. Cela a été un déchirement. Il m'est arrivé de faire la route un jour de semaine juste pour avoir la joie de t'apercevoir dans la cour de ton école, pendant la récréation. Pour que tu ne me voies pas, je me cachais derrière un arbre sur le trottoir, et je t'observais en cachette, à travers le grillage qui me semblait comme les barreaux d'une prison. Je te regardais jouer avec tes camarades, courir, rire… Si tu tombais, je réprimais un cri et l'envie d'accourir pour te rassurer et te soigner. J'aurais voulu sécher toutes tes larmes.

Combien de fois ai-je rêvé, et rêve encore, de crier à la terre entière : « C'est MA fille, vous entendez ? »

Je me souviens aussi de chacun de tes anniversaires et de tous tes Noëls, de chaque cadeau que je t'ai fait en économisant le peu d'argent de poche que je recevais. Là, je pouvais te gâter à loisir, et mon plus grand bonheur était de te voir déballer mes cadeaux avec un sourire aussi pétillant que tes yeux. Je crois ne t'avoir jamais fait plus plaisir que le jour où je t'ai offert le chaton dont tu rêvais… ton Diego, le complice de tous les jours qui ont suivi – j'espère qu'il se porte bien.

Quand tu es entrée au collège, j'étais inquiète. Les week-ends où j'étais là, en cachette, parce que ce n'était pas le rôle d'une sœur, j'ouvrais ton cartable et je lisais tes cahiers. Je découvrais avec délices tes bonnes notes, les devoirs à faire et tout ce que tu apprenais ; et il me plaisait ensuite de t'imaginer en classe sur ton évaluation d'histoire… Quand tu as passé le brevet et que tu l'as obtenu avec mention, j'étais tellement fière ! Et rassurée… Quand je suis partie, je savais que tu étais bien lancée dans les études. J'avais confiance en ton avenir.

Comme une grande sœur, je souhaitais être complice de ton intérêt grandissant pour les garçons, et te mettre un peu en garde, aussi. J'aimais être celle de la famille à qui tu te confiais. Quand tu as eu ton premier amoureux, j'étais à la fois heureuse et soucieuse pour toi. Je craignais pour ton petit cœur fragile. Il l'était bien moins que le mien, et ta force de caractère transparaissait déjà. J'étais rassurée.

Je me souviens de la dernière fois que je t'ai vue. Je ne savais alors pas que ce serait la dernière. C'était un dimanche, j'allais rentrer sur Lyon. Tu étais dans la cour de la ferme avec Diego dans les bras, et tu lui faisais me dire au revoir en agitant une de ses pattes avant. Ton sourire lumineux est resté accroché dans ma mémoire et l'est encore aujourd'hui. C'est la dernière image que j'ai de toi. Elle me plaît…

Et puis je suis partie. Avec presque rien, mais avec ces souvenirs, et toi dans mon cœur, à jamais. J'étais persuadée que je ne te reverrais plus.

Ici j'ai fait la paix avec mon passé. J'ai pu panser mes blessures. Mon passé est comme il est, les cicatrices en sont témoins. J'accepte ce qui a été. Je rêve de ce qui pourrait être…

J'aimerais te retrouver, mais pas là-bas… On m'a volé ma fille, je ne pourrais jamais pardonner ces années perdues, mais peut-être est-il possible…

Tu as perdu une sœur, tu as émis le souhait de la retrouver. Je ne peux pas te la rendre, mais je peux t'offrir une mère. Elle t'aime depuis dix-huit ans dans un silence assourdissant. Elle rêve d'un jour où tu arriverais au coin de sa maison… et d'un autre jour où tu pourrais lui dire « maman ». Elle rêve de te présenter l'amour de sa vie et son fils, qui est aussi ton frère.

Et si tout cela est trop, trop difficile à admettre, trop difficile à réaliser, ta maman aura quand même eu le bonheur de se révéler à toi et d'en finir avec le poids des secrets. Si tu as trouvé cette lettre trop longue et décousue, je m'en excuse d'avance…

Pardonne-moi pour tout ça… Un jour, tu comprendras.

Ta maman qui t'aime
(J'ai toujours rêvé de signer ainsi
quand je t'écrivais une carte postale.)

P-S : Pour les gens d'ici, et pour François, je suis Elsa.

71

Ça fait maintenant plusieurs jours qu'Elsa a envoyé son mail à Camille. Sa nervosité est palpable, elle est à fleur de peau. Je vois comme elle prend sur elle, comme elle lutte contre la panique d'avoir tout à fait perdu sa fille. Je la rassure comme je peux, même si je suis moi aussi un peu stressé. Elle a mis tant d'espoir dans cet envoi. Je l'invite à se concentrer sur la joie de cette belle fin d'été et du très proche anniversaire de notre petit Malo, déjà bientôt un an et tout en espièglerie. Ses fous rires sont contagieux, il en tombe par terre. La joie habite notre maison, et c'est un ravissement de tous les jours.

Elsa a trouvé un poste de remplacement comme infirmière à mi-temps. Ça démarre dans quelques jours, et je crois que c'est une sacrée étape pour elle. Ce qui est bien, c'est qu'elle aura du temps 1) pour Malo, 2) pour monter à cheval, et 3) pour sa passion de la photo à laquelle elle se consacre de plus en plus, à mesure que son talent se développe. Elle a un sacré potentiel et va tenter des concours. Je suis tellement heureux pour elle.

Noémie est enceinte et aux anges : ils attendent une

petite fille. Toute la famille est ravie. Même mon père devient souriant, c'est dire ! Comme quoi, la vie, ce n'est pas linéaire. Il lui manque une femme pour ses vieux jours, mais je crois que l'idée commence à faire son chemin.

Bref, tout le monde va bien.

*

Nous marchons, Elsa et moi, dans les dernières lueurs du jour. Les rochers semblent des sculptures d'ébène ; le soleil descend sur la mer scintillante, et c'est un spectacle dont on ne se lasse pas. Ici, les couchers de soleil sont plus beaux que partout ailleurs. Le bien-être m'envahit cette fois encore devant un tel tableau et en compagnie de ma douce Elsa. Je la sens au bord de la mélancolie. On a fêté l'anniversaire de Malo, et elle n'a aucune nouvelle de Camille. Ça reste encore coincé dans sa gorge. Son bonheur d'aujourd'hui était plutôt superficiel, son sourire, de façade. Au fond, ça bloque, ça gratte, ça remue…

Moi, des nouvelles, j'en ai eu. Mais je ne le lui ai pas dit. Je n'ai pas envie de jouer les intermédiaires. Au mieux, je veux bien être un facilitateur, mais c'est tout.

On s'arrête face à la mer. Je la serre dans mes bras, et l'embrasse. Ça va aller, j'en suis sûr. Il faut qu'elle arrête de penser que son bonheur futur ne tient qu'aux retrouvailles avec sa fille. C'est ce que je lui dis. Je lui glisse à l'oreille qu'on pourrait aussi, peut-être, penser à un petit deuxième… fille ou garçon, je m'en fiche complètement. Je suis un père comblé, mais je voudrais bien voir Malo en grand frère.

Nous reprenons notre marche sur le sentier côtier, vers la maison. Le rocher de nos débuts est un peu plus loin. Une silhouette ombrée s'avance vers nous. Je ne la connais pas, mais Elsa la reconnaît. Une fulgurance presque incroyable qui tient de l'instinct. Elsa en pousse un petit cri animal presque muet qui s'étrangle instantanément dans sa gorge. Elle me regarde, l'œil interrogateur, mais qui a tout compris. Je lui souris. J'ai juste été un facilitateur…

Elle s'avance. Puis court sur le chemin. Camille est à quelques mètres à peine. Je reste où je suis, l'émotion me pétrifie, et j'ai le souhait d'assister de loin à ces retrouvailles tant attendues.

Camille s'avance aussi. Je les vois se tenir face à face un bref instant. D'Elsa, je devine juste le début des sanglots trop longtemps refoulés qui agitent ses frêles épaules. De Camille, plus grande que sa mère, je crois apercevoir les yeux indécis.

Je n'entends rien des paroles qu'elles échangent.

Elsa ouvre les bras. Je contemple de loin cette étreinte qui est comme le point final du livre de son passé.

Ce que je vois n'est que beauté et émotions pures, et de mon Elsa, ses cheveux qui volent dans le vent… comme le premier jour, au pied du rocher.

Oui, la boucle est bouclée.

Il ne reste plus qu'à VIVRE.

MERCI…

À ceux qui m'accompagnent dans la vie de tous les jours, Franck et Lubin… pour leur soutien, leur patience et tout le reste.

À mes fidèles amies Christelle, Gwen et Isa, pour tous nos moments de partage, y compris sur les lieux de mon roman.

À ma mère, bien sûr.

À Maëva, Pauline, Cécile et Violaine, les premières blogueuses qui ont lu ce livre.

À mes autres bêtas-lecteurs.

À Bénédicte, Brigitte, Anne-Cécile, Laurence et Christiane, pour les rendez-vous du mardi soir.

À Bernard et Isabelle, pour les balades en photos du côté de Portsall.

À Stéphane et David, pour leur aide dans la première version de ce roman.

À Florian et à toute l'équipe des éditions Michel Lafon, pour leur confiance et leur accompagnement.

Aux plus de 20 000 lecteurs de la version initiale, hommes et femmes de tous âges, pour l'honneur qu'ils m'ont accordé et toutes les émotions que j'ai vécues grâce à eux.

À ceux qui me suivent depuis mes débuts. C'est une grande chance de vous compter parmi mes fidèles lecteurs.

Aux nouveaux lecteurs qui lisez ces lignes, pour la curiosité que vous avez éprouvée à l'égard de ce livre (j'espère qu'il vous a fait passer un agréable moment).

À tous ceux qui le souhaiteront, je vous donne déjà rendez-vous pour le suivant.

Du même auteur :

Histoire d'@, roman épistolaire, 2015.
L'Embarras du choix, roman, 2016.

Littérature jeunesse :

La Vie en Rose, mini-roman illustré, 2017.

PAPIER À BASE DE FIBRES CERTIFIÉES

Le Livre de Poche s'engage pour l'environnement en réduisant l'empreinte carbone de ses livres. Celle de cet exemplaire est de :
350 g éq. CO_2
Rendez-vous sur www.livredepoche-durable.fr

Composition réalisée par MAURY-IMPRIMEUR

Achevé d'imprimer en juillet 2018, en France sur Presse Offset par
Maury Imprimeur – 45330 Malesherbes
N° d'imprimeur : 228852
Dépôt légal 1re publication : mai 2018
Édition 04 – juillet 2018
LIBRAIRIE GÉNÉRALE FRANÇAISE – 21, rue du Montparnasse – 75298 Paris Cedex 06

87/0437/4